GLI INSUPERABILI

164

Della stessa autrice

*L'uragano di un batter d'ali*

*Se fossi qui con me questa sera*

Questo libro è un'opera di fantasia.
Nomi, personaggi, luoghi e avvenimenti sono frutto dell'immaginazione dell'autrice o sono usati in maniera fittizia.
Qualunque somiglianza con fatti, luoghi o persone, reali, viventi o defunte è del tutto casuale.

Seconda edizione in questa collana: febbraio 2016

Roma, Casella postale 6214

ISBN 978-88-541-7842-7

www.newtoncompton.com

Stampato su carta prodotta con cellulose senza cloro gas provenienti da foreste controllate, nel rispetto delle normative ambientali vigenti

Sara Tessa

# Il silenzio di un batter d'ali

Newton Compton editori

*A chiunque si sia imbattuto*
*in un uragano vitale.*

# Una nota

Questo secondo romanzo è nato come risposta maschile a *L'uragano di un batter d'ali* ed era intitolato *La versione di Adam*. Diversi commenti di lettori a proposito del finale del primo libro evidenziavano il fatto che fosse probabilmente un poco affrettato e mi spinsero a dare voce a Adam. Quest'uomo enigmatico, duro, ferito, e incattivito. Volevo rendere omaggio a tutte le lettrici e lettori che avevano letto il primo libro che avevo pubblicato da sola in versione digitale: era un modo per ringraziarli del loro entusiasmo e coinvolgimento. Una partecipazione che anche oggi prosegue e che mi lascia profondamente commossa.

Oggi il punto di vista di Adam esce con il titolo *Il silenzio di un batter d'ali*, come il precedente per la Newton Compton editori, che ringrazio. Insieme a loro abbiamo provveduto a rivederlo, limarlo, insomma riadattarlo e spero migliorarlo.

Spero che vi piaccia conoscere anche Adam e che non vi deluda l'immagine di lui che ognuno di voi si è costruito nella mente.

Detto questo, ringrazio nuovamente quante/i hanno permesso a un e-book autoprodotto e con tutti i suoi limiti, di arrivare fino agli scaffali di rinomate librerie, di grandi supermercati, edicole e soprattutto nelle vostre mani. Vi ringrazio dal profondo del cuore per ogni recensione, commento, messaggio, e-mail, sorriso e abbraccio ricevuto. Non mi aspettavo nulla, davvero nulla, è stato un gioco, un esperimento di scrittura. Ma ho ricevuto così tanto da ricominciare a vedere la vita *stranamente bella*, e fatico ancora a credere che i sogni si possano avverare. Ma a quanto pare, a volte, accade…

*Sara Tessa*

«Come ti sei sentito in quel momento?»

«Non lo so. Ho provato un'infinità di sentimenti, emozioni tanto contrastanti. Anche a fare un elenco, è difficile raccontare davvero come mi sono sentito».

«Hai voglia di raccontarmelo?»

«Ricordo bene la mattina antecedente».

«Partiamo da quella, com'è stata?»

«Serena, come lo era da sempre…».

# Chi ero

«Stavo pensando a un nome», le sussurrai.

«Quale?», rispose.

«La principessa dei mondi», dissi baciandole dolcemente il collo.

«Uhm… non saprei, mi sembra così anonimo», rispose Elizabeth facendo scivolare una mano nei capelli.

«Come anonimo?», aggrottai la fronte scrutandola negli occhi. «È il nome della principessa dei mondi e, in fondo, presto sarà la nostra principessa», la baciai e le sfiorai i fianchi avvicinandola.

«Non lo so, non mi piace molto, pensavo al nome di mia nonna», disse scostandosi per uscire frettolosamente dal letto.

«Tua nonna?», chiesi sorpreso. «Ti prego, Beth, tua nonna era una stronza, non vorrai dare a nostra figlia il nome di quella vecchia arpia?»

«Non era un'arpia», disse contrariata, «era una povera donna sola».

Mi alzai dal letto e la seguii in bagno. «Appunto, così la condanni… nemmeno è nata».

«Uffa che palle che sei, è solo un nome».

«No, non è solo un nome, sarà il nome di nostra figlia».

Elizabeth sorrise avvicinandosi.

«Adoro questo tuo aspetto romantico», e abbracciandomi aggiunse: «Lo sai che ti amo proprio per questo?»

«Solo per questo?», chiesi sarcastico. Elizabeth lasciò cadere la testa indietro abbandonandosi alle mie braccia stordendomi con il suo sorriso raggiante. La visione del suo seno ancora più prosperoso riuscì come al solito a eccitarmi. Le allentai le spalline della veste da notte e baciandole la spalla le sussurrai: «Non lo facciamo da un po'».

E, tanto per cambiare, Elizabeth si sciolse dal mio abbraccio. «Sono una mongolfiera piena di ciccia», disse infastidita.

Le afferrai i fianchi da dietro fermando la fuga e delicatamente feci scivolare le mani sulla pancia. «Bella e sensuale», dissi guardandola riflessa nello specchio. Lei mi sorrise mesta.

E di nuovo, come sempre, Elizabeth si inginocchiò ai miei piedi per una fellatio mattutina. Chiusi gli occhi tra l'eccitato e il contrariato. Da quando era incinta ero riuscito a far l'amore con lei forse tre volte. Comprendevo quanto si sentisse insicura del suo corpo, e ne ero profondamente dispiaciuto, ma nonostante le mie rassicurazioni non mi riusciva di farle capire quanto ai miei occhi fosse ancora più bella. Mi mancava, e avevo voglia di toccarla, di darle piacere, di rilassarla un poco.

Ma non c'era verso, non mi permetteva di smuoverla dall'insicurezza, e i suoi "servizietti" tanto per placarmi iniziavano a darmi fastidio. Ma come si dice, "dovevo portare pazienza...", in fondo è quanto deve fare un bravo marito, assecondarla, esserle vicino, farla sentire comunque al sicuro e protetta. E così, un po' deluso, la lasciai fare.

Purtroppo Elizabeth a volte era irruenta e i suoi denti non erano per niente piacevoli, soprattutto alle sette del mattino quando ero ancora tramortito dal sonno.

«Piano Beth, più piano», mormorai stringendole la testa per rallentare il rastrello dei denti. Paziente, l'ammaestrai al mio volere.

«Brava», ansimai. «Brava, così».

Dolcemente sigillò il mio membro intorno alle sue labbra calde risucchiando l'aria come piaceva a me e un attimo dopo ero inghiottito dal piacere della sua bocca umida. Abbandonai la testa al petto e la guardai darsi da fare. Appoggiato al lavabo, mi reggevo sulle gambe tremanti, godendomi ogni sua succhiata. Tanto profonda da togliermi il respiro. Avvertivo il piacere salire dai piedi sino al cervello e diffondersi per tutto il corpo. Non appena Elizabeth alzò lo sguardo su di me, i nostri occhi si trovarono. Solo lì mi lasciai pervadere dall'orgasmo e le venni in bocca. Consumato, mi presi qualche secondo per assaporare quei preziosi istanti post coito, ma rimasi gelato da una pacca sul sedere.

«Prepari la colazione?», chiese schioccando le labbra.

«Certo», dissi senza fiato lasciandomi andare a un sorriso di complicità.

Così, sconsolato e altrettanto consolato dal pompino "del dovere" mattutino, mi avviai in cucina. E mentre apparecchiavo la tavola, il cellulare di Elizabeth suonò. Dal display vidi la chiamata in entrata di Tom. Aspettai qualche secondo, poi risposi.

«Ciao bello».

«Buongiorno», rispose squillante.

«Elizabeth sta facendo la doccia, avevi bisogno?»

«Sì, purtroppo a Miami ci sono nuovi casini. La falda acquifera è salita danneggiando le fondamenta. Ho appena parlato con il capo ingegnere, bisogna intervenire al più presto».

«E come?», chiesi.

«È necessario installare nuove pompe, per farlo però dobbiamo aumentare il volume della sala macchine. Ma prima è necessario un sopralluogo».

«Puoi andarci tu?», chiesi.

«Purtroppo no», rispose deciso. «Elizabeth ha firmato i progetti, solo lei può cambiare i disegni».

«Dai Tom, non essere fiscale, è solo una firma».

«Fosse per me, sai, non sarebbe un problema, ma purtroppo la divisione tecnica del comune vuole parlare direttamente con il responsabile di progetto».

«Che palle», mormorai.

«Adam, lo sai, mi prenderò cura di lei».

Sorrisi fra me e me. «Questo lo so, mi fido Tom, è solo che siamo entrati nel sesto mese e non mi va proprio di farla volare».

Frattanto Elizabeth mi aveva raggiunto in cucina. Dopo aver raccolto un pezzo di pane dal piatto e tirato un'altra pacca sul mio fondo schiena mi prese il contenitore del succo di frutta dalle mani.

«È Tom, a Miami ci sono problemi», dissi.

Elizabeth corrugò la fronte. «Passamelo», disse seria.

Agguantato il cellulare, si spostò rapida verso la finestra, dandomi le spalle. «Cosa è successo ancora?», chiese.

Sistemai la tazza dei cereali sul tavolo, mi sedetti al mio posto e iniziai a sfogliare il giornale finanziario.

«E come diavolo riusciamo a ricavare nuovo volume?», domandò Elizabeth astiosa. Alzai gli occhi e trovai i suoi decisi a fissarmi. L'osservai mordersi le labbra e piegare il collo da lato a lato per rilassarsi.

«E quando?», chiese.

«Metti in vivavoce», dissi.

«Tom metto in vivavoce così ascolta anche Adam».

«Dicevo, il volume possiamo recuperarlo spostando gli

uffici tecnici al piano di sopra, ma per farlo dobbiamo andare a fare un sopralluogo. Ho già parlato con lo staff degli ingegneri e sembrano molto sono disponibili, ma dobbiamo incontrarli domani».

«Domani?», chiesi sorpreso.

«Va fatto in fretta, tra una settimana partono con la seconda gettata», rispose Tom.

Con Elizabeth ci scambiammo il solito sguardo di intesa. Ormai, dopo anni, ci capivamo al volo. «Sei sicura? Non vuoi parlare prima con mia sorella?»

«No», disse lei, «va bene, sono solo incinta, devo solo preoccuparmi di far prenotare un doppio sedile per il volo».

Sorrisi. Mi piaceva questo suo aspetto pragmatico e determinato. Sul lavoro era peggio di me, una stacanovista, risoluta e cocciuta. Non si tirava mai indietro su nulla. Mi fidavo ciecamente di lei, del suo istinto, delle sue capacità.

«Tom», intervenni nella conversazione, «puoi pensare tu ai biglietti? Stamani abbiamo un impegno».

«Avverto subito Adele», rispose.

«Perfetto, poi fammi sapere l'orario del volo, vi accompagno io e mi raccomando...», non riuscii a terminare la frase che Tom mi interruppe.

«Sì, lo so, lo so», disse con inflessione quasi annoiata dalla successiva, solita e prevedibile esortazione, «occhi fissi su Elizabeth. Adam, me lo dici da un'eternità».

Elizabeth sorrise e ammiccò.

«Va bene, dai ci vediamo dopo, ciao».

«Ciao».

Dopo colazione, ci avviammo verso l'ospedale per fare l'ecografia di controllo, e nel solito traffico di New York decisi di riproporre l'argomento nome. I termini della gravidanza si avvicinavano e non sopportavo più di chiamarla "cosa".

«Allora, per il nome? Escluso in modo categorico il nome di tua nonna e a questo punto il nome che ti ho proposto, altre idee?», chiesi lanciandole appena un'occhiata.

«Non lo so, non mi viene in mente nulla, è ancora indefinita», disse allentandosi la cintura di sicurezza. «Non capisco la necessità di decidere ora, non esiste ancora e già vuoi etichettarla».

«Etichettarla?», chiesi stranito.

«Sì etichettarla, marchiarla, bollarla».

Mi voltai a osservarla stupito dall'affermazione decisamente cinica. «Beth è solo un nome, non capisco quale sia la difficoltà».

Lei mi fissò quasi astiosa. «Adam, facciamo così, quando viene al mondo definiamo il nome».

Chiusi gli occhi due secondi per uscire dallo sconforto che mi aveva provocato quella risposta e acconsentii. Negli ultimi tempi era particolarmente nervosa e cercai come sempre di essere accomodante.

«Vorrà dire che la timbreremo quando verrà al mondo», mormorai sforzandomi di sorridere e lentamente tornai con lo sguardo alla strada.

Cazzo se era dura stare vicino a una donna, soprattutto se era incinta, sempre ostinatamente e perennemente in balia degli ormoni allo sbaraglio! A volte avevo l'impressione che le avessi fatto il torto della vita. E più spesso davanti a lei mi trovavo a dover reprimere la gioia della paternità per non vedere quel suo sguardo indisposto.

Giunti in ospedale, il tempo di registrarci alla reception che ci raggiunse mia sorella Susan, ormai a fine specializzazione. Ogni volta vedendola nel suo camice blu provavo un moto di orgoglio. E quel giorno più che mai. Ormai donna e a breve anche madre.

«Ciao fratellone», disse abbracciandomi. «Come stai?»

«Bene», risposi. «Siamo qui per l'ecografia».

«Lo so, la faccio sempre io», rise canzonatoria.

Un attimo dopo e come al solito, ero quello di troppo. La complicità tra Susan e Elizabeth era irritante. Odiavo la loro solidarietà femminile, a volte avevo l'impressione che tutta la mia famiglia amasse più mia moglie di me, e forse era proprio così. Quando mia madre telefonava stava al telefono con lei per ore, poi quando era il mio turno mi diceva rapida la solita frase: «Riguardati».

E io mi riguardavo, che altro potevo fare.

Aiutai Elizabeth a salire sul lettino e mi sistemai accanto con gli occhi fissi sul monitor in attesa di vedere la "cosa". Appena la sonda sfiorò la pelle di Elizabeth, avvertii il cuore agguerrito e poi colsi la magia della piccola in movimento.

«Eccola», disse Susan, «è perfetta!».

Elizabeth sorrise e mi strinse la mano. Trattenni il disagio. Assistere all'ecografia mi faceva stare male, ma nel senso buono. Mi sentivo veramente inutile. Guardavo le immagini, poi la pancia di Elizabeth, poi lei e mi sentivo superfluo, uno spettatore. Un estraneo. E come ogni volta mi emozionai.

«Tuo fratello è una mammoletta», disse Elizabeth per stemperare il momento.

Susan scoppiò a ridere. «È vero», disse. «Tutta colpa della famiglia Scott, troppe donne, lo abbiamo rovinato».

"Idiote", pensai. Quel commento, ogni volta, riusciva a farmi incazzare. Non ero una mammoletta, e cosa potevo farci, ero davanti al miracolo della vita. Di lì a un paio di mesi avrei avuto tra le mani un essere vivente cosciente, frutto dei miei geni e di quelli di Elizabeth, e non riuscivo a rimanere impassibile. Ero caparbio, determinato, e spesso arrogante, ma solo su questioni di lavoro, per il resto mi lasciavo andare. Che cosa avrei dovuto fare? Restare impassibile? Per poi sentirmi dare dell'insensibile?

Ma capivo il cinismo di Elizabeth, il suo solito scudo. Per gestire le emozioni e resistere alla sua maledetta sindrome abbandonica le era più facile proiettare su di me quanto tratteneva dentro di sé. Ero abituato, più o meno. E come ogni volta, per il quieto vivere, ingoiai il rospo.

«Allora come vanno i lavori nella casa nuova?», chiese Elizabeth.

«Bene», rispose Susan. «Per la nascita della "cosa", sarà tutto pronto. Appena partorisci, io e Donald ci trasferiamo a Philadelphia».

«Mi mancherai», disse Elizabeth.

Susan sorrise. «Anche tu, ma ci sentiremo spesso».

Elizabeth, oltre ad essere mia moglie, era considerata la terza sorella della famiglia Scott e di conseguenza la terza figlia. Lo era diventata il giorno stesso del suo trasferimento nella casa dirimpetto a quella dei miei, quando lei aveva dieci anni. In un attimo, con Susan avevano sigillato l'eterno patto di amicizia e – gioco forza – ero praticamente cresciuto con lei in giro per casa, ma per differenza di età e per quel fastidioso sodalizio tra donne, eravamo entrati in confidenza soltanto nell'estate del mio diciottesimo compleanno. Complici le vacanze estive. Per l'occasione la mia famiglia era andata in California, mentre io ero rimasto in città a organizzare la partenza per l'università. E cosa potevo fare a diciotto anni, solo in casa? Massacrarmi di videogiochi, erba, birra e film porno. Trascorrevo il tempo in giardino a stancarmi di marijuana o sul divano a guardare la televisione. E proprio un pomeriggio di tabula rasa emozionale, mi ero trovato di fronte Elizabeth decisamente contrariata. Era stata spedita da mia madre a controllare cosa stessi combinando. Mi aveva svegliato con un predicozzo sul fatto che fossi senza spina dorsale e per finire mi aveva lanciato anatemi sulle conseguenze di un comportamento del genere e molte altre cose che però, considerato il mio basso livello di coscienza, non ero riuscito a cogliere. Poi era scoppiata a piangere, mentre io, confuso da quella reazione, le ridevo in faccia.

Ricordo che le avevo chiesto se volesse fumare ma per tutta risposta mi aveva tirato uno schiaffone e poi si era lanciata fuori di casa. Resomi conto che avrebbe spifferato tutto ai miei le ero corso dietro per scusarmi pregandola di non dire nulla e mi ero preso un altro bel ceffone, seguito da un discorso che nel mio stato avevo faticato a capire. Confuso, ero rientrato a casa domandandomi cosa le fosse preso. Comunque, la sera stessa, era ripassata per scusarsi e tra una parola e l'altra avevamo iniziato a parlare più del solito e così tutto era iniziato. Poi l'università, il matrimonio, la bella vita e ora una famiglia. Tutto perfetto, in linea con quanto mio padre mi aveva sempre detto. "Con la volontà sarai uomo".

«Tuo fratello vuole chiamare nostra figlia come quella di Star Wars», disse Elizabeth.

«Yoda o Chewbecca?», chiese sarcastica Susan.

«La principessa», disse Elizabeth alzando gli occhi al cielo. «Si può avere un marito così melenso?».

«Però è un bel nome», commentò mia sorella. «Suona molto bene».

«Vedi», dissi. «Piace».

«A me non piace», replicò decisa.

E chiaramente non sarebbe stato quello il nome. Se si

metteva una cosa in testa, c'era poco da controbattere. "Peccato", pensai, ma non me la presi molto, qualsiasi nome avesse deciso, ai miei occhi, sarebbe stata comunque una principessa.

La sera successiva accompagnai Tom e Elizabeth all'aeroporto e nel salutarli agli imbarchi, appena prima di oltrepassare il controllo passaporti, Elizabeth mi infilò l'ecografia della "cosa" nella tasca della giacca regalandomi un bacio sulla guancia.

«Così non ti senti solo».

Le sorrisi e scrutai i suoi occhi scuri. «E tu chiamami, mi raccomando, non mi far stare in pensiero». Poi mi rivolsi a Tom: «E tu, per favore...».

Non feci in tempo a finire la solita raccomandazione che Tom mi tirò una pacca bonaria sulla spalla. «Non ti preoccupare, le starò sempre addosso».

"Bravo".

Tom era il mio fratello mancato, cresciuto con una banda di donne, avevo trovato in lui il mio alleato. Anche lui dirimpettaio, figlio unico, aveva trovato in me la famiglia numerosa che gli mancava. Avevamo fatto le scuole insieme e aveva visto nascere la storia tra me e Elizabeth. Caratterialmente eravamo all'opposto. Lui scaltro e a tratti molesto, io riflessivo e per forza di cose, come dire, più accomodante. Il diavolo e l'angelo, così si divertiva a chiamarci Elizabeth.

Li osservai oltrepassare gli imbarchi e quando li persi di vista sfilai dalla tasca l'ecografia della piccola. Mancava davvero poco.

La mattina seguente, Elizabeth mi telefonò sul presto. Mi rassicurò di stare bene, mi spiegò del problema con le fondamenta avvisandomi che c'era la possibilità di doversi trattenere fino al venerdì. La pregai di non strafare al suo solito e di prendersi cura di sé. Lei come di consueto concluse la telefonata con il perenne monito: «Adam, che palle che sei, stai tranquillo, ti chiamo più tardi».

E sì, ero palloso, ma conoscevo il mio pollo. In special modo, la determinazione con cui affrontava il lavoro, il suo autoritarismo, che di certo era fonte di stress nelle sue condizioni.

Comunque, non so perché, ma quella mattina avvertivo una certa irrequietezza. Non avevo dormito male, solo che mi ero svegliato con un leggero senso di angoscia. Infatti la giornata prese il via nel peggiore dei modi. Un guasto alla metropolitana, il traffico in tilt, e un disastroso ritardo al briefing con lo staff tecnico. La riunione andò avanti per parecchio e, tra le varie beghe, venne anche fuori che avremmo dovuto apportare delle modifiche ad alcune piante del centro commerciale, ma naturalmente i file con le ultime varianti si trovavano nel computer a casa di Tom. Aveva questa maledetta abitudine di portarsi il lavoro a casa e non aggiornare mai i documenti sul server. Dopo ripetute telefonate senza ricevere risposta, seccato decisi di andare direttamente al suo scannatoio, come mi divertivo a definirlo. Scorticatoio per la quantità di donne che erano transitate e si erano lasciate ammaliare dal suo fare seduttivo senza scrupoli. Meteore femminili, incapaci di ingabbiare il suo cuore. Ormai non ci speravo più, Tom era anafettivo.

Seduto al computer del suo studio cercavo nelle cartelle del desktop i file del progetto. Mentre setacciavo il sistema, mi trovai ad aprire un album di immagini, e dalle iconcine intravidi Elizabeth. Curioso, cliccai per ingrandire la prima foto.

Sorrisi nel vederla più giovane. Era in riva al mare. Portava ancora i capelli corti e, sorridente, si teneva il cappello di paglia sulla testa per contrastare le raffiche di vento. Ricordavo perfettamente quel giorno. Eravamo andati a farci un giro in California alla fine del primo anno di università e con noi era venuto anche Tom. Avevamo trascorso una bella settimana, tra mare, passeggiate e il dolce far nulla tipico del periodo universitario.

Selezionai la freccia per proseguire, e di nuovo mi trovai a sorridere davanti all'autoscatto di noi tre abbracciati. Proseguendo nella rassegna, seguirono una serie di primi piani di Elizabeth, meravigliosi, quanto lei. Chi l'avrebbe mai detto che ci saremmo trovati sposati, pieni di soldi, dediti al lavoro quando allora ci bastava solo una bella giornata di sole per stare bene e sereni. Immerso nei ricordi, continuai a guardare le immagini, fino a che divennero insistentemente sempre e solo di Elizabeth, ma in altri momenti che non riuscivo più a definire. I capelli più lunghi e rossi, quindi appena dopo sposati. E poi foto di loro due. Niente di equivoco, ma quantomeno strano dato che non ero presente e non ricordavo dove mai avessero potuto scattarle. Proseguii senza sosta. *Click* e *click* e *click* e *click* fino a quando ne aprii una di loro due insieme, mezzi nudi, sorridenti e sdraiati su un letto sfatto.

Mi fermai a lungo su quella foto. La sensazione che avvertivo era un miscuglio strano. Sorpresa, stordimento, ma soprattutto una solitudine disarmante. Mi sentii così solo che per qualche minuto credetti di essere l'unico essere vivente sul pianeta e tutto intorno vuoto. Era come se il tempo si fosse fermato. Io davanti a quel computer, con la verità davanti ai miei occhi, per la prima volta così evidente e lampante.

Tornai alla prima foto, quella con lei e il cappello di paglia, e l'osservai in dettaglio cercando nella memoria i momenti di quella settimana.

Mi ricordavo di Tom, particolarmente taciturno e malinconico, ma allora lo sapevo molto avvilito per via della malattia della madre e imputavo a quello il suo malumore. Ricordai Elizabeth, molto accomodante nei suoi confronti, e ricordai anche di averli lasciati soli più volte a parlare. Speravo lo aiutasse a tirarsi su, e ora nel dubbio, davanti a quelle sequenze fotografiche, pensai che non avrei mai dovuto farlo. Non avrei dovuto dar loro tutta quella fiducia.

Non c'era nulla di compromettente, a parte quella dannata foto sul letto, ma quel loro sguardo felice e la luce nei loro occhi diceva più di mille parole. Erano innamorati.

E in quel momento era come se mi fossi svegliato. Nella mente, ogni momento con loro e tra di loro. I loro sorrisi, le loro battute, all'improvviso tutto così chiaro. Tutto.

Il silenzio tombale in cui ero avvolto fu spezzato dall'entrata di una chiamata al cellulare. Dal display osservai per qualche secondo il volto di Tom, poi alzai lo sguardo sul monitor dove campeggiava ancora la loro immagine, e risposi.

«Adam, mi hai cercato?», chiese Tom appena riuscii a sibilare «pronto».

Respirari e dissi: «Sì».

«Scusa eravamo in cantiere e non prendeva».

«Capisco».

«Avevi bisogno?»

«Sì».

«Adam, tutto bene?»

«Sì», sibilai sempre più senza fiato, facendo uno sforzo per ricacciare la nausea che mi avviluppava lo stomaco. «Ti ho cercato», un secondo di pausa e continuai: «Ci servono i file per il progetto del centro commerciale. In ufficio devono fare un paio di modifiche prima che arrivi il cliente e i file originali non sono stati caricati sul server».

«Ah, cazzo», esclamò. «Non dirlo, lo so, sono un coglione. Mi dimentico sempre, ma...».

«Lo so, infatti sono al tuo scannatoio», puntualizzai.

Seguì un breve e intenso silenzio. Di regola non me ne sarei accorto, ma in quell'esatto istante me lo immaginai con il cellulare stretto tra le mani e la paura scorrergli nelle vene. Sperai che il gelo corresse lungo i suoi vasi sanguini fino ad arrivare al suo cuore e fermarlo.

«Ma sei al computer?», chiese.

«No», mentii «sono appena entrato».

«Ah... bene», disse forse confortato o preoccupato o chissà cosa. Pensava che fossi il solito ingenuo e idiota Adam? «I file sono sull'hard disk, accendi il computer e poi ti spiego a voce come recuperarli».

«È solo un hard disk», dissi.

Lo sentii ridere. «Adam, sei bravo con i numeri, un po' meno nella tecnologia».

«Già», risposi, "stronzo", pensai.

«Hai acceso?»

«Sì».

«Ecco, vai sull'icona in alto a destra, Disk B, la vedi?»

«Sì».

«Bene, aprila, dovresti trovare la cartella "BB Commercial". L'hai vista?»

«Sì».

«Bene, aprila, dentro ci sono i file originali, ordinali per data così vedi subito gli ultimi tre, sono quelli».

«bb_commercial_alzate.dwg, bb_commercial_piani.dwg e bb_commercial_impianti.dwg», elencai a voce i file.

«Esatto».

«Okay, li carico sul server e torno in ufficio».

«Perfetto, senti, qui le cose si mettono per le lunghe, non so se Elizabeth ti ha già avvertito, ma con molta probabilità ne avremo fino a venerdì. Se la falda non scende può essere che restiamo per il weekend. Credo sia inutile rientrare per poi tornare la settimana successiva, e soprattutto non penso sia il caso di far volare Elizabeth due volte in pochi giorni».

Avvilito e pieno di rabbia repressa risposi mantenendo un tono calmo. «Già, Tom, mi sembra un'ottima idea, sei sempre molto premuroso».

«Dài, ti aggiorno in serata».

«Certo, quando vuoi, amico mio».

«Ciao».

Terminata la comunicazione, restai a fissare la cartella contenente le immagini di loro due, la cronistoria di quel lurido tradimento e poi la trascinai nel cestino. Abbandonai la scena del crimine e andando nel soggiorno buttai un occhio al corridoio che portava verso la camera da letto. La nausea si ripresentò mentre osservavo il divano ripensando a tutte le volte che Tom mi aveva raccontato dei suoi divertimenti notturni in quel teatro del sesso. Mi chiesi se in quelle descrizioni, a volte dettagliatamente crude, ce ne fosse stata anche qualcuna riferita a Elizabeth. Ebbi pietà di me.

Lungo il traffico ancora immobile di New York, in una sequenza mortificante, ricordai tutti i momenti, i dialoghi, le battute sottili, le cene a casa nostra, i viaggi insieme, i Natali a casa dei miei. Il giorno del matrimonio, la mano di Tom sulla mia spalla mentre mi consegnava le fedi e il sorriso di Elizabeth su di me, o forse su di lui. La morsa allo stomaco mano a mano che focalizzavo quegli attimi si fece più ferrea. Dovetti inchiodare per scendere dall'auto e liberarmi in un conato di vomito. Sudato, in preda a un attacco di panico mi allentai la cravatta. Per dieci minuti buoni rimasi appoggiato al cofano della mia auto a fissare la vetrina della libreria Barnes & Noble.

Non riuscivo a crederci, ma era tutto così maledettamente evidente, così palese. La rabbia mischiata allo sconforto, era una sensazione ingestibile, faticosa per il fisico e per la mente. Rientrato in ufficio con quello stato d'animo, riuscii a gestire a fatica l'incontro con il proprietario del centro commerciale, e delegai a tutto lo staff tecnico. Non ero in grado di parlare, la mente era ottenebrata da una carambola di pensieri. Ero seduto al tavolo della sala riunioni e non vedevo nulla, circondato da un brusio da cui non ero capace di cogliere davvero alcuna parola. Vedevo solo loro due nei ricordi, minuto dopo minuto, e quella nuova consapevolezza mi stava uccidendo.Terminata la riunione, mi rintanai nel mio studio, mi misi a osservare gli impiegati darsi da fare come ogni giorno. Se uno di loro mi lanciava uno sguardo mi ritrovavo a sospettare che anche lui, l'ultimo degli stagisti, sapesse tutto di Elizabeth e Tom. Era un dubbio lecito, perché in quel momento come non mai tutto mi era terribilmente chiaro. E nella rabbia e nella vergogna, nella delusione e nel dolore, presi la decisione di andare in aeroporto. Dovevo parlare con Elizabeth, perché se era vero avevo bisogno di capire. Capire se era finita, se era stata una storia passeggera, uno sbaglio; anche se nel cuore, ormai spezzato, sapevo che non era così e avevo bisogno di capire perché si ostinassero a vivere nell'inganno.

Acquistai un biglietto per Miami di sola andata. In aereo mi sembrò di essere sospeso e in orbita verso un pianeta sconosciuto. Il volo durò sette ore di pura agonia, che cercai di controllare bevendo tutto quello che offriva la dispensa.

Giunto a Miami con un taxi, andai all'appartamento che utilizzavamo durante le trasferte, in prossimità dell'edificio in costruzione. Fu solo quando arrivai davanti al portone che l'esitazione mi trattenne un'ora buona. Era un punto di non ritorno. Volevo davvero sapere? Volevo morire definitivamente? Lo volevo?

Alzai gli occhi al palazzo e vidi le luci dell'appartamento spegnersi e a quel punto presi la decisione di salire. Davanti alla porta mi arresi a un pianto, il primo della mia vita. Da lì a poco, avrei sicuramente avuto conferma. Avvertivo un senso di "inculitudine", termine coniato a suo tempo per definire la precisa sensazione di essere a metà tra una inculata a sorpresa e l'effetto della stessa. La sentivo prepotente arrivare. Infilai la chiave nella toppa e feci scattare la serratura.

Il soggiorno era in penombra, illuminato solo dalle luci esterne della città. Sul divano notai la borsa di Elizabeth e le sue scarpe ai piedi dello stesso; nella poltrona accanto, la cravatta di Tom. Nell'oscurità e nel silenzio in cui era immersa la casa udii degli ansimi che mi pietrificarono. Ero immobile, non si muoveva niente di me, solo il mio cuore che pulsava disperato per tenermi in vita. Non ce la facevo nemmeno a respirare per quanto il corpo si era contratto.

Non sapevo più perché mi trovassi lì, mi sentivo un estraneo, l'ospite indesiderato, l'inesistente. Tutto ciò che era stata la mia vita fino ad allora adesso era nulla, mi sentivo come un ignaro partecipante a una regia sconosciuta. Le certezze di una vita, le sicurezze costruite, ora disintegrate.

Mi sedetti nella poltrona imponendomi di respirare,

non provavo rabbia, ma solo una micidiale ansia, la paura di non reggere. Avvertii gli ansimi farsi più spasmodici e quelli di Elizabeth, che non sentivo da così tanti mesi, intensi e taglienti.

Vedere, non vedere, restare, andarmene, morire, vivere. Presi coraggio e nella carne tremula, sostenendomi con la mano al muro, avanzai lungo il corridoio. I loro respiri mi facevano male. Quando arrivai davanti alla porta della camera, aperta per metà, mi chiesi se meritavo tutto questo. Forse sì, dovevo aver fatto qualcosa di male per subire una tale meschina crudeltà. Osservai per un minuto, forse anche di più, i loro corpi nudi sul letto senza avvertire nulla. Niente. Né collera, né dolore. Intorpidito guardavo Elizabeth carponi totalmente persa nel piacere, mentre Tom dietro di lei, implacabile, se la faceva. E, solo nel momento in cui mi fissai sulla pancia di Elizabeth, provai un lacerante senso di ripugnanza. La mia bambina…

Indietreggiai di un passo, distogliendomi da quella visione e appoggiandomi al muro del corridoio per non cadere. Dalla tasca della giacca sfilai l'ecografia fatta solo il giorno prima. Inevitabilmente mi chiesi se la bambina fosse mia e lo sperai con tutto il cuore. Se fosse stato così, avrei potuto anche accettare l'infedeltà, altrimenti non sarei sopravvissuto a un tale accanimento.

Gli ansimi di Tom si fecero più rochi e capii che stava per raggiungere l'orgasmo. Qualche secondo dopo, avvertii la voce di Elizabeth e le loro labbra schioccare in baci e poi li sentii ridere.

Tornai silenzioso in soggiorno, lasciai l'ecografia sulla borsa di Elizabeth e me ne andai.

# Pazzia

Preso l'ultimo volo per New York, atterrai nella mia città all'alba. Non sapevo dove andare. Tornare a casa non se ne parlava, così mi diressi verso l'ufficio. Teatro della mia quotidianità, l'unico luogo dove, in qualche modo, sarei stato obbligato a mantenere un certo contegno. Dalla mia poltrona, osservai lo skyline di New York risplendere al nuovo giorno senza provare alcuna emozione. Per quel che mi riguardava, l'oscurità era scesa su di me.

Alle nove arrivò la mia assistente Adele, con il suo malumore imperturbabile del risveglio, mi salutò come al solito, chiedendomi senza voglia se volessi un caffè. Le risposi che non ne volevo, e la invitai a non disturbarmi. Cinque minuti dopo squillò l'interno di Adele. Dalla vetrata l'osservai rispondere. Già sapevo chi ci fosse all'altro capo del telefono. Era Elizabeth, che ormai da due ore cercava di chiamarmi. Doveva immaginare, o presumerlo, o dedurlo, o solo sperare che fosse solo un brutto sogno. Forse sapevo, lei poteva coltivare ancora il dubbio, io no.

«Signor Scott, sua moglie sulla 1», mi disse Adele.

«La prendo, grazie».

Prima di rispondere fissai per qualche secondo il tasto di selezione della linea, tutta la mia vita era aggrappata a quel piccolo luccichio rosso. Tutto ciò che era stata la mia vita adesso si trovava in quel minuscolo tasto. E per la prima volta, avrei voluto rimandare a domani o forse per sempre quell'attimo. Feci un respiro profondo, e accettai la chiamata.

«Adam? Adam ci sei?», chiese Elizabeth con un'inflessione agitata.

Mi voltai a guardare il cielo terso e chiusi gli occhi.

«Da quando?», chiesi.

«Adam, sono in aeroporto, tra un'ora parte il volo, sto rientrando».

Sempre a occhi chiusi, concentrato sul respiro, le feci di nuovo la stessa domanda. «Da quanto tempo va avanti?»

«Tra sette ore sono a New York», rispose.

«Da quanto tempo Elizabeth?», dissi mantenendomi sempre controllato.

«Adam», la sentii singhiozzare «Adam mi dispiace».

Nonostante avessi capito, visto e conoscessi la verità, sentire il suo senso di colpa in quel fiato contratto dal pianto in parte mi fece aggrappare alla speranza masochista che si potesse chiarire la situazione. «La bambina è mia?», chiesi serrando i denti per non piangere.

«Adam quando arrivo ne parliamo».

«Elizabeth, per favore, dimmi almeno se è mia!», chiesi in uno sforzo disumano per non urlare. Le stavo domandando tra le righe se ci fosse ancora una possibilità.

«Atterro alle 16:35».

E a quel punto, sapevo che nella sua mancata risposta si celava una verità letale.

«Non me ne frega un cazzo di quando arrivi», sbraitai, «voglio solo sapere se è mia, te ne prego!», e il magone in gola esplose. «Perché?», chiesi strozzato nel pianto. «Perché l'hai fatto? Elizabeth perché? Che senso ha? Chi siete voi due? E tu...».

A quelle domande seguì un lungo silenzio riempito solo dal brusio dei passanti.

«Perché?», chiesi ancora.

«Adam», mormorò «Adam, ti amo tanto, prometto si sistemerà tutto, non lasciarmi, ti prego, alle cinque sono a casa, aspettami lì, risolveremo tutto, come sempre», disse. «Io e te ce la faremo».

Stordito, non capivo cosa mi stesse dicendo e ormai non mi interessava cosa sarebbe accaduto, avevo solo due domande a cui mancavano le risposte.

«Dimmi se la bambina è mia», dissi. «Rispondi almeno a questo».

«Sì è tua», disse in tono secco e aggiunse: «Adam hanno aperto l'imbarco, ti prego amore aspettami a casa, alle cinque sono lì e sistemiamo tutto».

Un attimo dopo, silenzio. Riflessa nel vetro vidi la mia sagoma, quasi irriconoscibile. Cercai di controllare le lacrime di disperazione. Un senso di nausea mi salì dallo stomaco. Non ci credevo, non riuscivo a crederle.

Qualche minuto dopo Adele mi informò dell'arrivo di mia sorella, stava salendo negli uffici. Era molto probabile che l'avesse avvertita Elizabeth, difficilmente Susan passava a trovarmi al lavoro, soprattutto alle nove del mattino quando era di turno in ospedale. Dissi ad Adele di farla accomodare.

Quando entrò cercai di capire dall'espressione del suo viso se lei sapesse. In fondo erano amiche per la pelle da tempi immemori, ma io ero pur sempre suo fratello. Non era ipotizzabile che avesse mantenuto tanto riserbo su una faccenda del genere.

«Adam», esordì entrando. «Adam mi ha chiamato Elizabeth».

E non ce la feci più, mi trovai a piangere come non mi

era mai accaduto. Susan mi accompagnò sul divano e mi diede un sacchetto di carta che teneva in borsa per gestire la nausea da gestazione.

«Mi dispiace, Adam, mi sento così in colpa», disse.

E a quel punto mi raggelai. Alzai lo sguardo su di lei: la sua espressione di pietà mi scaraventò nell'oceano dell'incredulità.

«Lo sapevi?», chiesi con il fiato corto.

Non rispose, ma bastò vederla scoppiare a piangere per capire che ero l'unico sul pianeta a non aver mai sospettato nulla.

Susan affondò nella poltrona accanto con le mani sul viso, soffocata da un pianto dirompente.

«Lo sapevi? Da quando?»

«È stato per caso, due anni fa», disse a fatica. «Avevo incrociato lei e Tom… e, ma Elizabeth mi aveva assicurato che era stata una svista, un momento di debolezza».

Mi portai il sacchetto alla bocca. Stavo per vomitare di nuovo.

«Tante volte sono stata sul punto di dirtelo, poi vi vedevo così sereni e lei mi aveva assicurato che aveva chiuso con Tom, che c'era solo una buona amicizia e così ho pensato che fosse stata davvero una storia passeggera, una distrazione e poi, quando mi avete detto di aspettare una b…».

«Sei una stronza», sbottai. «Sei solo una stronza, almeno lo sai che la bambina non è mia?»

Lei smise di piangere all'istante. Le lacrime risucchiate dalla quelle parole. «Si che è tua», mormorò perplessa.

«Impossibile», risposi in una risata disperata. «La data di nascita è fine ottobre?»

«Sì», rispose corrugando la fronte.

«Quindi il concepimento è stato a fine gennaio. Che margine di approssimazione c'è?»

«Dieci giorni più o meno».

No, la natura non sbaglia, non poteva essere mia. Assolutamente impossibile. Io ero stato a Boston nella parte centrale di gennaio e alla fine del mese lei e Tom si trovavano a Miami. Non poteva essere mia, non poteva proprio esserlo. Non so come non ci avessi pensato. Forse perché ero un emerito coglione e vivevo in un universo parallelo.

«Non posso essere io il padre», dissi fissandola. «Lei era a Miami con Tom», aggiunsi.

Susan si pietrificò, quasi sembrò non respirare più. La vidi portarsi le mani sulla pancia.

«Stai bene?», chiesi.

«Sì, scalcia», mormorò.

«Che senso ha mentirmi così? Susan, che gioco perverso è?», chiesi. «A che scopo perpetrare un tale inganno? Susan, io non capisco».

«Adam, Elizabeth ha dei problemi».

«Ma che cazzo mi vieni a raccontare, dovrei giustificarla? Susan, perché non me lo hai detto? Sono tuo fratello».

Lei riprese a piangere. «Come facevo, non ci riuscivo e non pensavo fosse andata avanti, pensavo fosse stata…».

Scossi la testa, mi alzai in piedi e le afferrai un braccio strattonandola.

«Vai via, vattene via», urlai.

«Adam, per favore, parliamone».

«E di cosa? Di cosa devo parlare? Sono troppo arrabbiato e disperato, non hai la minima idea di come mi sento e tu, tu…», inspirai a denti stretti, «tu che sei mia sorella, mi fai schifo, tornatene a Philadelphia, per me tu non esisti più».

Susan cercò di farsi vicina. «Adam, mi dispiace, anche tu non sai come mi sento, quando l'ho scoperto per mesi ho insistito affinché lei troncasse la relazione, e mi disse che lo aveva fatto, non potevo immaginare che invece…», poi abbassò lo sguardo. «Anzi la verità è che ho sempre sperato che mi dicesse la verità anche se in fondo ho sempre avuto il sospetto che non fosse mai finita».

«A quanto pare è andata proprio così», mormorai spostandomi verso la finestra.

«Cosa farai?», chiese dopo un lungo silenzio.

«Susan, non voglio parlarne con te, ti prego vai via, pensa alla tua vita e trasferisciti al più presto, non hai bisogno di aspettare la nascita della bambina», mi voltai appena per guardarla «della loro bambina», sottolineai.

«Chiamo Donald», disse prendendo dalla borsa il cellulare.

Furioso mi fiondai su di lei e glielo strappai dalle mani, scagliandolo contro il muro.

«Basta!», urlai. «Non voglio che altri lo sappiano, già è mortificante così, va' via Susan va' via, lasciami solo, non ho bisogno di nessuno».

«Ma non posso lasciarti in questo stato», disse. «Allora chiamo papà», si mosse per andare al telefono della scrivania.

La afferrai per le braccia e la strattonai. «Non osare dire nulla a nessuno, soprattutto a papà o a mamma, per favore non farlo, se no giuro che…», allentai la presa. «Va' via, è un ordine», dissi prostrato. Mi spostai verso la porta trascinandola di forza e la spinsi fuori dalla stanza. «Giuro, se lo dici a qualcuno non mi vedrai mai più, non umiliarmi ancora», e richiusi la porta.

Per qualche minuto vagabondai per l'ufficio a fare mente locale su come uscire da quella situazione di merda. Poi presi la decisione. Non vedevo alternative. Dovevo andarmene.

«Quando pensa di tornare, signor Scott?», chiese Adele seguendomi stranita verso l'ascensore.

«Mai», risposi. «Tutto ciò che riguarda l'azienda da adesso in poi lo gestirà Thomas Adamson, addio Adele».

«Ma… signor Scott?», la sentii dire prima che le porte scorrevoli dell'ascensore ci dividessero per sempre.

Per me era finito tutto. Era come se all'improvviso fossi senza passato, presente e futuro. In uno strano limbo. Frastornato dalle troppe emozioni.

In strada chiamai John per comunicargli che volevo la separazione da Elizabeth e di procedere il più velocemente possibile. Non entrai nel merito, ma forse John lo intuì quando gli urlai: «Voglio la separazione da quella puttana». Gli dissi che stavo andando in banca ad aprire un conto personale dove avrei spostato i duecentomila dollari con cui avevo avviato la società, era quello che mi apparteneva dall'inizio, tutto ciò che volessi riavere. Il resto se lo poteva spartire con Tom.

Dopo essere andato in banca e trasferiti i soldi tornai a casa a prendere pochi vestiti. Infilai tutto in una borsa e nell'attraversare il corridoio prima di uscire buttai un occhio alla cameretta della bambina. Osservai qualche secondo il lettino, montato solo qualche settimana prima e, colto dalla rabbia, lo disintegrai in mille pezzi. Presi una camera al Sherry Netherland Hotel, non avevo nessuna intenzione di vederla, non volevo vedere nessuno. Spensi il cellulare, ordinai una bottiglia di whisky e con la mente annebbiata mi addormentai.

«Allora Adam, dove eravamo rimasti...».

«Sì, esatto, eravamo rimasti a... ma oggi vorrei raccontarle di Sophie».

«Come mai?»

«Perché ripensare a lei mi dà un po' di speranza».

«Io invece credo tu debba parlarmi di cosa accadde dopo con Elizabeth».

«Ci arriveremo, ma la prego, oggi voglio parlare della mia farfalla...».

«Va bene, come vuoi. Allora raccontami come vi siete conosciuti».

«In realtà sono state le circostanze a farci incontrare... ripensandoci ora... mi viene da ridere».

«Come mai?»

«Ha presente quando in una giornata serena improvvisamente si alza il vento e in lontananza si intravvede un uragano in arrivo? Ecco l'incontro con Sophie è stato così. Un leggero vento, almeno inizialmente, poi un vortice. Mi piace pensarla così. Non so come, ma Sophie era nel mio destino e i segni c'erano ancora prima che ci inciampassi».

«Racconta».

# Chi sono

Imbottigliato nel solito ingorgo, osservavo passivo le auto sfilare accanto alla mia, in svolta sulla Great Jones. Giallo, giallo, nero, giallo, bianco, giallo, giallo, nero. Appena il lento corteo si arrestò, mi trovai a osservare con interesse una vecchia Volvo station wagon di colore rosso. Nell'abitacolo il conducente sbraitava al telefono sbattendo pesantemente la mano sul volante, senza preoccuparsi del bambino di pochi mesi accoccolato nel sedile posteriore che sembrava dormire beato. Per un po' mi persi a guardare le labbra socchiuse di quella creatura, provando invidia davanti a tanto candore. Era ancora puro, incontaminato. Ne invidiai l'amnesia infantile, se avessi potuto anch'io avrei voluto non ricordare nulla del mio passato. E di quanto accaduto con Elizabeth e Tom tre anni prima. Cancellare il ricordo.

Mentre ero perso in quei pensieri un ciclista mi sfrecciò accanto in un batter delle ciglia riportandomi alla realtà, e lentamente tornai a fissare davanti a me. Qualche secondo dopo la fila sulla mia destra si mosse, mi spostai di corsia, ma dopo pochi metri mi ritrovai di nuovo bloccato in mezzo al fiume di macchine in svolta verso Bond Street. Per distrarmi accesi la radio e, come sempre, mi sintonizzai sul notiziario di economia per restare concentrato e non perdermi in pensieri melanconici. Non sopportavo la musica, soprattutto in quel maledetto traffico di fine giornata. Quei motivetti dai noiosi ritornelli sugli amori disperati mi avrebbero fatto ricadere nelle solite riflessioni. Meglio obbligarsi a calcolare il guadagno delle ultime azioni. Intanto nella fila appena lasciata, si presentò una nuova scena. Questa volta ad attirare la mia attenzione fu una decapottabile nera, con una coppia a bordo. Lui parlava sereno, mentre lei teneva gli occhi spenti davanti a sé. Non sembrava che lo ascoltasse. Così vicini ma distanti, pensai osservandoli. La donna, con un sospiro annoiato, aveva voltato il capo nella mia direzione e i nostri occhi si erano incrociati. Lei aveva sorriso e altrettanto avevo fatto io e, improvvisamente, la donna si era rianimata da quella posa passiva. Raddrizzatasi sul sedile, con una smorfia aveva alzato gli occhi al cielo, facendomi capire quanto il discorso del compagno la interessasse. Non contenta di avermi già palesato la noia che provava, si era sistemata una ciocca di capelli dietro l'orecchio e, piegando la testa, mi aveva lanciato un sorriso più sfacciato. "Eccola lì", pensai, "un'altra bella puttana, così scontata e uguale a tante altre". Per quanto si voglia affermare il contrario, se gli uomini erano stati fatti con lo stampino lo stesso valeva per le donne. Guai però a dirlo chiaramente, si sarebbero offese, incapaci di riconoscersi per quelle che erano. Delle moraliste, false, anche bacchettone se ce n'era bisogno, ma subito pronte a risvegliare la loro natura di gran puttane. Mi tolsi il sorriso dalla faccia e tornai a occuparmi del semaforo che finalmente era diventato verde. Svoltai su Bond Street e ripiegai su Duane Street. Nell'entrare nel Lether Parking, notai davanti all'ufficio di Fred alcune scatole accatastate del ben noto mobilificio svedese.

Sceso dall'auto, mi ricordai di dover, purtroppo, passare da lui per ritirare i documenti della nuova assicurazione. Non avevo granché voglia di vederlo, non perché lo trovassi sgradevole, Fred era un tipo a posto, genuino e fin troppo cortese. Era uno dei pochi uomini sul pianeta ancora in grado di strapparmi un sorriso. La sua generosità era qualcosa di disarmante, una dote ereditata da Robert, suo padre. Il vero motivo per cui odiavo passare dal suo ufficio era che nell'entrare in quella stanza mi sentivo affliggere dalla malinconia e dal rammarico. Vedevo la foto di Robert alla parete e subito mi tornavano alla mente le immagini del nostro ultimo sconfortante incontro. Un incontro durante il quale mi ero reso conto dello stadio avanzato della malattia. Era fin troppo evidente dalla magrezza e dalla patina grigia sulla pelle, ma soprattutto dalla luce nei suoi occhi. Aveva uno sguardo diverso, pieno di quella indulgenza di chi aveva capito tutto della vita e della sua inflessibilità. Non c'era rabbia, né afflizione, ma una nota di sconforto. Mi erano rimaste scolpite nella mente le sue ultime parole e immancabili mi risuonavano in testa appena posavo gli occhi su quella vetrata. «Addio Signor Scott, penso non ci vedremo più, tra qualche giorno sarà mio figlio a seguire il garage. Non si preoccupi, è un ragazzo a posto, si prenderà cura della sua auto».

Ricordo di essere rimasto di ghiaccio davanti a quel saluto, ero riuscito ad accomiatarmi mestamente e poi non lo avevo più visto. Avevo scoperto della sua dipartita qualche settimana dopo, un lunedì mattina quando avevo trovato davanti all'autorimessa uno schieramento di fiori e biglietti della gente del quartiere passata a rendere omaggio. Avevo provato una profonda tristezza ed era quella che provavo ogni volta che puntavo i suoi occhi alla parete.

Scacciai il ricordo e mi spinsi oltre la porta. Per riuscire ad accedere dovetti scavalcare tre scatoloni andando quasi a travolgere MacGyver, il portoricano tutto fare. Stava piegato su alcune assi di legno con il foglio delle istruzioni in mano e la piega del culo visibilmente fuori dai pantaloni che faticavano a contenere quella mole massiccia. Accanto a lui Fred, in ginocchio, brontolava indispettito a proposito di «brugole del cazzo».

«Buonasera Fred», dissi. «Sono passato per i documenti della macchina».

Di scatto si era alzato da terra completamente sudato, si era passato un braccio sulla fronte per darsi un contegno e naturalmente mi aveva disarmato con il suo sorriso autentico. Quella genuinità riuscì, come sempre, a mettermi di buon umore.

«Mi scusi signor Scott», disse schiarendosi la voce, «come vede sono davvero preso adesso, possiamo vederci domani sera? Ho già fatto tutto, ma non mi chieda adesso di prenderle i documenti, non riesco nemmeno a ricordare il mio nome».

«Nessun problema», risposi divertito. Incuriosito dalla situazione, mi azzardai a fare una domanda in più del solito. «Sta cambiando i mobili?», chiesi osservando la stanza.

In quel momento, dal retro apparve una donna formosa con due seni prominenti che attirò immediatamente la mia attenzione.

«Buonasera», disse lei.

«Buonasera», risposi facendo davvero fatica a concentrarmi sui suoi occhi.

«Lei è Miranda, la mia fidanzata», disse rapido Fred cingendole la vita. Per come lo disse e per il gesto con cui la strinse a sé, mi stava dicendo indiscutibilmente tra le righe "proprietà privata". Non era da biasimare. C'era da piazzarle dietro un cane da guardia per quanto era seducente e bella. Mediterranea, folti capelli scuri, occhi altrettanto scuri e profondi. Di sicuro era un tipo passionale e guardandole i fianchi, immaginai dovesse avere anche un gran bel culo. All'improvviso un ammasso peloso apparve tra le gambe di Fred scodinzolante. "Ecco il cane da guardia", pensai.

«Fermo Briciola!», intimò Fred trattenendolo per il collare. «Mi scusi, ma come vede siamo molto occupati».

«Lo vedo», dissi ironico. «Ma state cambiando l'arredamento?», chiesi nuovamente ancor più curioso.

«Sì, cioè più o meno», disse. «Stiamo sistemando la stanza del magazzino, domani arriva mia sorella e devo ospitarla».

Buttai un occhio alle scatole accatastate e mi accorsi di un materasso appoggiato al muro della sala d'attesa e rimasi perplesso qualche secondo. Ovviamente, mi chiesi che razza di fratello fosse per ospitare la sorella in un'autorimessa. La mia espressione fu così eloquente che Fred subito si giustificò.

«È una lunga storia, la metto qui, così la tengo sotto controllo», rise imbarazzato portandosi una mano sulla testa.

Rimasi doppiamente perplesso, ma non volli metterlo a disagio chiedendo oltre il dovuto.

«Capisco», dissi. «Allora passo domani sera, arrivederci Fred e buon lavoro».

«Arrivederci», dissero in sincrono tutti i presenti, compreso Briciola che abbaiò.

Nel farmi strada per uscire dall'ufficio urtai un scatolone appoggiato sullo schedario che planò a terra riversando sul pavimento alcuni libri. Subito mi adoperai per sistemare il danno, scusandomi con Fred.

«Lo rimetto a posto io, resti pure lì Fred, mi scusi non l'avevo visto».

«Ma no la prego Signor Scott, faccio io», disse cercando di scavalcare inutilmente MacGyver.

«Già che sono qui lo faccio volentieri, non c'è problema, resti pure lì».

Rapido raccolsi i libri e raddrizzai la scatola sulla quale lessi il nome Sophie. "Bel nome", pensai. Ammucchiai i libri e li feci scivolare nella scatola, dopodiché la riposizionai sopra lo schedario.

«Fatto, tutto a posto», dissi. «Arrivederci».

E di nuovo in coro mi salutarono.

Quella stessa sera, non so per quale motivo mi addormentai con la sensazione di essere alla vigilia di una gara. Eccitazione e paura. Che fosse una sorta di presagio?

E infatti, la mattina seguente appena arrivai in ufficio, trovai sulla scrivania l'accordo di liquidazione dei beni recapitato dallo studio legale della famiglia di Elizabeth. Ancora una volta non accettavano i termini e proponevano nuove condizioni, nonostante avessi convenuto di lasciare praticamente ogni avere. Ma per loro ero il capro espiatorio, contestavano il mio diritto di erede universale per indegnità ritenendomi responsabile della morte di Elizabeth. Non mi avrebbero dato pace per il resto della vita. Era così da anni, si arrivava a un punto di intesa e loro cambiavano idea. Lessi le prime righe ed entrò Celine, la mia assistente, tra le mani i documenti contrattuali per l'incombente incontro con i giapponesi della Mitsu. Nell'allungarmi il plico, notai all'anulare della sua mano sinistra un anello di fidanzamento. Le feci segno di sedersi e immediatamente si palesò in lei la solita agitazione. Sorrisi tra me e me. Aveva una paura biblica nei miei confronti, come del resto ogni donna presente in azienda. Il motivo? Mi sarebbe bastato lambirle con un sorriso per vederle inginocchiarsi ai miei piedi, lei per prima. E tutto sommato non mi sarebbe dispiaciuto, ma avevo una sana e chiara regola, che seguivo con diligenza. Mai con nessuna del "palazzo", si sarebbero incollate addosso rendendomi la vita un inferno. L'interno squillò e Celine rispose.

«Buongiorno signora Scott», disse lanciandomi un'occhiata.

Scossi la testa e buttai l'accordo di liquidazione nel cassetto.

«Mi spiace, ma il signor Scott è in riunione, la faccio richiamare appena si libera?», chiese garbata. Seguì qualche secondo di sospensione dopodiché Celine aggiunse: «Lascerò un appunto, a risentirla».

E i suoi occhi scuri tornarono a fissarmi insicuri, mentre io la blandivo con un sorriso che la scaraventò nel panico.

«Era sua madre. Ha detto di farle sapere che oggi è il compleanno di sua sorella Susan e di chiamarla», disse veloce e poi abbassò lo sguardo alla scrivania.

«Grazie», dissi.

Non vedevo i miei ormai da anni. Non sopportavo il loro sguardo su di me e la fatica con cui cercavano di essere condiscendenti. Anche loro, sotto sotto, mi accusavano della morte di Elizabeth, lo leggevo nel fondo della loro anima. E Susan avrebbe dovuto fare a meno di qualsiasi augurio da parte mia.

«Vediamo i documenti», dissi scrutando Celine che immediatamente si rianimò, anche se sembrava tesa. "Brava", pensai, "resta così che mi piace, bella tesa. Impaurita e sottomessa. Piacevolmente vulnerabile e violabile, senti questa insidia sottile? Sarebbe così facile per me".

Sarebbe stato semplice metterla in ginocchio e piegarla al mio volere. Anche senza guardarla percepivo il suo timore. Quell'energia era gradevole, me lo faceva sempre tirare. Ero perverso in questo, ma adoravo mettere in difficoltà le donne. Star loro accanto senza degnarle della mia attenzione o restare zitto davanti alle loro stupide chiacchiere. Poco importavano i discorsi scivolati fuori dalle labbra, non mi interessavano. Io guardavo le loro bocche e me le immaginavo contratte dal dolore e dal piacere, senza fiato. Dio come erano tutte uguali. Da vicino potevo sentire addirittura il loro cervellino formulare ipotesi e paranoie all'infinito sul mio conto.

Raccolsi i documenti dal tavolo e ricontrollai i termini dell'acquisizione. Ero molto scrupoloso in questo. Bastava una maledetta virgola per mandare tutto a monte. E preferivo sempre essere l'ultimo nel verificare prima della consegna al cliente. Non doveva essere lasciato nulla al caso. Dopo una buona mezzora, e dopo aver controllato i punti chiave della relazione, la presenza di Celine si fece sentire più palpabile. Alzai lo sguardo sul povero cucciolo indifeso, accaldato e terrorizzato.

«Celine», dissi serio, «noto un particolare».

La vidi sbiancare. «C'è qualche problema?», chiese osservando i documenti atterrita.

«No, sono perfetti come sempre, sei bravissima nel tuo lavoro, dicevo, noto un anello alla tua mano, ci sono novità?», chiesi.

Celine arrossì sospirando visibilmente confusa. «Ehm, sì, mi sono fidanzata», disse con un filo di voce, e in preda a una qualsiasi stupida emozione femminile chiuse la mano a pugno. Come se quel gesto potesse farle da scudo.

«Bene», dissi adagiandomi comodo allo schienale della

poltrona. «Ti prego solo di farmi sapere quando sarà il matrimonio», mi schiarii la voce e lei sorrise. «Così da prevedere la tua sostituzione», aggiunsi un attimo dopo.

A Celine si spense il sorriso in viso. Quasi certamente si aspettava le congratulazioni. Ma io felicitazioni non le facevo a nessuno, tanto meno all'ennesima donna in procinto di sposarsi.

«Certo», rispose. «Appena definiremo la data, sarà il primo a saperlo, ma per sostituzione intende...».

«Per la luna di miele», dissi alzandomi. «Non ti licenzio, ma ti prego di essere corretta».

«Certo Signor Scott», disse seria e impaurita. Traballante sulle gambe si rimise in piedi.

«Perfetto, puoi andare, i documenti li porto personalmente a Braun».

«Va bene», rispose.

La seguii verso la porta e gliela aprii. Con fare riverente scivolò fuori dalla stanza senza far rumore e senza respirare. Attraversai la hall sotto gli sguardi ossequiosi e allarmati dei dipendenti, dirigendomi verso l'ufficio di Seth. Non rivolgevo mai una parola a nessuno, non un saluto, una parola che non fosse di fredda cortesia. Il loro compito, per quel che mi riguardava, era quello di lavorare e non certo di farsi i fatti miei.

Quando entrai nell'ufficio del mio socio e unico amico lo trovai al telefono. Mi accomodai nella poltrona davanti alla sua scrivania e lasciai cadere i documenti sul tavolo. In attesa che terminasse la chiamata, osservai l'immagine di Jason sul salva screen del monitor. Aveva gli stessi occhi di Seth, e purtroppo anche le orecchie un po' sporgenti, era una una piccola simpatica canaglia e, se aveva preso da suo padre, avrebbe avuto un grande animo. E poi c'erano i geni materni, quelli di Annabelle, l'unica "non troia" del pianeta.

Terminata la telefonata, Seth si alzò e si levò la giacca lanciandola sul divano.

«Non ho fatto in tempo a sedermi che mi ha chiamato John».

E subito mi salì il nervoso. Di sicuro lo aveva aggiornato sulla proposta dei Moore appena consegnata.

«Devi trovarmi una nuova assistente», dissi per scongiurare l'inevitabile discorso.

«Te la sei scopata?», chiese risedendosi pesante nella poltrona.

«Conosci la mia regola, purtroppo Celine si è fidanzata e di sicuro entro l'anno resta pure incinta, mettila da qualche altra parte, falle una proposta che sembri un avanzamento, così non ci fa causa».

Seth fece una grassa risata. «È la terza in due anni, forse è il caso di prenderti un assistente uomo», disse incrociando le mani dietro la testa. Adagiandosi ancora più comodo sulla poltrona si abbandonò a un dondolìo derisorio, come la sua espressione.

Gli sorrisi. «Non è colpa mia se ancora credono all'amore per sempre», dissi beffardo. «E poi non ho voglia di uomini leccapiedi, meglio le donne, sanno prostrarsi meglio».

Seth scosse la testa. «Adam, sei incorreggibile».

«Tu provvedi», dissi. «Senti, ho rivisto i termini dell'acquisizione, vanno bene, si può procedere».

Immediatamente si fece serio. Era quello che mi piaceva di lui. Sul lavoro era come me, determinato e preciso, tutto passava in secondo piano quando si parlava di soldi.

«Perfetto, allora faccio preparare le copie, richiamo subito John».

Raccolse il fascicolo dalla scrivania, gli diede una rapida occhiata e poi, come previsto, decise di riprendere il discorso che aveva cercato di introdurre pochi minuti prima e che avevo boicottato. Prevedendo la ramanzina, spostai lo sguardo verso la finestra.

Uno, due, tre e via...

«Adam, ho parlato con John», disse.

"Ma va'", pensai.

«Dice che sei concorde nell'accettare le richieste dei Moore, non credi sia esagerato? Adam, è tutto il nostro patrimonio».

Sorrisi di nuovo e mi allentai la cravatta. «Semmai è il mio patrimonio lo sai, l'importante è levarmeli dai piedi, queste pratiche di successione mi stanno snervando, se vogliono tutto, tutto avranno, tanto non cambia nulla».

«Appunto, non cambia nulla, ma tu non puoi rovinarti la vita. Cosa ti rimane? Lo sai bene Adam, se questi entrano nella società è per fare una cosa. Estrometterti».

«E non potranno farlo, perché ci sei tu con il cinquanta per cento. E con il mio 20% rimanente continuerò a vivere dignitosamente e insieme avremo sempre la maggioranza».

Seth scosse la testa e strinse i denti. «E quando non potrai più pagarti le puttane ogni settimana cosa farai? Gli hai dato tutto, la casa, la liquidazione della vecchia società, tutti i soldi che ti sei guadagnato giorno dopo giorno e adesso anche una partecipazione della tua quota in una società su cui non hanno alcun diritto. Sai che manderanno tutto a picco solo per farti un torto?».

Non risposi.

Seth mi incalzò nuovamente. «Senti, ne ho parlato con

Annabelle, e abbiamo convenuto che è meglio se pareggiamo la quota fra me e te».

Sbuffai pesantemente. Era un problema mio e come tale io ne ero l'unico responsabile. «No, non è il caso, e lo sai, è meglio se resti il socio maggioritario, te lo ripeto, con la mia quota potremo dirigere senza intromissioni di terzi, se invece disperdi la tua quota sarà più facile per loro controllare la società, anzi Seth, se preferisci ti passo la mia quota e la facciamo finita».

«Non se ne parla», disse netto. «Adam, liquidiamo tutto, vendiamo tutto e ne apriamo una nuova, nessuno ce lo vieta, vendiamo le nostre quote e ricominciamo».

«No Seth, sai che casini con i dipendenti».

«Che problema c'è? Li riassumiamo, oppure restano qui».

«Lascia perdere, sono solo problemi miei». Innervosito mi alzai in piedi. «Basta Seth, il discorso lo abbiamo già fatto, fin troppe volte, a me sta bene così, e poi la società resta inattaccabile. Lo sai, da tempo ho spostato alcuni capitali proprio per non finire sul lastrico».

«Gesù, Adam, vorrei solo aiutarti, ma non so come, e con questo accordo, non so se te ne rendi conto, coinvolgi anche me».

Aveva ragione, ma l'alternativa era andare davanti al tribunale e rendere pubblica la vicenda e non me la sentivo. Non avrei retto. «Seth, aiutami restando quello che sei, amico, socio e compagno di arrampicata».

Seth chiuse gli occhi e scosse la testa.

«Certo, come vuoi», disse sconsolato. Lo sapeva benissimo che con me non c'era alcuna mediazione.

«Allora, come va con il piccolo?», chiesi per cambiare discorso.

Si afflosciò nella poltrona, consapevole che non c'era verso di farmi cambiare idea.

«Bene», rispose. «A parte il fatto che appena chiudo gli occhi lui inizia a piangere. Credo sia collegato telepaticamente».

«E Annabelle?»

Sbuffò. «Annabelle è in una fase che chiamare di isterismo è poco. Quando entro in casa la sera, ho il terrore anche di respirare. Ogni volta che la guardo leggo nei suoi occhi odio, e una ripugnanza nei miei confronti da gelarmi le vene. È come se le avessi fatto un torto nel metterla incinta».

«Lo sai anche tu, è la prima fase».

«Lo so, ma ti giuro, Adam, riesco a rilassarmi solo quando si addormenta, allora la guardo e mi ricordo perché sto con lei».

«Darle del valium?», chiesi ironico.

«Sta allattando», mormorò Seth. «Ci avevo pensato anche io, ma non si può».

Scoppiai a ridere incredulo che lo avesse preso in considerazione davvero. «Scherzavo, come ti vengono certe idee? Devi solo portare pazienza, almeno credo».

Mi osservò con espressione incerta e scosse la testa visibilmente abbattuto. «Sarà come dici tu, comunque è vero, le donne appena diventano madri cambiano. Io sono ammirato nel vederla prendersi cura di Jason, davvero ammirato, e provo una disarmante inferiorità, a volte mi fa sentire così solo e inutile».

«E il piccolo?», chiesi per farlo riemergere dalla depressione di inizio paternità.

«Ah lui è bellissimo! Adam, ogni volta che sorride, Dio che gioia, quel corpicino è così perfetto da chiedermi come possa essere accaduto un miracolo del genere.

Ogni smorfia, sorriso o pianto è tutto il mondo. Adam, io davvero non immaginavo. E mi fa una paura fottuta».

«Credo sia normale», dissi.

«No, no, no, non è normale. È una paura che ti obbliga a esporti, non ti puoi tirare indietro, è come se davanti a lui non potessi più nascondermi, mi obbliga a essere vero e mi sento così indifeso».

Mi intenerì quell'affermazione. Obbligato a essere vero davanti a qualcuno. Indifesi, vulnerabili, carne cruda sotto un getto di sale. Una sensazione che io non volevo più provare.

«Per questo non hai problemi», dissi spostando lo sguardo verso la finestra ad osservare le nuvole riflesse sul grattacielo di dirimpetto. «Tu sei sempre vero, Seth».

«Già», disse con tono affranto, «ma in questo caso, ti giuro, vorrei avere uno scudo d'acciaio per resistere, mi disorienta tutta questa vulnerabilità». Tornai a lui sorridente. «Ma lasciamo perdere, dai ti faccio vedere le foto, devi vedere come è cresciuto».

Per forza di cose, dovetti sorbirmi ben trecento foto di Jason in ogni situazione, smorfia, battito di ciglia, i particolari delle mani, degli occhi, ogni millimetro di quell'essere. Le osservai silenzioso, annuendo a ogni descrizione di Seth, provando una sensazione di malessere. In quel momento ero io a essere vulnerabile. Debole e rancoroso davanti a tutta quella felicità.

Per fortuna, l'approssimarsi della riunione con i giapponesi mi spinse a richiamarlo all'ordine su questioni più interessanti e subito Seth tornò l'uomo d'affari che amavo tanto. Discutemmo un'ora sulla transazione, poi me ne tornai nel mio ufficio e passando dietro la scrivania di Celine, l'ascoltai distrattamente conversare al telefono. Colsi due parole: «Stronzo» e «Senza cuore».

"Esatto", pensai. "Questo sono".

Dopo aver discusso due ore con la delegazione giapponese, apposto ottanta firme, applicato timbri, scambiato una virile stretta di mano e scaricato l'incombenza asiatica a Seth, finalmente me ne tornai a casa. Iniziava a fare freddo e me ne rammaricai, l'inverno si stava avvicinando inesorabile e addio alle arrampicate, ma soprattutto alla bellissima visione di corpi delle donne nei loro abitini leggeri.

Parcheggiata l'auto nel garage, andai nell'ufficio di Fred, tornato in ordine e senza scatoloni. Gli strinsi la mano e aspettai che raccogliesse dalla cartella "pratiche in corso" il mio fascicolo.

E fu in quell'istante che apparve dal retro una ragazza o qualcosa di simile. Era gracile, forse perché troppo magra, ma con due occhi da incanto, per non parlare delle labbra sottili, il cui lieve color ciliegia risaltava su quel viso smilzo e perbene. Era molto abbronzata, indossava una camicetta a scacchi rossa su dei jeans usurati e decisamente di due taglie più grandi. I capelli erano tenuti insieme da una coda disordinata e sembravano sfibrati sulle punte. Nel fare una panoramica, notai le mani segnate da rossore e screpolature. Non era una molto alla moda e nemmeno sembrava importarle, si capiva subito... Appena incrociò il mio sguardo, la vidi misurarmi indispettita e in quell'espressione colsi del malumore. Senza dire una parola si era accomodata nella sala d'attesa a sfogliare una rivista. "Deve essere la sorella", pensai, "quella da tenere a bada". Cercai di riportare alla memoria il nome che avevo letto sulla scatola il giorno prima, ma non mi tornava in mente.

Fred mi illustrò la pratica comunicandomi che non cambiava nulla, nemmeno il costo dell'abbonamento, che era lo stesso da anni. Non ne conoscevo il motivo, ma aveva sempre un certo riguardo nei miei confronti e non mi riusciva mai di convincerlo ad aumentarmi la tariffa.

Mentre scartabellava tra i documenti, buttai di nuovo un occhio alla sorella ancora seduta e con il giornale sulle gambe. Era smaliziata, si intuiva, e addosso aveva un'aura malinconica che in parte mi intenerì. «Da adesso, la nuova auto è protetta in caso di infrazione o danni all'interno del Lether Parking», disse Fred riportandomi al motivo della visita.

«Perfetto. La tessera magnetica è sempre la stessa?», chiesi.

«Certo, ho solo aggiornato i dati nella nostra scheda interna. Tra l'altro il valore dell'Audi è più o meno quello della sua vecchia Mercedes, quindi nessun cambio di tariffa».

«Bene, sempre gentilissimo Fred, ci vediamo domani e buona serata».

«A lei signor Scott».

Recuperati i documenti, nell'uscire salutai la sorella in modo cortese e lei rispose senza alzare nemmeno la testa. Poi, mentre oltrepassavo la saracinesca dell'uscita, la vidi dalla vetrata raggiungere il fratello, aprendosi in un sorriso davvero affascinante. Disarmante e angelico, come quelli che le figlie regalano ai padri. "È affabile", pensai, "come tutti i Lether del resto, una questione di dna.

Quella sera dopo cena, come ogni venerdì, mi preparai per andare a recuperare al club una donna per la serata. Avevo voglia di scoparmi un bel culo. Quello di Guendaline, l'ultima volta, mi aveva piacevolmente soddisfatto. Oltre a un bel culo quella ragazza era una vera gola profonda, succhiava bene e soprattutto aveva un bella fighetta non rifatta. Da qualche anno, c'era la moda di rifarsela, non ne capivo il motivo, apprezzavo, ma le fighe naturali avevano sempre il loro fascino. Scoprirle, infilarci le dita, perlustrale e assaporarle. Mi piaceva come mi faceva sentire. Quest'ultima pratica, però, la concedevo solo ad Alice, l'unica donna "perbene", che frequentassi. L'unica che come me non cercava storie, ma solo sesso, anche se troppo soft, ad eccezione di qualche giochetto innocente.

Al club, dopo essermi accertato degli ultimi esami medici di Guendaline, me l'ero portata a casa e me l'ero fatta un paio di ore legata alla sbarra. L'avevo salutata con il suo bel culo in fiamme, mille dollari in mano e un bel vestito in omaggio. Mi piaceva fare dei regali alle ragazze del club, non che ce ne fosse bisogno, e non lo facevo certo per senso di colpa, bensì per *coltivarmele*, renderle servizievoli e accomodanti ai miei bisogni. E come ogni sera, prima di abbassare le tende per andare a dormire, buttai un occhio al palazzo di fronte per osservare le solite scene familiari dei dirimpettai. La famiglia al nono piano con il padre spalmato sulla poltrona schiacciato dalla pancia gonfia, la madre nel letto a leggere un romanzo e la figlia al computer. La signora della drogheria del decimo piano era seduta sulla sua sedia di legno con la testa ripiegata sul petto, addormentata. L'anziano del settimo stava appoggiato al muro intento ad origliare le grida dei vicini presi dalla litigata di rito, e poi, la mia coppia preferita. Due sposini freschi freschi. Avevo fatto una scommessa con me stesso il giorno in cui li avevo visti entrare in casa avvinghiati nei loro abiti cerimoniali. Tempo previsto: due anni, massimo tre. Si dice che un buon matrimonio è quello in cui ciascuno dei due nomina l'altro custode della propria solitudine. Osservandoli oggi, a distanza di qualche mese, traspariva senza ombra di dubbio, quanto la solitudine appartenesse ad ognuno di loro senza alcuna condivisione. Due entità separate. L'inizio della fine. Lenta, inesorabile e subdola. Osservare quelle scene di vita quotidiana, confermava la mia teoria sugli altri. Erano più soli di me, ma non lo sapevano. Indecifrabili l'uno per l'altra e intrappolati in rapporti che volevano essere un palliativo alla condizione di base. Io, almeno, al contrario di loro, solo lo ero per scelta. La mia solitudine mi faceva compagnia, era fredda, silenziosa e inattaccabile. Una condizione in cui avevo il controllo totale di me stesso, della mia vita. L'unico a cui dover rendere conto. Nessuna intromissione dall'esterno.

Rassicurato nella mia teoria di vita, appena prima di tirare le tende, scesi con lo sguardo al Lether Parking e osservai per qualche secondo la luce filtrata della finestra a oblò. Per forza di cose ripensai a quell'essere mingherlino incontrato qualche ora prima e mi fece un po' pena a pensarla in quel luogo spettrale e deserto. Chissà se aveva paura?

# Buio o luce

La domenica, da due anni a quella parte e quando il tempo me lo permetteva, andavo con Seth ad arrampicare su roccia. Mi piaceva come attività fisica. Superare gli ostacoli, raggiungere un obiettivo con il solo uso del corpo. Sentivo che mi rigenerava al pari di una bella scopata. Due appaganti discipline a cui mi prestavo volentieri e il cui comun denominatore era l'uso di tutto ciò che ero. Me stesso. In ambedue era fondamentale, importante e necessaria una perfetta conoscenza del movimento, dell'equilibrio e soprattutto il controllo delle proprie emozioni.

Padroneggiare armoniosamente il proprio corpo, imparare a vincere il dubbio, la paura, superare se stessi ed essere leggeri. La chimica perfetta della vita. Inspiegabilmente, quella domenica Seth era fuori forma. Lo avevo lasciato a riposarsi seduto su una sporgenza a metà salita. Essere in testa, mi fece carburare tanto da sentirmi determinato come non ricordavo. Ogni muscolo del mio corpo era in completa simbiosi con la roccia, anzi, io ero quella roccia, e le mie mani capaci erano perfettamente ancorate alla pietra fredda. Scalavo quasi a occhi chiusi per quanto sentivo il richiamo della vetta. L'obiettivo si avvicinava e non vedevo l'ora di issarmi in piedi, alzare la testa al cielo e respirare l'aria a pieni polmoni, lasciare andare i muscoli e farmi pervadere dall'adrenalina della conquista. Era una sensazione che mi esaltava prepotentemente. Buttai un occhio verso il basso, per vedere se Seth aveva ripreso la scalata. Riuscii a scorgerlo a una ventina di metri. Agganciatomi saldamente con la mano sinistra a un piccolo incavo, feci leva sulla gamba destra quel tanto da spingermi qualche centimetro più in alto e afferrare uno spuntone di roccia.

«Fanculo», urlai a denti stretti.

Era una presa artificiale. Odiavo questi artefatti creati per aiutare i perdenti. Respirando molto lentamente tornai alla posizione appena lasciata. Concentrandomi, analizzai la roccia sovrastante, in cerca di appigli e appoggi. Alla fine, focalizzai una leggera rientranza. Ma era troppo distante. Significava come minimo saltare e perdere l'appoggio dei piedi e, se anche fossi riuscito a fare la presa, come minimo sarei restato appeso con una sola mano. Provai a immaginare la sequenza. Una volta che la sentii mia, definii lo schema delle prese successive e contai fino a cinque. Focalizzato quel punto preciso e solo quando lo avvertii mio, mi spinsi deciso aggrappandomi con tre dita della mano sinistra. Lasciai il corpo morbido e leggero, se mi fossi irrigidito troppo sarei caduto per il peso. A quel punto avevo due possibilità: alzare la gamba destra e puntare il piede nell'incavo appena liberato dalla mano per poi spingermi in alto cercando di ancorarmi con la destra a una piccola porzione di roccia sporgente, oppure cedere all'impossibilità e mollare il colpo, lasciandomi andare alla corda e ricominciare. Cosa fare? Scelsi la prima, non c'era ragione di mollare, mai mollare. Bisogna tenersi forte e puntare in alto. Raccolsi tutte le energie che avevo e tentai, ma non ce la feci. Il piede era scivolato scaricando il peso del corpo all'indietro. Mi ero lasciato cadere spossato e deluso. Ammortizzato l'impatto contro la roccia, ero restato a dondolarmi alla corda dell'imbracatura per qualche minuto. Abbassai lo sguardo in cerca di Seth e accompagnata dalla brezza di quella bellissima mattina di autunno, mi arrivò la sua eterna incitazione: «Coglione!».

Paziente, mi rimisi all'opera. Questa volta, mi spostai di mezzo metro, cercando nuove prese più sicure e facili, approdai sulla vetta in una ventina di passaggi. Finalmente in cima alle Shawangunk Mountains, mi rilassai a guardare il panorama mozzafiato. Il *foliage* dell'autunno era al culmine. L'intera vallata era rivestita da una magica armonia di colori. Gli aceri rossi e arancioni si alternavano ai pioppi giallo intenso e i sommacchi violacei si fondevano con il verde. Osservai la vegetazione colto da un'improvvisa scarica di riconoscenza e per un istante mi sentii grato alla vita.

Nell'attesa di Seth, mi sdraiai a terra a riposare, circondato dal silenzio della montagna e dell'altitudine.

«Cazzo dammi una mano, non ce la faccio più», urlò Seth d'improvviso risvegliandomi dalla pace dei sensi.

Era stremato, aggrappato al ciglio, madido di sudore e con gli occhi fuori dalle orbite. Veloce mi apprestai ad aiutarlo. Gli afferrai il braccio e lo tirai con forza sulla cima. Era distrutto, ma soprattutto pieno di rabbia. Odiava arrivare secondo. «Non dico nulla», dissi tirandogli una pacca sulla spalla.

«Ecco, bravo, sta' zitto», borbottò in ginocchio a riprendere fiato.

Appena riprese a respirare più regolarmente si rovesciò a terra e io mi adoperai a recuperare la corda e la sacca dell'attrezzatura. Radunati i moschettoni e l'imbracatura, colsi Seth a scrutarmi silenzioso. Sorrisi tra me. Gli rodeva e di sicuro ora avrebbe cercato di rovinarmi quel momento di soddisfazione. E infatti...

«Ti ci vuole una donna Adam», disse all'improvviso.

"Uhm, ci risiamo!", pensai. Lo squadrai stanco. «Non vuoi accettare la disfatta. Cambi discorso per rovinarmi questo momento?», lo guardai di sottecchi divertito «E comunque, per la cronaca, mi bastano quelle che ho».

«Sono troie quelle che hai, non sono donne», disse Seth rimettendosi in piedi.

Gli scaraventai addosso la sacca dell'attrezzatura in modo che si preoccupasse di faccende più importanti. «Sono donne anche loro», dissi, «e lasciano il cervello a casa quando *lavorano*».

Seth tirò fuori dalla sacca gli indumenti e una bottiglia di acqua lanciandomela al volo. «Annabelle dice che prima o poi ti verrà un infarto mentre scopi».

Scoppiai a ridere e sputai a terra l'acqua appena bevuta. «Sarebbe una bella morte», commentai divertito.

«Già», mormorò. «Una morte del cazzo, nel vero senso della parola».

Indossai la felpa senza rispondergli. Era chiaro, voleva rovinarmi la splendida sensazione della vittoria, grande baldoria. «Ma Adam, sii sincero, non ci pensi mai?», chiese.

«A cosa?»

«Ad avere di nuovo una relazione normale».

Ovviamente ogni tanto ci avevo pensato e altrettanto ovviamente ogni volta mi ero imposto di evitare qualsiasi fantasticheria a tal proposito. Non avrei permesso mai più a nessuna di piegarmi al suo volere, mai più manipolatrici e killer di professione dell'animo maschile accanto a me.

«Sinceramente no, restino pure dove sono», risposi deciso e lo fissai negli occhi. «Seth, la finisci? Lo sai come la penso, capisco che la paternità abbia risvegliato in te nuove percezioni e principi, ma la mia è una scelta definitiva».

«Di definitivo non c'è niente, Adam. Non prendermi per il culo. Io proprio non capisco, hai stuoli di donne che farebbero a botte per stare con te e tu invece le eviti».

«Appunto, farebbero a botte, e questo è già abbastanza inquietante. E poi non le evito, cerco solo di non trovarmici immischiato. Si creano milioni di aspettative per una stretta di mano, quando mi avvicino sento addirittura il loro cervello friggere per tutte quelle stupide congetture tipicamente femminili». Buttai le imbracature nella sacca e mi incamminai verso il sentiero, lasciando riordinare il perdente. Ne avevo davvero piene le palle.

«Morirai solo, e senza soldi», sentenziò Seth.

«Allora speriamo che la profezia di Annabelle si avveri», risposi aumentando il passo per lasciarlo indietro.

Ecco, era riuscito a rovinarmi l'appagamento dell'arrampicata e a farmi incazzare. Non lo sopportavo più. Da quando era nato Jason era diventato insostenibile. Ma nemmeno il mio evidente risentimento lo fermò dall'incalzarmi.

«Tanto non potrai andare avanti così!», urlò. «Una donna prima o poi la incontrerai e te lo dico già da adesso, saranno cazzi tuoi, perché ti piomberà addosso come un meteorite quando meno te lo aspetti. Succederà, vedrai», disse e poi aggiunse dopo qualche secondo: «Improvvisamente te la troverai davanti, e a quel punto dovrai scegliere il buio o la luce».

«Ma vaffanculo!», risposi. "Adesso è diventato pure mistico", pensai. E comunque, se una donna doveva entrare nella mia vita, di certo sarebbero stati cazzi suoi, perché non le avrei dato niente, neppure la centesima parte di me, ma solo quello che volevano tutte, cioè essere sbattute, private della loro volontà e domate.

Scesi dalla montagna con passo veloce e Seth non cercò di seguirmi. Aveva raggiunto il suo maledetto obiettivo: rovinarmi la giornata. Lo faceva sempre, se perdeva. Non voleva vedere l'altro godere. Era maledettamente competitivo.

Giunto a valle, lo aspettai sdraiato sulla panchina dell'area di ristoro. Quando Seth mi raggiunse, mi comunicò, come era nel suo stile, la sua opinione su di me: «Sei un coglione».

«Bene», risposi. «Felice di non deluderti mai. Adesso andiamo».

Sul ritorno dopo una buona mezzora di silenzio, Seth prese a divagare a proposito della cena con i giapponesi, a cui avevo abdicato per il bel culo di Guendaline e piano piano la tensione fra noi si sciolse. Gli volevo bene, era l'unico amico che mi fosse rimasto oltre a John. L'unico a non avermi mai giudicato con disprezzo per la morte di Elizabeth, l'unico, forse, ad aver intuito quanto era accaduto. Non mi aveva mai chiesto nulla direttamente, ma la mia uscita improvvisa dalla società immobiliare era sembrata una fuga. Era un uomo d'affari quanto me e un uomo d'affari non lascia l'azienda alla moglie da un giorno all'altro senza una ragione. La riempi di soldi, le lasci la casa e perfino la macchina, ma il potere economico di un uomo è come il suo cazzo, non è mai completamente di una donna, le può essere concesso, ma rimane suo. Quando lo conobbi lavoravo come "gobbo" alla Peterson Finance, dove avevo iniziato come stagista dopo la laurea. Non eravamo mai entrati in confidenza, ma lavoravamo bene insieme. Anche lui aveva un bel fiuto per gli affari. E quando avevo deciso di avviare la società immobiliare con Elizabeth e Tom, gli avevo chiesto di seguirmi, ma aveva gentilmente declinato l'offerta. Non credeva nelle società a conduzione familiare. Mi ricordo come mi rispose: «Adam, non ti offendere, i soldi sono soldi, la figa è figa, viaggiano separatamente». E aveva ragione.

Da allora, ci eravamo limitati a scambiarci gli auguri di Natale e qualche volta ci eravamo incrociati a qualche party. Era venuto a cercarmi lui diverso tempo dopo la morte di Elizabeth, ma in quel periodo non ero per niente accomodante. Trascorrevo le giornate a bere, sniffare e a guardare il mare. Avevo preso in affitto una casa a Long Island. Nessuno in quel periodo sapeva dove fossi finito. E lui aveva scoperto il mio nascondiglio, per caso mentre faceva una passeggiata in spiaggia con Annabelle. Mi aveva visto sulla veranda ed era venuto a salutarmi. Ricordo che non gli avevo nemmeno rivolto la parola, ma solo fissato palesemente contrariato, convinto che anche lui fosse a conoscenza della sordida storia tra Elizabeth e Tom. Per fortuna, una delle caratteristiche che più apprezzo di Seth è la sua caparbietà. Da quel giorno, ostinatamente, passava tutte le sere dopo il lavoro a bersi una birra e spesso mi portava da mangiare. Se ne stava in veranda con me in silenzio a bere e a guardare il tramonto, mentre io, annebbiato dal rancore, osservavo con disgusto il piatto preparato da Annabelle. Poi, una sera aveva rotto il silenzio e mi aveva raccontato della montagna, di quanto lo facesse sentire libero l'arrampicata. Lo avevo ascoltato senza interesse, trovando la sua passione un triste tentativo di sentirsi vivo. C'era gente che si buttava nello sport per placarsi, per resistere di fronte all'inutilità della vita. E una sera mi chiese se volessi andare con lui. Non so spiegarmelo, ma Seth piano

piano si era insinuato nella mia esistenza, e così accettai, non avevo nulla da fare e una gita fuori porta mi era sembrata una buona idea. L'indomani ero rimasto sdraiato a terra a guardarlo salire sulla roccia. Per tre ore lo avevo ammirato. Dopo quella volta, però, avevo iniziato ad arrampicarmi con lui e gliene ero grato. All'inizio ero un fottuto spavaldo, non me ne fregava nulla se cascavo, poi, quando ero riuscito ad arrivare a cinque metri, la scarica di adrenalina per essere riuscito ad arrampicarmi fino a lì, mi aveva fatto esplodere. E grazie a lui, avevo trovato una valvola di sfogo per scaricare tutta l'accidia e il rancore accumulato.

«Almeno tu hai scopato, io ho dovuto accompagnare il capo della Mitsu al Metropolitan ad ascoltare un cantante lirico italiano, non ti dico la noia. Io non capisco come si possa ascoltare quella musica, ti viene voglia di buttarti giù da una montagna».

«La prossima volta ci vado io, promesso, te lo devo, come tu adesso mi devi una birra per la mia strepitosa vittoria».

«Certo, coglione».

«Bene».

Rientrati a New York, e lasciata la macchina al garage, andammo al bar Lucas come tutte le domeniche. Appena entrammo nel locale, la mia attenzione si concentrò sulla piccola e gracile figura della sorella di Fred. Era seduta assorta a leggere il giornale nell'angolo est del locale. Ordinai due birre e con la coda dell'occhio la guardai meglio. Aveva i capelli sciolti ed era decisamente più carina. Di solito con Seth ci sedevamo sugli sgabelli del bancone, ma quel giorno scelsi il tavolo vicino alla ragazza, c'era qualcosa in lei che mi incuriosiva. In tanti anni di frequentazione del Lether Parking, non l'avevo mai vista e nemmeno sapevo della sua esistenza.

Seth, ammettendo finalmente la disfatta, prese a recriminare, mentre io puntavo l'esile vicina di tavolo, studiandone i lineamenti. Osservandola con maggiore attenzione, più da vicino, constatai che fosse fisicamente più in forma di quanto mi fosse sembrata la prima volta che l'avevo incontrata. Cercai di ricordare il nome, ma non mi tornò in mente. Selene, Sabine, Sonya, ricordavo solo che avesse un bel nome. Seth, nel frattempo, era arrivato ad addebitare al piccolo e incolpevole Jason la responsabilità della magra figura. Gli rodeva di brutto. Ci scambiammo un paio di battute e appena mi chiese dell'intrepida hostess conosciuta durante il volo per Chicago, la sorella di Fred alzò lo sguardo verso di noi, con espressione incerta. Immediatamente la salutai e lei di rimando rispose con un freddo "buongiorno", manifestando lo stesso malumore intravisto nel precedente incontro. Avrei preferito vedere comparire un sorriso su quelle labbra, ma forse anche lei, come me, ne era incapace.

Dopo meno di un minuto, si alzò dal tavolo per andarsene, non senza aver palesemente dimostrato un certo fastidio per quei discorsi irriverenti tra me e il mio compagno di arrampicata.

«Chi era quella?», chiese Seth voltandosi a guardarla curioso.

«È del garage dove tengo la macchina», risposi sorseggiando la birra e analizzandole il culo. Purtroppo non riuscii a cogliere molto. Anche quel giorno indossava un paio di pantaloni troppo larghi per intuirne le forme.

Sul viso di Seth affiorò una strana espressione. Scossi la testa di fronte alla sua ridicola supposizione.

«Per cosa ridi?», chiesi.

«Non rido, sorrido, che è diverso», disse e finì la birra in sorso. «Dai, vado a casa a trattenere il respiro».

«Bravo».

Accompagnai Seth all'auto e tornai verso casa. Prima di entrare nel portone, buttai un occhio all'autorimessa ripensando a quella strana ragazza. Niente da fare, il nome non mi veniva in mente, ma avevo in testa un nomignolo: "Campanellino".

I giorni a seguire, furono costellati da snervanti trattative con i Moore, giunti a New York per definire i benedetti termini dell'accordo di spartizione dei beni. Non vedevo l'ora che firmassero per chiudere il capitolo. Erano anni che quella storia mi impediva di ritrovare la pace e ogni volta che li incontravo, mi trattenevo per non dir loro la verità: che la loro splendida figlia, la luce dei loro occhi, la donna immacolata che era morta tra le mie braccia altri non era stata che una gran troia che in realtà definirla tale era sminuire quelle vere. A fatica mi ero controllato quando sua madre mi aveva chiaramente ingiunto di non portare fiori sulla tomba di Elizabeth. Ero rimasto fermo a guardare la sua bocca estendersi come un elastico, sordo alle sue parole. Non andavo sulla sua tomba dal giorno del funerale e sapevo bene invece di chi fossero quei fiori. Di chi altri, se non di Tom. Tutto questo: la loro presenza, il pensiero di Tom, le immagini degli ultimi minuti di Elizabeth scolpite nella mente e quelle di loro due insieme, riuscivano a farmi precipitare in quello sconforto che ormai conoscevo bene. Provavo un profondo senso di colpa per Elizabeth, per la creatura dentro di lei e anche per Tom, ma allo stesso tempo provavo una pena profonda, una rabbia infinita e poi tristezza e risentimento e vergogna per me stesso.

Troppi sentimenti da dover essere gestiti tutti insieme. Per sopravvivere avevo imparato a stare in silenzio e a non esternare nulla, almeno a parole. E nel tempo avevo trovato nella disciplina sportiva e soprattutto nel sesso, la mia valvola di sfogo. Un bell'oblio alla vita e al dolore. Scopare, fottere, in modo implacabile. Riversare sulle donne ciò che ero mi svuotava la mente e mi faceva sentire libero. C'erano tanti aspetti di me dietro a quei rapporti e non c'era nulla da analizzare, per quel che mi riguardava, andava bene così. Per fortuna la visita dei Moore durò meno del dovuto. Per l'ennesima volta, avevano deciso di tornare a Philadelphia e prendersi ancora del tempo per riflettere. Non so cosa diavolo avessero in mente, forse solo continuare imperterriti a sbattermi in faccia la colpa. Secondo Seth, non avrebbero firmato nemmeno in punto di morte. Iniziavo ad avere il timore che avesse ragione.

Comunque la sera stessa della loro partenza decisi di dedicarmi a una sacrosanta scopata.

Nel mio andirivieni dall'autorimessa, non mi era più capitato di incontrare Campanellino ma quella sera la intercettai fuori dal garage insieme alla strega del bar Lucas e Ben. Mi ero sorpreso a sorriderle d'istinto. Indossava un cappello rosso e giallo, ridicolo, ma che le stava bene. Con un'occhiata veloce mi sembrò leggermente più in forma, con le guance più piene e senza il velo di malumore che aveva nelle altre occasioni. Mi salutò appena e per la prima volta, mi sentii in imbarazzo a causa della persona con cui mi accompagnavo, e mi chiesi cosa potesse pensarne. La risposta era piuttosto ovvia. Che ero un puttaniere, come del resto pensavano tutti.

La scopata serale ebbe un effetto soporifero, rilassante, e il giorno dopo, mi ero svegliato decisamente sereno.

Tutto era tornato nei parametri quotidiani. Pronto per una nuova giornata di lavoro, di numeri, pianificazioni e strategie.

Come ogni mattina, dopo aver preso il caffè, andai da Fred per prendere l'auto e quel giorno anche per rinnovare l'abbonamento. Mentre aspettavo che finisse di occuparsi di un cliente in *panne*, all'improvviso dal retro era spuntata Campanellino. E la giornata era migliorata.

Come avevo intuito la sera precedente doveva aver preso qualche chilo e, diversamente dalla prima volta, era più curata e meno trasandata. Aveva i capelli sciolti, ben pettinati e indossava un vestito di lana nera su una calzamaglia grigia con degli stivali di pelle. Era in ordine, come per un'occasione importante. L'abbronzatura aveva lasciato il posto a una carnagione bianca che faceva risaltare ancora di più le sue labbra sottili e quegli occhi intensi. Era graziosa, aveva un suo perché, non so cosa avesse di speciale, ma qualcosa che attirava la mia attenzione lo aveva.

Mi aveva rivolto la parola più del solito buongiorno e buonasera, e nell'udire la sua voce abbozzare una frase compiuta, mi ero sentito travolgere da una secchiata d'acqua. Aveva un tono basso e molto controllato, soave e seducente. Mi aveva chiesto se potesse essermi utile. Per un istante, pensai che sì, poteva essermi molto utile soprattutto con quella bocca.

Le avevo risposto che aspettavo il fratello in modo freddo e lei di rimando aveva fatto una battuta in merito al fatto che "servisse a poco", rivolgendomi lo stesso sorriso da fanciulla che le avevo visto fare a Fred.

Quando Fred ci raggiunse in ufficio, le chiese gentilmente di andare a prendere delle ciambelle. In quel momento sentii il fratello chiamarla per nome... Sophie...

Ecco come si chiamava. Non avrebbero potuto avere un nome più bello. Era perfetto per lei. La sentii dire che andava all'università per l'esame, ma il fratello non si dimostrò molto interessato, e lei sembrò restarci male.

Fred prese a incalzarmi con il suo solito conteggio al ribasso, obbligandomi a distogliere l'attenzione da Campanellino, che ne approfittò per andarsene. Pagata la mia quota mensile, mi diressi veloce verso la macchina. Speravo di riuscire a vederla camminare. Dall'andatura di una donna capivo tutto. Comprendevo se era una soddisfatta sessualmente. Teorie maschili, che negli anni avevo testato. Un passo sciolto esprimeva energia, libertà e sensualità appagata e la donna che si muoveva così spesso era propensa a esprimersi. Un passo trattenuto significava il contrario, ed erano quelle le donne che preferivo. C'era margine di gioco. Portarle allo sfinimento, lasciando a me il divertimento di prenderle come volevo.

Uscito dall'autorimessa mi trovai imbottigliato in una coda praticamente immobile. In quella lenta processione notai Sophie alla fermata dell'autobus, chiaramente spazientita. Stava rigida con il collo allungato e fissava con lo sguardo l'orizzonte.

Al notiziario radio avevo sentito di un problema sulla 14$^{th}$ a causa di un incendio. Di sicuro stava andando alla New York University, pensai mentre la coda si muoveva. Vidi una signora parlarle in modo convulso e osservai Sophie sbuffare e alzare lo sguardo rassegnato al cielo. Mi fece di nuovo sorridere.

Quando le arrivai davanti, senza stare troppo a pensarci, abbassai il finestrino e la chiamai. Pronunciare il suo nome ad alta voce me lo fece drizzare di colpo. Colto di sorpresa me lo palpai per placarlo e mi allungai sul sedile del passeggero per offrirle un passaggio. Cercai di trattenere il sorriso che mi suscitò la sua reazione di fronte a quella offerta mentre, piegata sul finestrino, cercava di decidere se salire o meno. Si era grattata la fronte un paio di volte poi, dopo aver guardato l'orologio e avermi chiesto rassicurazioni sul fatto che per me non fosse un problema, era salita in auto. Una volta rientrati nel flusso di lamiere, la vidi sistemarsi la gonna per coprirsi le ginocchia. Di sicuro la stavo mettendo a disagio. Nel prendere il bicchiere del caffè dal vano porta bevande ebbi la strana sensazione che Sophie stesse scrutando la mia mano. Per allentare l'imbarazzo le feci alcune domande, tanto per rompere il ghiaccio.

«Cosa frequenta?», chiesi.

«Arti e Scienze», rispose.

«Non è un po' fuori corso?»

«Sì, ho ripreso gli studi interrotti due anni fa», rispose con fare annoiato.

Riposizionai il bicchiere nel vano e di nuovo la vidi, come un segugio, scrutare la mia mano. Mi chiesi a cosa mai stesse pensando. Stranamente la sua testolina non friggeva.

A quel punto le chiesi se abitasse sopra l'autorimessa e colsi in lei un velato malessere.

«Sì momentaneamente», disse un po' scontrosa.

Un secondo dopo mi domandò cosa facessi nella vita. E qualcosa, forse il tono leggermente sarcastico, mi fece capire che mi stava rimandando la palla.

«Io?», dissi divertito. «Dirigo una società finanziaria, mi occupo di fusioni e acquisizioni».

L'osservai guardare fuori dal finestrino, mentre con un unghia si accaniva su una pellicina del pollice.

«E vive di fronte all'autorimessa?», chiese ironica e amara.

Le risposi allo stesso modo, tanto per farle capire che avevo colto, la sottile ironia.

«Sì momentaneamente».

Lei, indecifrabile, sorrise appena o forse no, non lo capii. Poi calò il silenzio.

Purtroppo quel giorno New York aveva deciso di dare il meglio di sé. L'incendio sulla 14$^{th}$ aveva congestionato il traffico e questo mi indispettì, non amavo arrivare in ritardo, tuttavia non mi dispiaceva poi tanto restare imbottigliato con Campanellino, volevo sapere qualcosa in più di lei. Negli ambienti che frequentavo, le donne con cui mi capitava di relazionarmi, e che non fossero escort, avevano tutte un certo snobismo frutto di un'estrazione di un certo tipo, mentre Sophie apparteneva a una tipologia sociale decisamente diversa.

Le mie aspettative di passare del tempo con lei vennero però deluse quando di punto in bianco, decise di scendere per proseguire a piedi verso la più vicina fermata della metropolitana.

«Oggi non posso proprio fare tardi, ho il primo esame».

Un po' rammaricato, la lasciai andare. Non potevo certo tenerla in ostaggio. Ci salutammo e, sempre bloccato nel traffico, l'osservai per un centinaio di metri camminare senza riuscire a capire niente su di lei. La sua andatura non era trattenuta, ma nemmeno troppo sciolta, sfuggiva completamente alla mia teoria sulla camminata femminile. Sfiorava il terreno proprio come un folletto. Non avrei potuto trovare un nomignolo migliore. Era un'impenetrabile Campanellino.

Dopo quel breve incontro, non mi capitò più di incrociarla e nemmeno ci pensai più, a parte qualche volta prima di andare a dormire quando buttavo un'occhiata alla finestra, chiedendomi se non avesse paura a dormire lì tutta da sola. Finché una sera non rimasi bloccato nell'autorimessa, a causa di un improvviso blackout. Mentre cercavo un modo per uscire, dall'ufficio di Fred il bagliore di una luce aveva attirato la mia attenzione. Avevo bussato e improvvisamente dietro la porta a vetri era apparsa lei.

Mi aveva aperto coperta soltanto da un microscopico asciugamano verde, lasciandomi strabiliato e imbarazzato. Per prima cosa avevo notato le spalle nude, poi con lo sguardo ero salito lungo il collo fino al suo volto e infine sceso fino ai suoi piedi nudi. Era magra, ma tonica, come avevo già intuito, e con due caviglie sottili che erano una meraviglia. I vestiti che indossava normalmente erano un oltraggio al suo corpo. Forse l'avevo squadrata con troppa insistenza, tanto che, imbarazzata, si era nascosta dietro lo schedario lasciandosi andare a una risata impacciata. "È stravagante", pensai, "davvero una strana ragazza". Di solito le donne con cui avevo a che fare me la mettevano su un piatto d'argento e ammiccavano sempre come brave troiette. Lei invece, molto probabilmente anche per via della situazione anomala, non lo faceva. Mi aveva chiesto la torcia in cambio del personal computer con cui si faceva luce. Facemmo lo scambio e lei andò a vestirsi. Purtroppo la luminosità del desktop non mi regalò una buona visione del suo culo.

Mentre aspettavo che tornasse mi sedetti alla scrivania di Fred e, come facevo ogni volta che ero in quella stanza, mi trovai a fissare gli occhi di Robert alla parete. Sophie aveva ereditato gli stessi occhi. Sinceri, onesti, in una parola disarmanti.

Quando riapparve vestita in una tuta color senape, tutte le mie fantasie si spensero all'istante. Mi disse di seguirla nel retro da dove sarei potuto uscire e le ubbidii. Nell'andarle dietro osservai di nuovo il suo modo di camminare. Sciolto non era, trattenuto nemmeno, era piuttosto sospesa, senza gravità. Le guardai i piedi nudi e poi immancabilmente le fissai il culo che dietro quella tuta un po' più stretta riuscii finalmente a vedere, o forse mi immaginai solo di vedere quello che speravo.

E di nuovo mi chiesi come faceva a stare in quel posto da sola. Chiunque poteva entrare e attentare alla sua vita, sarebbe bastato un soffio per farla capitolare per quanto era gracile. Quindi decisi di togliermi quella curiosità e glielo chiesi.

«Ma non ha paura di stare qui da sola?»

Sophie rispose come avrebbe fatto una Lether, senza margine di replica.

«No», rispose decisa.

Armeggiò con la serratura inveendole contro e poi spalancò la porta, determinata a mandarmi via.

«Ecco, è libero», disse con un certo sollievo.

Mi trattenni dal riderle in faccia. Aveva un modo di fare davvero divertente. Prima di congedarmi, a un passo dalla soglia, mi trattenni un istante e le chiesi se volesse compagnia. Magari si faceva degli scrupoli considerato il fatto che ero un cliente. «Vuole che resti a farle compagnia finché non torna la luce?».

Sophie mi squadrò per alcuni secondi che mi sembrarono infiniti, e avvertii il totale stupore per la cortesia che le offrivo.

«Ehm, no, va bene così», bofonchiò stranita.

Interdetto la salutai, chiedendomi cosa mai avesse fritto il suo cervello e mentre camminavo verso casa, ripensai divertito a lei dietro lo schedario in quell'asciugamano verde. Mentre ero già a metà strada, la sentii chiamarmi.

«Signor Scott, la torcia».

"Meglio proseguire", pensai. Con quell'immagine di lei nella testa, se fossi tornato indietro mi sarebbe scattata una voglia che forse non sarei riuscito a trattenere. Al pensiero di quelle caviglie mi si indurì di nuovo.

«La tenga pure», risposi senza voltarmi.

«Ma a che piano abita?», chiese. A quella domanda mi arrestai. Osservai l'atrio del condominio che era nel buio più pesto. Cazzo, mi sarei dovuto fare dodici piani a piedi arrancando nell'oscurità fino al mio appartamento. E lei aveva la torcia. Per un istante mi risuonarono nella mente le parole di Seth: *o il buio o la luce*.

Mi voltai verso Sophie che era ancora sulla porta dell'autorimessa con la torcia tra le mani. Era quella la mia luce? Mi venne da ridere al pensiero che fosse lei. Una fatina sconfortante e melanconica? Era un'ipotesi decisamente assurda.

«Scusi?», chiesi compiaciuto da quella strana coincidenza.

«Di sicuro l'ascensore non funziona e dovrà farsi le scale al buio, abita molto in alto?», chiese urlando.

Non so cosa avesse quella ragazza per provocarmi sempre un sorriso.

«Effettivamente al dodicesimo», risposi facendo un passo. «Non ci avevo pensato».

«Senta, se vuole aspettare qui le offro una tazza di caffè», disse.

Non ci pensai un secondo di più e, attratto dalla luce di quella piccola torcia, tornai sui miei passi per raggiungerla.

«Mi sembra una buona idea», dissi una volta di fronte e lei, mi regalò il sorriso dei Lether.

Ci sistemammo alla scrivania del fratello, io seduto sotto lo sguardo di Robert e lei nella sedia di Fred. Mi offrì un caffè tiepido e restammo in silenzio qualche minuto a sorseggiarlo.

Per fare conversazione le chiesi dell'esame. Mi rispose che era andato bene e avvertii in lei un moto di orgoglio. Subito dopo mi chiese di darle del tu e altrettanto feci io. E di nuovo avvolti da quel silenzio surreale, la fissai per un po'. Era carina, semplice e stranamente stava reggendo il mio sguardo senza che io avvertissi il rumore del suo cervello in balia di considerazioni su di me. Le osservai le labbra umide di caffè e la voglia che avevo trattenuto pochi minuti prima, nel trovarla in asciugamano, si ripresentò. Chissà com'era la sua fighetta? Con quelle labbra umide di caffè me la immaginai sottile. Le grandi labbra perfettamente armoniche alle piccole e chissà se il clitoride sporgeva o era nascosto. Dio come avrei voluto scoprirlo in quel momento. Aprirle le gambe e assaporarla, succhiarla, mangiarla. Chissà com'era al tatto. E i suoi gemiti mentre veniva? Era qualcosa che mi mancava. Le prostitute che frequentavano erano brave, e godevano parecchio, ma non avrei potuto stabilire con certezza se stessero fingendo o fosse tutto vero. E nemmeno mi interessava saperlo. L'unica donna "normale" che mi scopavo che non lo facesse per mestiere, a volte era fastidiosa nella sua teatralità orgasmica.

Improvvisamente Sophie aveva scosso la testa, come per richiamare all'ordine se stessa. Mi chiesi se per caso non avessi parlato ad alta voce o se avesse notato la mia espressione da arrapato. Per sciogliermi, decisi di chiederle di lei e di come si era ambientata in città. Qualche settimana prima avevo sentito Fred parlare al telefono a proposito del Nevada e di una storia finita male. Lo avevo notato particolarmente scosso e avevo preferito uscire dal suo ufficio aspettando che terminasse la telefonata.

«Allora come vanno le cose? Ti sei abituata alla città?», chiesi.

«Più o meno», rispose.

«Cosa fai di solito quando non sei qui?»

Addentò un biscotto. «Niente», disse alzando le spalle.

Le risposte laconiche di Sophie mi spiazzarono un poco. Non era molto spigliata, ma non per timidezza: intuivo in lei un certo desiderio di starsene sulle sue. Come un coglione, per cercare di trovare una breccia, mi trovai a fare una noiosa biografia di me stesso, ma appena me ne resi conto smisi di parlare. Era la prima volta che mi sentivo... come dire, un po' a disagio. Di nuovo in silenzio, buttai un occhio all'ambiente. C'era davvero da aver paura a stare lì la notte. Quindi le feci nuovamente la domanda che mi ponevo ogni sera prima di andare a dormire.

«Senti Sophie, te lo chiedo di nuovo, non hai la minima paura a stare qui?»

«No, perché dovrei? Sto nella mia stanza chiusa a chiave e osservo i clienti andare e venire».

«Cioè, osservi dalle telecamere?», chiesi basito.

«Sì in realtà non guardo sempre, solo quando entra o esce qualche cliente. Da quando mio fratello ha automatizzato l'ingresso, tiene le telecamere per dare assistenza nel caso ci fosse bisogno. Stasera, per esempio. Peccato che il generatore non sia partito».

Non riuscivo a capire come mai Fred l'avesse assoldata per quel lavoro assurdo. Osservare le telecamere dell'autorimessa tutta la notte? Ripensai alle sue parole quando stava montando i mobili per il suo arrivo. *Così la tengo sotto controllo*. Osservando quei due occhi da cerbiatta mi chiesi per quale motivo fosse necessario controllarla. E di nuovo, per qualche minuto, restammo in silenzio. Io davvero non sapevo di cosa parlare e lei non mostrava alcun interesse nel voler fare conversazione. Tuttavia, ero troppo stuzzicato e intrigato da quella ragazza. Quindi decisi di togliermi la curiosità e le chiesi in modo diretto se si vedesse con qualcuno.

«Quindi, oltre a frequentare l'università non fai nient'altro? Non vedi nessuno?».

Mi aveva osservato con ironica sorpresa e derisoria mi aveva risposto con una domanda.

«Qualcuno in che senso?»

«Qualcuno in quel senso», chiesi diretto e allusivo.

Sospirò facendo spallucce. «No, al momento non cerco storie».

«Colpa di una storia finita male?»

«Direi di sì».

«Puoi sempre cercare storie meno serie», suggerii divertito.

Rispose lapidaria: «Non cerco nessun tipo di storia».

Chiaramente mi stava facendo capire "nemmeno una scopata veloce". In sintesi, mi stava rifiutando. Davanti alla sua reazione la incalzai più diretto, ma niente, un attimo dopo il discorso prese una piega inaspettata. Di sicuro, scocciata dal mio celato intento mi chiese se frequentassi più di qualcuna facendomi capire chiaramente l'opinione che aveva di me. Non era un mistero per nessuno che frequentassi una certa categoria di donne. Non lo avevo mai nascosto. Ma davanti a lei, in parte, mi sentii inadeguato e giudicato e questo riuscì a innervosirmi. Le chiesi cosa pensasse in merito, ma improvvisamente tornò la luce interrompendo il discorso rendendola visibilmente felice. Non vedeva l'ora che me ne andassi. Si capiva bene. Come darle torto. A guardarci dall'esterno lei era cappuccetto rosso e io il lupo pronto a sbranarla.

Nel congedarmi la salutai con una stretta di mano decisa e lei mi trafisse con i suoi occhi più che decisi.

Di fronte a quello sguardo pungente, pensai che se lei era la mia luce di certo la strada che indicava non era quella per il paradiso, ma quella per l'inferno più profondo. Era una ragazza capace di mandarmi al manicomio per quanto impenetrabile e introversa.

Quella sera fu l'inizio di tutto, perché tornai a casa decisamente solleticato da Sophie, talmente tanto che me ne andai a dormire con un obiettivo in testa. Farmela.

# Insidiosa Sophie

La mattina seguente, sceso al bar a bermi un caffè, scoprii che la fortuna era dalla mia parte. Avevo notato Sophie seduta al tavolo a leggere il giornale. Dalla strada avevo richiamato la sua attenzione bussando al vetro e a gesti le avevo chiesto se potevo raggiungerla e lei mi aveva risposto con il suo sorriso. In quel momento pensai a quanto sarebbe stato bello svegliarsi tutte le mattine davanti a quelle labbra. Ti passava il malumore all'istante.

Mentre avanzavo nel locale elaborai una frase per scusarmi per l'audacia sottile con cui mi ero permesso di stuzzicarla la sera prima.

Invece, non appena cercai di spiegarmi, Sophie mi fece un discorso su quanto le relazioni fossero difficili per tutti, soprattutto se c'era di mezzo il sesso. Mi fece sorridere per come lo diceva. Sembrava una cosa normale avere dei problemi sessuali e di relazione.

Ci scambiammo qualche battuta in merito alle provocazioni che c'eravamo lanciati la sera prima, durante il blackout, e mi sorpresi a contemplarla. Non era una che si mostrava né tanto meno voleva apparire. Viveva in un suo bozzolo e se si fosse curata di più, o anche solo se avesse indossato abiti diversi avrebbe potuto abbagliare il mondo.

Per non far cadere la sua, inaspettata loquacità, le chiesi cosa stesse leggendo. E un attimo dopo mi trovai a inondarla di teorie finanziarie, nemmeno io capivo perché mai fossi arrivato a parlarle di economia. La sua espressione seria riuscì nuovamente a mettermi a disagio, mi fissava e non riuscivo a capire che tipo di reazione le suscitassi. Non mi era chiaro se quanto le stavo raccontando la interessasse o se non ci capisse nulla. Di solito quando cercavo di provocare le altre donne, quelle reagivano toccandosi i capelli in uno strano modo o si mordevano le labbra o comunque, faticavano a tenere gli occhi nei miei. Lei nulla, impassibile, mi fissava negli occhi con uno sguardo inaccessibile. Sarei rimasto lì a parlarle tutta la giornata solo per poterla guardare, ma la chiamata di Seth mi riportò alla dura realtà. Avevo appuntamento al MoMa con Xavier. Avrei rimandato volentieri, se non avessero dovuto inaugurare la mostra il lunedì successivo.

La salutai a fatica ripromettendomi di cercarla appena fossi rientrato ma, mentre stavo per uscire dal bar, mi colse il desiderio di restare con lei e senza nemmeno rendermene conto tornai indietro per invitarla al MoMa. Appena vidi l'esitazione velarle il viso, me ne dispiacqui. Di certo l'indecisione poteva dipendere dal fatto che non ero il tipo di uomo con cui voleva farsi vedere in giro. Subito avevo cercato di rassicurarla con una battuta in merito al suo "non far nulla" e questa allusione era riuscita a rilassarla quel tanto che bastava per farle accettare l'invito di un puttaniere.

In auto delegai alla radio il compito di farci compagnia. Arrivati al museo ci venne incontro Xavier con i suoi aiutanti. Mentre salutavo tutti e schivavo gli sguardi delle donne presenti, vidi con la coda dell'occhio Sophie allontanarsi verso la reception. Dove cazzo stava andando? Tra un sorriso e l'altro mi congedai dal gruppo e corsi a recuperarla. Con tono cortese la invitai a seguirci e, mi sentii come un padre davanti alla figlia il primo giorno di scuola. Sophie reagì a quell'invito con una remissività che mi sconcertò, una arrendevolezza spontanea. Sembrava fidarsi di me e di fronte a quella reazione provai una decisa ed eccitante indulgenza nei suoi confronti.

Tornati al gruppo cominciammo la visita. Al terzo dipinto guardai l'ora. Non ne potevo già più. La voce di Xavier era una litania noiosissima e il suo accento spagnolo risultava fastidioso come il suo puntualizzare su ogni dettaglio. Nello spazio da un'opera alla successiva, Sophie aveva la tendenza a restare due passi indietro, così ogni volta che me ne accorgevo mi avvicinavo a lei per non farla sentire a disagio. Poi, circondato dalla coltre riverente degli organizzatori e incalzato da Xavier a un tratto mi resi conto di averla perduta di vista. Mi ero voltato allora per cercarla: era impalata davanti al dipinto *Gli Amanti* di Magritte. "Ma che cazzo!"

«Scusate, torno subito», dissi, e rapido lasciai la comitiva per raggiungerla.

Arrivai alle sue spalle mentre era piegata sulla targhetta. Aveva l'aria trasognata e per qualche secondo restai ad osservarla, chiedendomi in quali riflessioni era perduta.

«Ti piace?», chiesi.

«Molto», rispose senza togliere gli occhi dal dipinto. Ne era totalmente rapita. Anche a me piaceva molto quel dipinto, lo trovavo intenso, vero e rappresentativo dell'amore. Due anime morte coperte da un sudario, ma capaci di superare l'ostacolo. Unite dalla passione, nonostante tutto.

«È molto intenso», aggiunsi.

«Sì», rispose in un sorriso pieno di speranza.

Avevo intuito che era rimasta indietro volutamente, lo avrei fatto anche io, ma non potevo. Però accelerare quel calvario, sì. Quel giorno, dopo anni, avevo una gran voglia di andare a pranzo fuori e desideravo portare Sophie con me. Tra l'altro, la giornata era perfetta per il ristorante di Arthur e Mildred a Long Island.

Le proposi di incontrarci al bar dove l'avrei raggiunta appena mi fossi liberato. Per fare il più presto possibile, boicottai Xavier nella sua disquisizione artistica. Appena accennava un respiro, mi spostavo al dipinto successivo. E così dopo quasi un'ora, la raggiunsi al bar della galleria. Dalla hall la vidi che parlava allegramente con il barista e provai un senso di fastidio.

La raggiunsi di spalle senza che lei se ne accorgesse e decisi di rendere chiaro al giovane che Sophie era mio territorio. Le sfiorai la schiena con la mano e provai una scarica indescrivibile. Mi trattenni dal piegarmi su di lei e baciarla.

«Quanto le devo? », chiesi al barista.

«Niente, per la bella Sophie offre la casa».

Il gesto mi fece salire il sangue alla testa. Cosa non gli era chiaro?

Intervenni allora con decisione dicendo che avrei pagato io, con uno sguardo affatto amichevole ed eloquente. Il giovane finalmente colse la mia determinazione. Lasciai dieci dollari sul bancone e presi Sophie per un braccio con il desiderio pressante di portarla via.

In strada, mentre tornavamo alla macchina, mi sentivo sull'orlo di una crisi. Avrei voluto dirle di non permettersi mai più di parlare con altri, ma non potevo. Chi ero per lei? Nessuno. E in quel momento mi resi conto che avrei voluto essere qualcuno, proprio per dirle che non doveva essere di nessun altro.

Giunti davanti all'auto, Sophie si arrestò brusca. Sul viso un'espressione torva. Di quelle che fanno sentire un miserabile.

«Senti, io torno con i mezzi», disse decisa e contrariata.

Cercai in me un briciolo di diplomazia e, mostrandomi sorpreso, le chiesi il motivo di tale decisione.

Con semplicità, tra le righe, mi fece capire che se avevo avuto i cinque minuti era bene che me li tenessi per me. Era arguta e diretta, senza essere molesta.

La rassicurai che andava tutto bene e scaricai la colpa dell'agitazione su Xavier e gli altri. La sua espressione non cambiò, anzi diventò ancora più scura in volto. Non c'era rabbia nei suoi occhi, ma profonda tristezza. Con molta cautela e gentilezza, le chiesi di salire in auto e lei lo fece. Appena chiuso lo sportello mi lasciai andare a un sospiro di gratitudine profondo e il mio cuore riprese i suoi battiti regolari. Accidenti, non mi era mai capitato di sentirmi tanto disorientato con una donna.

Per salvare la situazione la invitai a pranzo con me, ma lei, risoluta, rifiutò. Mi ero giocato tutto in quell'affronto al barista, aveva ragione Seth, ero un coglione. Cercai di animare la conversazione e provai a farla sorridere con una battuta, ma ottenni il risultato opposto e lei si chiuse ancora di più. Tanto per peggiorare le cose, Sophie mi chiese di lasciarla all'angolo e questo mi intristì. Di sicuro non voleva farsi vedere in giro con me.

Nel salutarla le chiesi scusa per qualsiasi cosa l'avesse turbata di cui fossi responsabile. Sophie mi rivolse un sorriso spento e, richiuso lo sportello, attraversò la strada allontanandosi quasi di corsa. Rimasi a guardarla confuso, fino a che non scomparve dietro l'angolo. Che cazzo mi era preso?

Per l'intero pomeriggio cercai di valutare alcune proposte di investimento. Cercai davvero di farlo, ma senza riuscirci. Ogni dieci minuti mi alzavo dalla scrivania e andavo alla finestra a curiosare verso il Lether Parking. Avevo impresso il suo cruccio di disapprovazione davanti agli occhi. La mia reazione l'aveva infastidita. Di solito ostentare sicurezza con le donne era il biglietto da visita per entrare nel loro letto. Invece lei, chiaramente e in modo silenzioso, mi aveva fatto capire che non ero niente, anzi peggio, che mi riteneva uno stronzo da evitare. In fondo, ero quello che ero e non avrebbe avuto tutti i torti a pensarla così. Come ogni sabato sera, dopo una cena proteica in vista dell'arrampicata del giorno dopo, mi adoperai per preparare la borsa con l'attrezzatura. Di solito alle nove me ne andavo a dormire, invece quella sera ero stranamente agitato, e mi aggiravo per casa come una tigre in gabbia. Andavo di stanza in stanza ma alla fine mi ritrovavo sempre davanti alla finestra che dava sull'autorimessa. Mi sentivo soffocare, così scesi a fare due passi. Ogni tanto lo facevo, mi distraeva. Camminavo, e per liberare la testa da qualunque pensiero, contavo i passi. Un modo per pilotare la mente che però non aveva alcun potere sul corpo, tanto che senza accorgermene mi ero trovato davanti alla macchina. Era fin troppo chiaro che ero arrivato fin lì nella speranza recondita che lei mi vedesse dalle telecamere e, per un caso fortuito, si facesse vedere. Ma niente. Nessun segnale.

Uscito in strada con la consapevolezza che stavo andando fuori di testa decisi di rientrare a casa, ma non appena vidi l'insegna accesa del negozio pachistano all'angolo, cambiai programma. Comprai due birre e, determinato, andai al citofono delle emergenze del Lether Parking. Le chiesi se potevamo berci una birra insieme. Sophie mi liquidò in due frasi. Semplice e diretta.

«Mi dispiace, ma non posso far salire nessuno».

«Se vuoi possiamo berla qui fuori», avevo chiesto.

«Senti», disse in tono spazientito, «sto andando a dormire, mi spiace... facciamo un'altra volta».

«Capisco» dissi. «Allora buonanotte».

E così me ne tornai sui miei passi con le mie due birre e una delusione cocente. Così giovane, ma dura e irremovibile. Non mi era mai successo di andare in bianco.

Rientrato nel mio appartamento, decisi che dovevo sforzarmi di dormire. L'indomani la sveglia era all'alba. E fu allora, nel richiudere le tende, che vidi Sophie seduta sugli scalini del garage insieme ai due del bar Lucas. Mi rattristai nel vederla ridere e scherzare, perché era evidente che non volesse avere niente a che fare con me. Per quale motivo? Solo per aver sottolineato a un barista qualsiasi di non permettersi di offrire un caffè alla donna con cui mi accompagnavo? Insomma, in fondo non avevo fatto nulla di grave, ma evidentemente la mia condotta per lei era stata inaccettabile. Con quei pensieri dormii poco e male.

L'indomani Seth, mi stracciò come al solito e, gongolante per la vittoria, non mi tartassò con concetti mistici sul senso della vita e luci e oscurità di ogni sorta.

Per qualche giorno non mi capitò più di vedere Sophie. Né all'autorimessa né al bar. Ogni sera, però, la osservavo dalla finestra nel suo appuntamento serale con i ragazzi del bar, provando una profonda invidia e una sempre più vivida necessità di conoscerla ed entrare in quel mondo impetrabile.

Poi un mattino, durante una visita all'università per il reclutamento di alcuni stagisti, l'avevo individuata in biblioteca, assorta nella lettura. E improvvisamente mi era tornato il buon umore. Silenzioso, mi ero avvicinato per salutarla, ma Sophie aveva reagito come se avesse visto un fantasma, alzandosi di scatto. Sembrava spaventata. Be', in fondo, aveva anche ragione, perché non aveva idea di cosa mi passasse per la testa ogni volta che le andavo vicino. Nella mente mi era rimasto scolpito il ricordo delle sue spalle, delle sue clavicole e solo il pensiero del suo corpo me lo faceva drizzare. E quelle caviglie. Già me le immaginavo avvolte da una cinghia di pelle, le gambe che si dimenavano mentre la prendevo. Dio come sarebbe stato bello vedere quella bocca socchiudersi per un orgasmo. Cogliere la sua espressione mentre il calore le pervadeva le membra.

«Che ci fai qui?», chiese scontrosa.

Interdetto da quella reazione, le spiegai il motivo della mia presenza. «Devo incontrare il rettore per reclutare degli stagisti».

Sophie fece un passo indietro andando a inciampare nella sedia. L'afferrai per tenerla in piedi. Lei, imbarazzata, si guardò attorno.

Sembrava impaurita. Per cercare di tranquillizzarla, aggiunsi: «Il rettore mi stava facendo fare un giro per la facoltà e ti ho vista».

«Ah, ah», rispose buttando un'occhiata al rettore che mi aspettava in fondo alla sala.

Era evidentemente infastidita e restia a qualsiasi forma di conversazione, perciò preferii lasciarla ai suoi studi. Mi pareva chiaro che non volesse avere niente a che fare con me. Dovetti farmene una ragione.

«Ti lascio studiare, volevo solo salutarti», dissi.

Rapido tornai dal rettore e dai suoi assistenti. «Scusate, ho salutato una conoscente», dissi. «Possiamo proseguire».

Charlotte, la segretaria del rettore, mi squadrò con

un'espressione che conoscevo bene, per averla vista molte volte sul viso di altre donne. Sembrava risentimento, ma nascondeva una vera e propria richiesta di attenzione da parte mia. L'ultima volta che ci eravamo incontrati me l'ero scopata nell'ufficio del rettore e ora, dopo l'incontro con la piccola peste, ero quasi tentato di fare il bis. Poi ci riflettei e lasciai scivolare via quel pensiero. Solo una volta.

Dopo una cinquantina di colloqui, mi presi una mezzora per analizzare i *curricula* scolastici dei candidati da cui selezionare quelli che avevano le potenzialità per diventare dieci manager, di lì a qualche anno. Ero annoiato e avevo poca attenzione. Così presi l'elenco e spuntai dei nomi a caso. Non faceva alcuna differenza chi fossero e quali attività extra scolastiche frequentassero. Erano tutti giovani laureandi con votazioni eccellenti, ma nel mondo della finanza non contava tanto quello quanto la capacità di anticipare gli eventi: l'intuizione era l'arma vincente per emergere nel fluttuante mondo dei mercati azionari. Dalla scrivania osservai il parco del campus e il via-vai di studenti, ingenui e ancora pieni di speranze. E immediatamente i ricordi del mio periodo universitario mi scaraventarono in quello della mia vecchia vita, quando avevo vissuto da protagonista ignaro. Quando c'ero io ad attraversare quei vialetti del campus, in compagnia di altri due. Il mio passato era fastidioso. Non avevo un solo ricordo che non fosse guastato dalla presenza di lei o di lui. Sempre presenti da che mi ricordassi. Scacciai il pensiero e decisi che a Charlotte potevo concedere un bis. La raggiunsi alla sua scrivania per portarle la lista.

«Ho selezionato i dieci studenti, la mia assistente ti comunicherà la data di inizio dello stage».

Prese il foglio e lo sistemò nel raccoglitore. «Lo farò avere al rettore».

«Allora come vanno le cose?», chiesi.

«Bene», rispose rigida.

«Sei offesa perché non ti ho chiamato? Ero stato piuttosto chiaro».

Lei annuì. «Lo so, ricordo bene».

«Comunque non richiamo, ma in via eccezionale sono disponibile a ripetermi».

Lei alzò gli occhi sorpresa ed eccola lì, quella smorfia leggera sulla piega delle labbra seguita da un profondo sospiro.

«Direi che sono io a non concedere il bis», disse con un finto astio.

Scrollai le spalle. «Come vuoi», dissi. «Allora ci vediamo tra sei mesi, per i nuovi colloqui».

«Infatti», disse.

"Peccato", pensai. «Allora ciao, Charlotte».

Dopo qualche passo.

«Signor Scott», la sentii chiamarmi.

Mi voltai e lei uscì dalla scrivania con il foglio in mano.

«Devo fare una copia da lasciarle», disse «Venga con me nella stanza delle fotocopiatrici».

«Volentieri», dissi sorridendole.

Tutto molto facile, facile, facile.

Più tardi mentre uscivo dal parcheggio dell'università intravidi Sophie alla fermata dell'autobus con lo sguardo ipnotizzato dall'asfalto del marciapiede. La oltrepassai, ma subito dopo, fu più forte di me, decisi di offrirle un passaggio. Lasciai allora la macchina in doppia fila e scesi per raggiungerla.

«Vuoi un passaggio?», chiesi gentile.

«Preferirei di no», disse decisa saltando giù dal muretto.

Quella reazione energica mi lasciò interdetto qualche secondo.

«Sophie, è solo un passaggio, non ho strane intenzioni e accetterò le tue condizioni». Insomma, che problemi aveva. Le stavo offrendo solo un passaggio.

L'espressione di Sophie non cambiò. Okay, era ufficiale, gli stavo totalmente e irrimediabilmente sulle palle. Chiaro.

«Cosa c'è?», le chiesi. Che almeno fosse chiara ed esplicita.

«Non odiavi chi fingeva di non capire?».

Ora, non so quale idea rosolasse in quella testolina, ma davvero adesso io non ci capivo più nulla.

«È solo un passaggio, non ti rapisco mica», dissi per cercare di smontare la sua rigidità.

E invece, fu scontrosa, come al solito. Mi fece un discorso sul fatto che non credeva alle coincidenze. Tra le righe mi stava dando dello stalker. Basito, le chiesi se lo pensasse davvero e lei per tutta risposta sottolineò che aveva un problema con la gente che le compariva davanti all'improvviso. Negli occhi una luce ostile. Mi indispettii non poco. Come si permetteva, una ragazzina di affrontarmi in quel modo. Avrei voluto tapparle quella bocca con un bavaglio e farla urlare di dolore e piacere. Portarla al limite della sopportazione e sentirla invocare il mio nome supplicandomi di smetterla. L'arrivo dell'autobus fu provvidenziale, la guardai andarsene ripromettendomi che se mai un giorno mi fosse capitata per le mani, l'avrei sistemata io quella bocca.

Quella sera stessa la vidi parlare come ogni giorno con i due del bar alla panchina dell'autobus e, ancora infastidito dall'incontro del pomeriggio, presi il cesto di birre dal frigorifero e scesi ad aspettarla. Non poteva rifiutarsi. Dio santo. Nessuna mi aveva mai scaricato. L'aspettai seduto al suo solito posto e appena mi vide, il sorriso le si spense sul volto e quella reazione mi fece incazzare ancora di più. Elargiva sorrisi a chiunque tranne che a me. Lo aveva fatto anche con una banda di motociclisti appena passati. A fatica cercai di controllarmi e la invitai in modo cortese a sedermisi accanto per bere una birra in amicizia e, grazie a Dio, questa volta accettò. Era snervante avere a che fare con la corazza con cui si proteggeva. Con la speranza di vedere addolcito quel suo muso duro, le chiesi di Capodanno.

«Sarò qui», rispose laconica.

Non potei non pensare a suo fratello e alla sua affermazione «Così la tengo sotto controllo». Cercai di fare una battuta in proposito, ma sembrò nuovamente avere voglia di mandarmi al diavolo. Sorseggiai la birra e cercai di nuovo di controllarmi. Le chiesi scusa.

Quindi cambiai discorso. Un altro sguardo dei suoi e mi sarei gettato in un pozzo. Era sconfortante. Una via di mezzo tra l'essere più innocente e il più letale della Terra. Un piccolo scorpione, timido, ma dotato di un potente pungiglione, sempre pronto a colpire, e in questo caso ero sempre io il destinatario di quel maledetto aculeo. Sophie non era per niente sprovveduta. Riconobbi in lei qualcosa che mi apparteneva. Il marchio del dolore a cui non voleva più prostrarsi. Per placare il suo animo e soprattutto il mio, decisi, per l'ennesima volta, di cambiare discorso. Mi sentivo uno stupido, ero sempre lì a tirarle fuori le parole, mentre lei restava sempre zitta e ferma. Le chiesi cosa stesse studiando in biblioteca.

«La teoria del caos», rispose.

«Sensibilità alle condizioni iniziali, imprevedibilità, ed evoluzione», dissi sbrigativo e anche un po' annoiato.

«Esatto», affermò sorpresa.

Da cosa? Che fossi intelligente? Avevo una laurea con lode, voluta e sudata. Non mi ero certo arricchito per caso.

«Ma non la capisco molto», disse all'improvviso, «anche se non esistono regole», aggiunse.

E questa affermazione, finalmente, mi diede modo di approfondire un discorso.

«In che contesto la stai studiando, psicologia?», chiesi.

«Sì».

«Allora immagino conoscerai la teoria della farfalla di Lorenz».

«Più o meno», rispose.

«Vuoi che te la spieghi?»

Lei annuì.

Era ora. Le illustrai la teoria di Lorenz, quanto mai perfetta, tra l'altro, alla situazione che si stava creando fra noi. E mentre disquisivo, la notai totalmente rapita dalle mie mani. Le scrutava come un segugio, totalmente affascinata, come già avvenuto in auto qualche settimana prima.

«Ti ho illuminato?», le chiesi, una volta finito di esporle la teoria.

Sophie, riapprodata sulla Terra dal suo viaggio mentale, sembrò anche più rilassata. Questo in parte mi rasserenò, così decisi di farle una battuta sull'episodio al MoMa che aveva dato inizio alla sua scontrosità. Appena terminai la frase, i suoi occhi si incupirono del buio più pesto.

E che cazzo! Non era possibile cogliere del rancore ogni volta che aprivo bocca. Risi amareggiato. Di nuovo da capo. Ero nuovamente stato reinserito nella lista degli stronzi.

«Sii sincera Sophie, sono tutt'orecchie», dissi. «Vorrei capire cosa ti ha preso. Non ti ho fatto nulla, ma per qualche ragione tu mi hai catalogato come persona da evitare».

Mi sentivo un coglione a farle quella domanda, ma davvero non riuscivo a capirla e ora volevo sapere davvero cosa pensasse di me.

Lei sorrise e si morse le labbra, e nel suo sguardo colsi una determinazione rancorosa. Alzatasi in piedi, in poche parole, mi disse sincera quello che vedeva in me.

«Penso che fondamentalmente tu sia una persona ossessiva, dominatrice, manipolatrice con problemi di relazione», e non contenta aggiunse. «Che vuoi venire a letto con me e di sicuro ci pensi in continuazione. E che io sono la tua nuova ossessione».

Tramortito, l'avevo ascoltata descrivermi per come ero veramente. Mi stava dicendo che il mio interesse nei suoi confronti, ormai fin troppo palese, era patologico.

A fatica le chiesi se avesse almeno visto un pregio in me. Per esempio il fatto che fossi ricco, prestante, o anche solo educato e cortese.

Non si limitò a rispondere, ma fece un discorso sul fatto che aveva già incontrato uomini come me, capaci di dare tanto e togliere tutto. E lì colsi il marchio della delusione, a me così familiare. Per certi versi eravamo agli antipodi, ma le ferite nell'anima si somigliavano. Lei non credeva agli uomini né io alle donne.

La determinazione con cui mi affrontò, sarò sincero, mi eccitò non poco. Di nuovo mi sentii prendere dalla voglia di tapparle la bocca. Aveva bisogno di lasciarsi andare la piccola Sophie, lo sentivo, era un segnale che proveniva da ogni cellula del suo corpo. E in quel momento pensai a quanto mi sarebbe piaciuto aiutarla a liberarsi. Farle scoprire come il dominio poteva esserle utile. Illuminato dai miei pensieri mi chiesi se lei, forse, non fosse la perfetta sottomessa. Avevo scolpita nella mente la sua arrendevolezza al museo, così mite.

«Tu sai con chi mi accompagno?», chiesi.

Spinto da quella presa di coscienza le avevo fatto quella domanda forse fuori tema rispetto al discorso che stavamo facendo, ma l'unica che potesse introdurre l'argomento. «Tu sai perché mi accompagno a un certo tipo di donne, Sophie?».

Sophie fu diretta e tagliente. «Non ti fanno sentire legato».

«Esatto», dissi. Quindi le richiesi cosa ne pensasse.

Ancora più aspra disse: «La mia opinione conta poco e tu sei libero di fare quello che vuoi. Come hai detto tu, conoscere i propri limiti aiuta, e credo che tu li conosca, per questo scegli quel tipo di donne».

Accidenti, per quanto minuta era una Nikita a parole e fin troppo arguta. Nessun margine di discussione. Colpito e affondato decisi di lasciar cadere il discorso, la salutai e me ne tornai a casa.

Quella notte mi addormentai con un unico desiderio. Sottometterla. Aveva ragione, piano piano, lei era diventata la mia nuova ossessione, un chiodo fisso. Volevo vederla tremare, sbalordirla, travolgerla e per ottenere tutto questo avevo un piano. Dovevo farla capitolare, sentivo che ce l'avrei fatta, ma dovevo prenderla alla lontana. Dato l'approssimarsi del Natale, lasciai a Fred un regalo da consegnarle, un libro sulla teoria del caos. Avevo capito che non era una tipa facile, e dovevo lusingarla con piccole cose.

Le scrissi una dedica: «Piccole cause, grandi effetti». Qualsiasi significato avesse colto sarebbe andato bene. Poco importava. Più si è criptici, meglio è con le donne. Sono talmente facili. Si creano milioni di teorie romantiche.

All'indomani del Natale trovai sul parabrezza un biglietto di Sophie. Telegrafico. Non si era sbilanciata. Solo un «Grazie, Sophie». Ma pensai fosse già tanto. Purtroppo il bar Lucas restò chiuso per le feste e il suo appuntamento serale con la *strega* e Ben, la mia unica chance per avvicinarla, non mi permise di raggiungere l'obiettivo. Vedevo la luce accesa dell'oblò, ma di lei nessuna traccia. Ma non avevo fretta. Avrei aspettato dopo l'epifania, poi non l'avrei fatta più respirare.

La sera di Capodanno andai a festeggiare a casa di Seth e per l'occasione Annabelle invitò anche la sua amica Denise, che già a suo tempo Seth mi aveva proposto di incontrare. Tra una chiacchiera e l'altra, la noia mi assalì. Non avevo voglia di socializzare, o meglio, ormai non lo facevo più, la consideravo una perdita di tempo. Gli stessi discorsi, le chiacchiere cordiali, qualche aneddoto di vita. In mezzo a coppie che simulavano una piena felicità davanti a perfetti sconosciuti, pensai a Sophie sola nell'autorimessa, e un po' l'invidiai. Immaginarla con quel broncio disegnato sul viso mi fece sorridere.

«Perché ridi?», chiese Seth.

«Pensavo», risposi.

«Ti piace?», chiese indicandomi con il bicchiere Denise.

Scossi la testa. «Seth, conosci la mia regola, nessuna del palazzo, e nessuna amica di amici».

«Dai Adam, è Capodanno, nessuno si tira indietro».

«Non mi pongo il problema», agguantai un calice di

champagne dal tavolo trangugiandolo in un sorso. «Ho già tanto da fare durante l'anno che oggi mi godo il riposo».

Quello che dissi a Seth a proposito dell'ultimo giorno dell'anno mi fece riflettere e mi chiesi se non fosse il momento perfetto per sedurre la piccola Sophie. Ma no, pensai, magari aveva cambiato programma ed era uscita, anche se era piuttosto improbabile per una solitaria come lei. O forse, più probabilmente, se fossi andato a cercarla, non mi avrebbe neppure aperto. Lasciai cadere quel pensiero e tornai al chiacchiericcio e ai nauseanti convenevoli che avevo ignorato per pochi minuti. Dopo altri tre calici di champagne, Denise e le sue coppe, incessantemente sotto agli occhi, iniziarono a disgustarmi. In testa continuava a girarmi il pensiero di Sophie che con tutta probabilità stava trascorrendo quelle ore di festa in quell'ambiente angusto. Guardai l'orologio chiedendomi se mai ce l'avrei fatta. Poi improvvisamente Denise mi chiese della prossima mostra in allestimento al MoMa. Mi sentii in dovere di risponderle e le raccontai delle trattative per avere le opere di Francis Bacon.

«Ah», esclamò facendo sussultare i seni. «Una volta lessi la sua autobiografia e ci fu una frase che mi colpì molto».

«Ah sì», mormorai senza interesse. «Quale?».

«Scegliere il momento adatto significa risparmiare tempo», disse ammiccante. «Ed è un po' la mia filosofia, perché aspettare...». Non volli cogliere la sottile provocazione, poiché la mia mente era andata ancora una volta a Sophie. Quella frase sommata alle parole di Seth di poco prima mi fecero frullare in testa un'idea audace.

«Giusto», dissi. «Chiedo permesso, mi sono ricordato che devo fare una cosa», e veloce mi allontanai da lei.

Dovevo provarci. Se Sophie era al garage, non avrebbe potuto rifiutare, un brindisi, per Dio! Non quella sera. Presi da parte Seth e gli dissi la verità, era l'unico modo per non offenderlo.

«Seth io devo andare».

«Dove? Tra poco festeggiamo».

«Scusa Seth, devo fare una cosa, non ci crederai ma c'è una ragazza con cui voglio passare la mezzanotte».

Seth mi guardò perplesso qualche secondo poi scoppiò a ridere. «Sei un coglione, mi vuoi rifilare una scusa improbabile. Non sei per nulla cred…».

«Te lo giuro», dissi, «c'è davvero una ragazza e in questo momento è da sola».

Seth mi osservò più serio. «Davvero Adam?».

«Sì, buio o luce, se resto qui è buio se vado è luce».

«Mi prendi per il culo, ma vai, dirò che stavi poco bene».

«Grazie, sei un amico, e scusami anche con Annabelle», il tempo di dirlo ed ero già sulla porta. A passi veloci raggiunsi l'auto. Avviato il motore, mi trovai Seth al finestrino con in mano una bottiglia e due calici.

«Sempre che sia vero, non ti vorrai presentare a mani vuote e… buon anno Adam».

«Grazie Seth, buon anno a te».

Erano le undici e quaranta quando partii alla volta di Duane Street e pregai di farcela. Sapevo che con i festeggiamenti a Times Square tutte le strade sarebbero state sbarrate. Nessun navigatore mi avrebbe salvato. Per fortuna con l'approssimarsi della mezzanotte gran parte delle strade erano libere dal traffico. Riuscii ad arrivare davanti all'autorimessa a meno di tre minuti dalla fine dell'anno e con sorpresa, quasi per miracolo, trovai Sophie davanti alla saracinesca con una bottiglia in mano.

Il solo vederla fece esplodere il cuore. Mentre la guardavo, sentii nascere un sentimento di audacia dentro di me che non mi ricordavo di aver provato prima. Sceso dall'auto, colsi in lei la solita aria infastidita e preoccupata. "Era prevedibile", pensai. Naturalmente, il mio arrivo improvviso la obbligò a pormi una domanda, del tutto lecita: «Non sei a festeggiare in qualche bel posto?».

Le risposi facendo leva su quel tipo di sentimentalismo che sapevo piacere così tanto alle donne.

«Mi stavo annoiando a morte e poi ti ho pensato, qui, sola e così mi sono detto, solo io... sola lei... soli insieme».

Dalla sua espressione incerta si capiva chiaramente che avrebbe voluto scappare, ma non poteva. Mancavano pochi secondi e il brindisi era obbligatorio.

Il conto alla rovescia di alcuni festaioli provenienti dagli edifici intorno rimbombava nella strada. Osservai Sophie nella sua compostezza, ma era evidente che si sentisse minacciata.

Sette. Sei. Cinque. Quattro. Tre. Due. Uno.

Stappai la bottiglia e versai nei calici una quantità minima di champagne, così da poter avere la possibilità di ritornarle accanto per riempirle di nuovo il bicchiere. Ci baciammo sulle guance e solo sfiorare la sua pelle e inspirare il suo profumo mi risvegliò.

Per tranquillizzarla, mi appoggiai all'auto mantenendo una distanza di sicurezza che la potesse distendere e presi a fissarla. Da una parte era di un'innocenza spontanea, dall'altra mi eccitava in maniera malsana. Adesso che ero davanti a lei non sapevo più se era la reticenza con cui mi rifiutava a farmela desiderare. Era fragile e spaventata, ma allo stesso tempo sicura e impenetrabile. Aveva una volontà di ferro.

“Cedi… Cedi… Cedi… Sophie”. Queste le uniche parole che mi giravano nella testa mentre la osservavo con il bicchiere in mano e gli occhi al cielo. “Cedi Sophie. Fatti prendere”.

Per farla rilassare le chiesi quali propositi avesse per l’anno nuovo. E lei, dopo un sospiro, prese a fissare a terra con aria mesta.

«Ne basta uno», dissi.

Sophie alzò lo sguardo su di me e disse: «Forse, scoprire che nell’universo non siamo soli».

Quel proposito mi colse decisamente impreparato. Oh Sophie, siamo soli in questo universo, siamo soli su una biglia, immersi in un gioco perverso più grande di noi. Siamo soli, così soli che anche quello che percepiamo della nostra solitudine è un’infinitesima parte del tutto. E davanti a lei e a quell’ingenuità che esprimeva nell’interrogarsi su questioni ultraterrene mi arresi.

«Sei dura Sophie!», dissi per fare una battuta.

«Come la pietra», rispose disintegrandomi soddisfatta.

“Eh no! Quello non dovevi farlo”, pensai. “Non avresti dovuto sorridermi compiaciuta con quell’aria di sufficienza, non a me”.

«Direi più come un ovulo», dissi deciso avvicinandomi a lei. «Difficile da penetrare, ma facile da fecondare».

E finalmente, colsi in lei un cedimento. Tramortita dalla frase a effetto. Senza indugiare mi addentrai nella minuscola breccia che si era aperta sulla superficie di quella volontà di ferro.

Mi feci sotto piano piano, perché sapevo che se mi fossi spinto in modo troppo audace, l’avrei fatta scappare. Sophie era in bilico, stranita, incapace di elaborare quanto stava accadendo. Completamente lusingata dalla seduzione. Incerta, si spinse contro il muro. Era pronta, pensai. Sarebbe stato facile, facile.

«Sophie mi piaci davvero», le dissi per rassicurarla.

Aveva bisogno di questo. Avere la certezza di essere voluta, desiderata. Solo questo riusciva a farle mollare l'àncora.

«Lasciati andare», mi feci uscire quella frase decisiva, avvicinandomi piano alle sue labbra. Il fiato corto di Sophie me lo fece drizzare all'istante. Era la sua fine. «Non ti farò del male e poi», le passai le dita sulla guancia già accaldata dallo champagne, «è Capodanno», aggiunsi e inspirai il suo alito. A quel punto Sophie piantò i suoi occhi nei miei e un secondo dopo era tra le mie braccia. Mi era saltata addosso con slancio deciso cogliendomi di sorpresa. Appena la sua lingua aveva sfiorato la mia, l'avevo sollevata da terra portandola poi dentro l'ingresso dell'autorimessa. Era passionale, incredibilmente ardente. La tenevo tra le braccia, confortato dai suoi baci, e per un attimo ebbi la sensazione di avere tra le mani un gioiello delicato e prezioso. Ci spostammo, ancora aggrappati l'uno all'altra, nella sua stanza e, dopo averla depositata delicatamente sul letto, iniziai a toglierle la tuta. Ogni parte di quel corpo si rivelava ai miei occhi e al tatto eccitandomi sempre di più. Non scopavo spesso con donne "normali", a parte alcune piccole eccezioni come Alice, ma con loro era stato tutto più che prevedibile. Le prostitute, bravissime e servizievoli, erano poco passionali. Invece Sophie mi desiderava in modo intenso. Le sue mani frenetiche frugavano i bottoni ed erano talmente desiderose di riuscire a togliermi la camicia che non riusciva a farli uscire dall'asola. Era una bella sensazione, la necessità che avvertivo in lei. Tanto che il cuore pulsava impazzito. Quando arrivò a slacciare il terzo bottone, capii che non ce l'avrei fatta più ad aspettare. Dio come era lenta. Mi levai la camicia come una maglietta, feci scivolare i pantaloni a terra e tutto a un tratto vidi che la sua espressione era cambiata.

"Oh no, Sophie, no. Non pensare di mandarmi via adesso".

Subito, cercai di tranquillizzarla. Sapevo a cosa stava pensando. Che ero un pervertito, un puttaniere di professione. Ma non poteva sapere che non mettevo mai a rischio la mia salute.

«Sono pulito e uso sempre le precauzioni», subito le feci vedere il profilattico.

Era sgusciata via dalle mie mani come un'anguilla, arretrando sul letto come a difendersi.

«No, no, no...», dissi affamato. Non avevo voluto nessuna come lei in quel momento. Presi a baciarla, quasi a soffocarla per farle sparire il pensiero di respingermi. Sfiorai la sua pelle liscia e calda. Cercai il suo sesso e lo trovai piacevolmente umido. Mi voleva. Non poteva più dirmi di no, e io non volevo allontanarmi nemmeno di un millimetro. Rassicurato dalla sua palese libidine, la esplorai con le dita e immediatamente Sophie inarcò la schiena lasciandosi cadere sul materasso. Come avevo sognato, aveva una fighetta composta. Infilai un secondo dito nella sua piccola tana, e con il pollice cercai il clitoride nascosto. Cazzo come si lasciava andare. Aveva appoggiato le mani calde sul mio petto e con le unghie piantate nella pelle era scesa fino all'addome caricandomi di ardore. Decisi di legarla prima che si risvegliasse dal piacere e per colpa di un neurone puritano mi rifiutasse. Sfilai la cinghia dai pantaloni e la passai intorno ai suoi polsi, e mentre lei si godeva i preliminari, aiutandomi con i denti e la mano libera serrai la cintura e l'agganciai alla testiera del letto alzandole le braccia sopra la testa. Dio che visione. Io che la stimolavo, lei perduta e il suo corpo legato. Era talmente smarrita nel piacere che nemmeno si accorse della mia iniziativa o forse sì. Teneva gli occhi appena socchiusi e la bocca in una posa procace che mi invitava a darle baci appassionati, dolci, potenti e tutto insieme. Mi faceva girare la testa. Mi staccai dalle sue labbra per riprendere fiato e aumentai la stimolazione osservando ammirato Sophie prendersi il piacere con sinuosi movimenti del bacino. Non era per niente fragile. Muscolosa e morbida. Per un po' continuai gustandomi quello splendido spettacolo, fissandole il viso. Vederla in quel godimento infiammata da morire era conturbante, ma c'era qualcosa di strano in lei. Adesso aveva gli occhi aperti, ma non credo vedesse nulla e non coglievo alcun ansimo, solo un respiro tenue, quasi trattenuto. Avvertii il suo corpo surriscaldarsi e il basso ventre fremere. Mi fermai spaesato e cercai di cogliere se fosse ancora viva, sembrava in trance.

«Stai per venire?», chiesi.

«Sophie, vuoi la mia mano, la mia bocca o me».

Volevo sentire almeno la sua voce. Nessuna risposta, era completamente perduta. La baciai più dolce e le carezzai la base del collo per poi scendere con la mano sul suo seno, un po' piccolo forse, ma sodo.

«Dimmelo, voglio sentirlo dalla tua voce».

"Dieci a uno sceglie la bocca", pensai mentre le succhiavo un capezzolo turgido.

«La tua bocca», disse appena in un sussurro.

Brava Sophie, risposta esatta. Ricoprendo di baci e morsi il suo corpo bollente, scesi caricandola di desiderio. Dio come era appassionata. Il corpo si muoveva flessuoso sotto i miei baci. Quando arrivai davanti al suo microcosmo, inspirai il suo odore. Delicato e agro, perfetto. Mi bastò sfiorarla solo con la punta della lingua per vederla contorcersi dal piacere, strattonò la cinghia e irrigidì le gambe. Affondai la lingua in quelle due labbra composte e rosee, con le dita divaricai le grandi labbra per lasciare che l'aria lambisse la carne. Individuato il clitoride lo succhiai deciso. Il corpo si tese ed esplose in sussulti. Era venuta in così poco tempo, senza far uscire alcun suono dalla gola, che se non l'avessi vista non ne sarei stato tanto sicuro. Non leccavo una bella figa da tanto tempo ed era durato troppo poco. Mi mancava la vista di una donna mentre provava quell'intenso piacere. Quindi proseguii, me la sarei gustata tutta. Sophie cercò di resistermi, mi strinse la testa tra le cosce. Le divaricai le gambe bloccandole con le spalle e le braccia in modo da avere terreno libero e continuai imperterrito a lambirla.

Era succosa, calda e disperatamente gonfia. Al centro del suo mondo, me l'assaporai senza alcuna fretta. Dalla mia posizione privilegiata l'osservai avvolta in quello strambo piacere tra il perplesso e l'ammirato. Aveva le labbra socchiuse e gli occhi chiusi, il diaframma che faceva su e giù per l'affanno. Avvertii il suo corpo avvampare di calore, un bollore che le attraversava la pelle già rovente. E come per magia si lasciò andare a meravigliose onde orgasmiche per poi abbandonarsi come a un'estasi.

Tornai a lei, alle sue labbra morbide che accolsero le mie in modo appassionato e dolce. Succhiò la mia lingua. Osservai i suoi occhi aperti, profondi. Mi regalò un sorriso e, confuso, mi scostai per osservarla meglio. Era provocante, e allo stesso tempo così arrendevole. Un fiume in piena capace di travolgerti, affogarti, trascinarti.

Per forza di cose, mi chiesi da dove fosse saltata fuori questa piccola Sophie. Baciarla mi trascinò nuovamente dentro un senso di vertigine. Tutto ciò che volevo adesso era prenderla. Avevo bisogno di lei. Di avere il suo corpo. Infilato il preservativo, la penetrai deciso e lei mi accolse dapprima inerme, poi cercò di scostarsi, forse per la veemenza con cui ero entrato. Ma non riuscivo a trattenermi, la volevo come non mi sembrava di aver mai desiderato nessuna. Volevo sentirla fino in fondo. Le afferrai i fianchi spingendoli sul materasso, immobilizzandola con il peso del mio corpo, e presi a spingere infiammato dalla sete di possesso. Potevo resistere a lungo, la pratica costante era dalla mia, ma non appena mi avvolsi al suo corpo tremendamente caldo e vibrante di godimento, tutto di me convogliò nell'atto fisico. Avevo il cervello scollegato dall'intenso piacere che attraversava ogni centimetro della mia carne. E più la riempivo di me, più la sentivo fremere appassionata e più mi travolgeva. Avrei potuto godere anche restando fermo per la potenza di quel diletto. Quando puntando i piedi al materasso, Sophie alzò il bacino, non riuscii a trattenermi più. Mi lasciai prendere dall'apice della mia virilità abbandonandomi ai momenti antecedenti l'eiaculazione. Il cuore prese a battere sfrenatamente, avvertii la gambe farsi deboli e un milione di scosse attraversarmi il corpo. Dio Santo che sensazione. Salivano violente e cariche di piacere. Mi arresi a Sophie, lasciandomi invadere da quella inaspettata sensazione. E in quel momento, pensai a quanto sarebbe stato ancora più bello se il mio sperma si fosse perduto in lei, dentro il suo ventre. Farla mia, imprimerla e marchiarla per sempre. Prima di dividermi da lei, restai qualche minuto abbracciato al suo corpo cocente inspirando il suo odore. Ero sorpreso, felice di provare un tale appagamento. Non avevo fatto niente di diverso dal solito. Ma era proprio lei ad avermi travolto. Controvoglia scivolai fuori da lei e, dopo essermi tolto il preservativo, la liberai dalla cinghia e mi sistemai lì accanto a riprendere fiato. Un attimo dopo Sophie prese a baciarmi in modo irrefrenabile, quasi mi stesse ringraziando. Ancora magnificamente spossato, la lasciai fare. Semmai ero io a doverla ringraziare per avermi risvegliato sensazioni che non ricordavo o forse era meglio dire, che mai avevo provato. Sentii le sue labbra leggere sul viso, il collo, il petto, le spalle, le braccia, le mani. Nessuna mi aveva mai baciato in quel modo. Continuando a darmi milioni di baci si spinse fino al mio pene, e dopo averlo accarezzato delicatamente gli diede un baciò lieve e poi ritornò accanto a me per coricarsi. Appoggiata la testa sul mio petto, mi carezzò il viso e liberò un respiro profondissimo. Mi trovai, per forza di cose, ad accoglierla in un abbraccio. Non lo facevo mai, non mi era successo neppure con Alice. Ma la sua dolcezza, e la riconoscenza per l'appagamento mi spinsero a tenerla stretta. E non so, provai una strana sensazione. Un'intimità perfetta.

Ci guardammo per qualche secondo.

«Buon anno Sophie», dissi a fatica perdendomi in quei due occhi.

Mi regalò un sorriso intenso. «Buon anno Adam», mormorò per poi cedere alla stanchezza abbandonandosi alla mia stretta.

Sentire il mio nome pronunciato da quella voce soave, mi fece precipitare in una specie di malinconia. Ero andato fin lì pianificando di sedurla e la verità era che, senza che avesse fatto nulla per volerlo, ero io a essere stato sedotto. Come avrei potuto scopare da ora in poi con chiunque altra, senza provare quella sensazione così gratificante? Come? Continuai a chiedermelo, fino a che Sophie se ne venne fuori con una frase che tagliò il silenzio come una scure.

«Sei bello Adam», disse con voce sognante.

Mi si bloccò il respiro in gola. Oh cazzo. Oh cazzo. No, no, no, no. Dovevo andarmene. Doveva essere solo una scopata e niente più. Accampai la prima scusa che mi venne in mente, anche se dovette sembrare decisamente poco credibile.

«È ora che vada, domani devo alzarmi presto, faccio un'arrampicata con amici».

Colsi sul suo volto la delusione e fu lacerante, ma se restavo un minuto di più non ne sarei uscito vivo.

«Ho detto qualcosa che non va?», chiese timorosa.

A fatica la guardai in quei suoi occhioni assassini.

«No, va tutto bene», dissi rassicurandola con una carezza.

«E allora perché sembra che tu stia scappando?», chiese diretta.

«Non scappo, è solo che fra tre ore mi devo alzare per un'arrampicata e devo essere in forma», dissi sempre meno convinto. Ma dovevo andarmene. Cazzo dovevo andarmene.

Ancor più diretta e sarcastica disse: «E in tre ore pensi di rimetterti in forma?»

Strinsi i denti. Colpito e affondato. Non mi ero mai fatto problemi a scopare e andarmene, ma con lei io non me ne stavo andando. Stavo scappando. Mi chinai e la guardai dritta negli occhi.

«Sophie, davvero devo andare, prometto che ti chiamo dopo», e lo pensavo veramente, avevo solo bisogno di andare via, prendere aria, riflettere su quanto era appena accaduto. Perché, sarò sincero, me ne ero fatte un sacco di donne, ma con Sophie mi ero sentito trasportato in una passione così intensa che al solo ricordo di quando l'avevo penetrata mi girava la testa.

Una volta rivestito, Sophie mi accompagnò alla porta e le promisi nuovamente che l'avrei chiamata per non rovinarle del tutto il Capodanno, ma mi sentii veramente meschino. Nel suo sguardo remissivo colsi quanto non fosse convinta della scusa appena accampata. Non avrei dovuto mentirle e non mi sentii per nulla orgoglioso di come mi stavo comportando.

Appena ero uscito dalla *prigione* Lether, Sophie aveva richiuso la porta sbattendola sonoramente, facendomi capire in modo inequivocabile che sarei potuto andare al diavolo. Il boato nella strada deserta, mi aveva bloccato il respiro e il passo. Combattuto, non sapevo se tornare indietro e chiederle scusa o proseguire. Rimasi a osservare la luce dell'oblò per qualche minuto, fino a quando si spense. Meglio così. Una scopata. Tutto qui. Questo era stata e questo restava.

Una coppia mi passò accanto urlando: «Buon Anno».

Sorrisi appena. «Buon anno a voi», dissi e lentamente me ne andai verso casa.

# Imprevedibilità del caos

Nei giorni seguenti ripresi il controllo del mio tempo. Conferenze, riunioni noiose e letture infinite di proposte. Cercavo il più possibile di restare concentrato e non cadere nel ginepraio di pensieri che mi provocava quella ragazzina furba. La mattina e la sera transitavo per l'autorimessa con passo veloce senza alzare gli occhi dalla mia meta. L'auto o la saracinesca. Avevo ripreso il mio pellegrinaggio metodico con il club, ma spesso non mi ero sentito in vena, e nemmeno appagato. Ogni volta che toccavo una donna, Sophie si riproponeva davanti ai miei occhi, e mi mancava la passionalità nell'atto.

Una sera, uscendo di casa, l'avevo vista seduta davanti all'autorimessa e immediatamente un macigno pesante mi si era agganciato alle caviglie. Era evidente che mi stesse aspettando. In un primo momento provai una pena infinita per lei, poi… per me stesso. Abbassai lo sguardo e le sfilai accanto senza nemmeno salutarla. Preferendo non darle alcuna chance avevo proseguito oltre la porta, dirigendomi rapido verso l'auto. Una volta salito, mi ero chiuso dentro maledicendo me stesso per quanto fossi stronzo. Non so per quale maledetta ragione, ma Sophie mi faceva sentire in colpa, un miserabile verme. Dopo cinque minuti avevo ripreso il controllo di me stesso ed ero uscito dalla trappola del Lether Parking. Grazie a Dio di lei non c'era alcuna traccia. Pensai avesse capito il messaggio e un po' di malinconia mi attraversò il cuore. Ma era meglio così. Per lei, per me, per tutti.

Poi dopo due incroci, fermo al semaforo, me la vidi passare davanti agli occhi. Camminava con le mani in tasca, la testa bassa e un'aria sconsolata. Mi rammaricai pensando che il suo umore nero fosse causato dal sottoscritto. Proprio non capivo perché non riuscissi ad affrontarla. Avevo avuto altre donne che si erano infatuate di me e non avevo mai avuto problemi a chiarire i miei sentimenti, peraltro inesistenti, impossibili e inaccessibili, ma con lei non riuscivo. La verità era più che evidente. Sophie mi piaceva, e molto. Non so cosa fosse, forse per quel modo con cui mi guardava. Una disillusione che ti obbligava a fare l'esatto contrario. A illuderla. Non cercavo storie, ma una parte di me si era imposta di starle lontana, proprio perché vedevo il rischio che quell'attrazione comportava. Tuttavia, non avrei dovuto comportarmi come uno stronzo. Non potevo davvero, l'avevo sedotta nonostante lei non avesse mancato occasione per rimarcare la sua contrarietà. L'avevo insidiata meschinamente, ma soprattutto non ero stato onesto. Un clacson mi trascinò fuori dalla mente in subbuglio. Svoltai a sinistra deciso a fermarmi per parlarle, dovevo scusarmi e spiegarle che io non cercavo storie quando lei invece sembrava non aspettare altro che aggrapparsi a qualcuno. Solo che quel qualcuno non potevo essere io. Non volevo essere io. Dopo due isolati, riuscii a scorgere il suo cappello rosso e giallo davanti a un locale. Era ferma, impalata; ancora con le mani in tasca e il peso del mondo addosso. Parcheggiai e scesi per raggiungerla. Quando arrivai a tre metri da lei, Sophie, improvvisamente entrò nel bar, lasciandomi come uno stoccafisso sul marciapiede. Dalla vetrata la vidi sedersi al bancone e conversare con il barista, rideva sommessamente e tutte le mie buone intenzioni andarono a farsi benedire, soppiantate da un moto di gelosia che mi tolse il fiato. Ed eccolo lì, il motivo per cui non affrontavo Sophie, il motivo per cui ero scappato dalle sue braccia, il motivo per cui non potevo e non volevo essere io quell'uomo accanto a lei. Meglio non averla che soffrire nell'averla. Tornai in auto sentendomi in bilico. Rimasi lì, con la mano sulla chiave dell'accensione, senza la forza di fargli fare quel piccolo scatto per avviare il motore. Non c'era un altro posto dove volessi andare in quel momento. Volevo stare lì, in quei paraggi, anche solo per guardarla da lontano, mi bastava. Restai come imbalsamato fino alla chiusura del locale, finché non la vidi salire in auto con il barista con il quale si era intrattenuta tutta la sera tra sorrisi e chiacchiere. Invidiai quell'uomo, con poco era riuscito a ridarle il sorriso, che io invece ero capace solo di toglierle. Quando la loro auto fu lontana tanto da non distinguerla più, riuscii finalmente a mettere in moto l'auto deciso a tornare a casa.

Tanto per non ammazzarmi di pensieri funesti accesi la radio, ma considerata l'ora non trovai alcun notiziario economico in grado di rasserenarmi. Mi trovai, invece, ad ascoltare Jack Frusciante in una versione di "Song to the Siren" particolarmente opprimente per lo stato d'animo... Al semaforo in svolta sulla Bond Street riconobbi nell'auto davanti alla mia Sophie e il barista. Di sicuro stavano andando da lei, e la morsa allo stomaco mi tolse il respiro. Se la sarebbe scopata, e l'immagine di Sophie perduta nel piacere sotto le mani di un altro uomo mi fece accapponare la pelle. Dovendo andare nella stessa direzione, mi trovai a seguirli fino all'autorimessa. Invece di entrare, però, mi fermai una cinquantina di metri prima. Immobile nell'abitacolo, mi sentii come cinque anni prima. L'estraneo, l'invisibile. Di nuovo lo spettatore di un film.

Dopo una decina di minuti Sophie scese dalla macchina, sembrava effervescente. Appena l'auto si allontanò, cercai in me un briciolo di coraggio virile, e scesi per raggiungerla. Quando fui a un passo da lei, davanti a quegli occhi capaci di farti gettare da un dirupo, abbassai lo sguardo e riuscii a dirle un «ciao», stentato e un «ti aspettavo».

«Mi hai seguito?», chiese.

Ricordai il suo rancore quando quel giorno all'università mi ero permesso di offrirle un passaggio e restai sulle mie. Anche se era vero, alla fine l'avevo seguita.

Poi, come se mi avesse letto nella mente, se ne uscii con: «L'ho capito che non vuoi legarti, ma io non te l'ho chiesto».

Fu un vero sollievo sentirglielo dire, e mi rilassai all'istante. Non contenta proseguì: «Mi spiace se lo hai pensato, io per prima non voglio storie».

"Oh Sophie, dici le cose giuste sempre al momento giusto", pensai. Perché era così indulgente? In fondo l'avevo scopata selvaggiamente e soprattutto l'avevo umiliata con la mia indifferenza.

Non sapevo cosa risponderle, poi un pensiero mi fece trasalire. Non voleva storie con me o in generale?

«Chi era quello in macchina?»

«Un amico», rispose perplessa.

«Un amico e basta, o…?».

Rise stranita. «O cosa? Che problemi hai?», chiese supponente. «Che cosa ti importa di chi è?». Pronunciò quelle parole con tono insolente e intuii al volo quale fosse la causa di quell'atteggiamento.

«Hai fumato Sophie?», chiesi facendomi più vicino.

Corrugò la fronte nervosa. «Senti è tardi, devo rientrare». Rapida raggiunse la porta.

Ma cazzo, cosa mi prendeva? Perché mi saliva quest'attenzione malsana. Sophie riusciva a farmi cadere in balia di sentimenti contrapposti.

«Aspetta», dissi. Non volevo che se ne andasse.

Mi ero avvicinato per toccarla, per sfiorarle il viso e farmi accarezzare dai suoi occhi quando avvertii l'odore del suo alito, e mi infastidii. Non poteva drogarsi, l'avevo vista bere tutta la sera e gli antidepressivi che avevo notato sul suo comodino erano un mix letale che conoscevo bene. «Hai fumato!», sentenziai stringendole le guance in una morsa virile. Sophie cercò di liberarsi.

«Che cosa te ne frega?», disse concitata e offesa da quelle attenzioni. Cosa cazzo stavo facendo? Da una parte la volevo, dall'altra cercavo di resisterle. Dillo Adam, dillo. E con una fatica del diavolo le chiesi scusa per non averla chiamata e lei di rimando disse: «E non solo: non mi hai nemmeno salutato, io ho dei problemi, ma tu stai peggio di me».

Mi fece ridere per come lo disse, per quanto avesse ragione. E in quel momento mi venne in mente la teoria del caos. La rappresentavamo alla perfezione. Due animi in condizioni iniziali difficili, il cui incontro poteva sfociare in situazioni imprevedibili; e la logica conseguenza avrebbe potuto essere un'obbligata evoluzione per entrambi.

«Sensibilità alle condizioni iniziali, imprevedibilità, ed evoluzione», mormorai.

Era scivolata nelle mie braccia e aveva appoggiato la fronte sulla mia guancia. Quei modi delicati mi fecero crollare. Era inutile. La volevo ancora. Non riuscivo a starle lontano e con lei non riuscivo a essere davvero uno stronzo. Non lo meritava. Con uno sforzo disumano le dissi la verità.

«Sono stato preso dal panico», dissi. «Mi costringo a non volerti, ma è tremendamente difficile...». E tutto di me si fece silenzio...

«E allora?», chiese ironica dopo un po' che mi fissava. «Ti costringi e ora invece sei qui, quindi, devo dire qualcosa io?».

Sorrisi per quel tono indulgente. «No, non devi dire niente. Scusami Sophie se ti sei sentita usata, è così, vero?»

«Abbastanza».

«Posso fare qualcosa?», chiesi sfiorando la sua guancia calda. Il desiderio di baciarla si fece pressante.

Come una bambina, mi aveva rivolto un sorriso ammiccante e mi aveva chiesto se volevo salire. E sì, era tutto ciò che volevo.

Le imposi di lavarsi i denti in modo forse troppo imperativo. Poi, con maggiore gentilezza, cercai di essere accomodante.

«Per favore, hai fumato e il sapore non è piacevole», dissi.

Purtroppo non ero più abituato ad avere delle relazioni con le donne senza dare ordini. Ma desideravo che si riprendesse. Non me la sarei scopata se non fosse stata lucida.

Mentre, visibilmente scocciata, si lavava i denti, aprii il rubinetto della doccia, se così si poteva definire, e subito dopo mi levai i vestiti, abbandonandoli a terra. Sophie, appoggiata al lavandino, si era voltata regalandomi un'espressione meravigliosa. I suoi occhi ispezionarono ogni parte del mio corpo, da capo a piedi. Sembrava una bambina davanti a un negozio di caramelle. Aveva le labbra leggermente socchiuse in un sorriso imbambolato e allo stesso tempo tanto seducente.

Allungai la mano per farla avvicinare. «Vieni», dissi invitandola. E lei, senza togliere gli occhi dai miei, si avvicinò avvolta da un magnetismo che per un attimo mi tolse il respiro. Quando fu a un passo da me, allungò le mani tremanti e mi sfiorò il petto, quasi avesse paura di scottarsi. Con il fiato corto, alzò gli occhi nei miei. Immersa in quello strano intontimento, che non capivo se fosse solo la conseguenza del fumo, la svestii con cura e lei si lasciò fare tutto, tenendosi con le mani al mio petto. Un paio di volte cercò di baciarmi, ma subito mi scostai. Non l'avrei baciata fino a che la sua mente non fosse stata lucida. Incantata e arrendevole, l'accompagnai davanti alla doccia, mi sistemai alle sue spalle e le baciai il collo. Lei si ammorbidì lasciando cadere la testa di lato e a quel punto, completamente addolcita, si lasciò guidare da me che le serrai gli avambracci e la spinsi sotto il getto ghiacciato.

«Ah!...», cacciò un urlo e cercò di divincolarsi.

«È freddaaaaa!», urlò ancora, scalciando disperata. «Cazzo è fredda!», aggiunse, fradicia come un pulcino.

La guardai divertito battere i piedi sconsolata, irrigidita a testa bassa con il collo incassato.

Quando il suo corpo si rilassò un poco e prese confidenza con l'acqua, per me fu il segnale della sua presa di coscienza e allora la lasciai libera di girarsi. La presi in braccio e Sophie, si strinse a me. Cercai subito le sue labbra, così calde in contrasto al corpo infreddolito, e di nuovo mi trovai in balia delle vertigini. Mi faceva girare la testa tutta la passione che ardeva in quella ragazza. Avrei smesso di respirare per avere sempre la sua bocca incollata alla mia. Tenendola bloccata al muro mi ero spinto dentro di lei con forza, tanto da farmi male. Ero irrimediabilmente pressato dal desiderio di riaverla. Si offrì a me aggrappandosi con le mani alla finestra e all'asta della doccia per rendermi il movimento più libero. Osservai il suo corpo fremere sotto le mie spinte decise, che mi caricavano oltremodo. Me ne ero fatte tante di donne, ma lei era diversa da tutte, il mio incastro perfetto. Avrei voluto che il tempo si fermasse in quell'esatto istante. Io dentro di lei, tutt'uno con lei.

D'un tratto mi abbracciò stringendo le braccia al mio collo e sentii dalla sua voce le parole più sanguigne che avessi mai udito.

«Fammi godere», disse in un sussurro, ma bastò per farmi perdere il controllo e far sì che si avvicinasse l'orgasmo. Cercai di trattenermi, ma cazzo, era un richiamo così primitivo. E mentre avvertivo la contrazione muscolare iniziale del culmine del piacere mi resi conto di non aver messo il preservativo. Ero stato travolto dalla sua passione, meglio dire dalla mia necessità di averla, tanto che le ero saltato addosso senza preoccuparmi di proteggerci a vicenda. Le chiesi se prendesse la pillola, e pregai, pregai, pregai, rispondesse di sì. Io non volevo uscire da lei, non a quel punto. Affondai le mani nella natiche di Sophie placando nell'angolo più remoto della mente l'orgasmo e per farlo pensai alle orecchie di Seth e del piccolo Jason. Non so come mi venne in mente quell'immagine, ma mi aiutò.

Lei piantò gli occhi nei miei e mi disse che dovevano arrivarle tra un paio di giorni e poi aggiunse: «Vieni dentro, fammi tua».

A quel comando mi lasciai libero di inondarla con i suoi occhi tutt'uno con i miei, colmi di una meravigliosa complicità. E mi sentii l'uomo più miserabile e allo stesso tempo più felice della terra. Chiusi gli occhi e mi unii al suo respiro caldo. Oh Sophie, mai nome più bello per te, mai occhi più veri, mai labbra più delicate. Chi era questo essere consenziente tra le mie braccia? Da che pianeta arrivava?

Ruotai la manopola dell'acqua calda e mi spostai al centro della doccia, con lei ancora avvinghiata a me e sotto il getto caldo. Piano piano, anche se controvoglia scivolai fuori, separandomi dal suo corpo. Sophie, premurosa, raccolse un po' di doccia-schiuma sulla mano, con la chiara intenzione di lavarmi. Ancora tramortito e in procinto di avere un imminente infarto, mi scostai. Avevo bisogno di aria. Mi sentivo male, in trappola, e lei era la trappola. Dopo una sciacquata veloce, uscii dalla doccia per rivestirmi.

«Lavati i capelli Sophie», dissi tassativo. «Io vado a casa». Un secondo dopo Sophie venne fuori dalla doccia, torva.

«Ma vaffanculo Adam», disse in un ringhio che mi piegò l'animo in due.

Come darle torto. Non era una prostituta e la stavo trattando come se lo fosse. Mentre oltrepassava la porta del bagno, visibilmente arrabbiata, trattenni la voglia di fermarla e abbracciarla. Era chiaro dove stesse andando. Mi stava sbattendo fuori. La seguii in silenzio, spiazzato. Sembrava che l'unico momento in cui riuscivamo a trovare un punto d'intesa fosse mentre facevamo sesso, e una volta separati tutto diventava ingestibile. O meglio, io entravo in modalità "cazzone". Spalancata la porta, davanti ai suoi occhi turbati le chiesi cosa avesse che non andava e lei determinata mi chiese di andarmene. Non ce la feci a lasciarla con quella delusione stampata sul suo bel viso. Richiusi la porta e la spinsi contro il muro.

«Vado a casa a prendere qualcosa da mangiare, Sophie. Ti ho aspettato tutta la sera e ho una fame da lupi, soprattutto dopo quella doccia afrodisiaca», le diedi un bacio e mi frenai dal levarle l'accappatoio.

«Torno, non ti preoccupare».

«Pensavo a una fuga», mormorò guardandomi di sottecchi.

"Ci avevi visto giusto Sophie", pensai. "Davanti a te sono davvero un vigliacco".

Una volta a casa, mi presi qualche minuto per osservare le luci del Lether Parking e improvvisamente la solitudine di cui mi ero sempre vantato di vivere con pienezza, divenne pesante e soffocante. Avvertivo un disperato bisogno di riavere la sua compagnia, anche solo per guardarla. Non mi sarei mai stancato. Era così inaccessibile e allo stesso tempo trasparente ai miei occhi. No, meglio di no. Era una pazzia anche solo pensare di avere una storia per davvero.

Mi versai un bicchiere di whisky e, seduto sul divano, fissai per dieci minuti buoni lo schermo del televisore spento. Che ore erano? Cercai il telefono nella tasca della giacca. Mi ricordai di averlo visto per terra in bagno. Dovevo recuperarlo. Malvolentieri tirai fuori dal freezer una teglia di lasagne e nell'attesa che si cuocesse nel microonde, mi misi a tamburellare con le dita sul bancone.

Okay. Sarei tornato da lei il tempo per un boccone e poi via. Sarebbe seguito un saluto educato, ci vediamo, ci sentiamo, solite frasi di circostanza su improrogabili e impellenti impegni di lavoro, e poi a casa. Fine.

Quando suonai alla porta la maniglia scattò, e in quel preciso momento ebbi la vivida sensazione di essere davanti a un punto di non ritorno. Ero davanti alla soglia, incerto se volerla oltrepassare. Non mi ero mai tirato indietro, non avevo mai mollato, mai, al massimo avevo abilmente evitato, ma lì per lì pensai fosse il caso di infrangere tutto quel rigore.

"Forza Adam, obiettivo: mangiare e andarsene". Feci un respiro e spalancai la porta trovando Sophie contro il muro con un'espressione incerta e impaurita.

Le afferrai la mano e la trasportai in camera, dove ci sistemammo sul pavimento. I lineamenti del suo viso, però, continuavano ad apparire contratti, sembrava triste. Le chiesi se fosse stanca. Mi rispose di essere perplessa. Le chiesi se fossi io il motivo del suo stato d'animo.

Sophie, teneramente, sulle ginocchia mi si fece davanti per un abbraccio. Era dolce, sensuale e i suoi modi così delicati e suadenti.

Mi chiese se potesse baciarmi senza che la toccassi. Lì per lì quella richiesta mi fece sorridere. La interpretai come una romanticheria post amplesso, ma acconsentii.

Incantato mi trovai a seguire i suoi baci, lenti e amorevoli, perdendomi in quella strana vertigine. Era tanto tempo che qualcuno non mi baciava così, anzi forse non l'aveva mai fatto nessuna. Avevo l'impressione che mi stesse sottoponendo a un test. Valutare se fossi in grado di gentilezze. In grado di controllarmi e capace di riceverne. Con quei baci sembrava mi stesse dicendo, senza parole, che sapeva chi ero, quando ormai io non lo sapevo più. Quando le sue labbra si staccarono dalle mie, un improvviso senso di vuoto mi strinse lo stomaco.

Stralunato, osservai Sophie inghiottire una forchettata di lasagne e a bocca piena borbottare: «Non mi farai del male, vero?»

«No», risposi sconcertato, poi stregato da quel fare da fanciulla le tolsi il piatto dalle mani. «Ma non mi puoi lasciare così, è rischioso».

La sdraiai a terra calamitato dalla sua risata divertita. «Adesso ho fame di qualcosa che hai lì sotto».

Le levai i pantaloni e le strappai gli slip con la precisa intenzione di mangiarmi quella piccola istrice. Mentre la stuzzicavo, vidi Sophie aggrapparsi al telaio del letto. Si tratteneva. Il corpo era un sussulto unico, ma sembrava affogare il piacere reprimendolo in gola e non capivo in quale dimensione spazio-temporale fosse finita. Sembrava sull'orlo di un precipizio, le gambe le tremavano. La penetrai con due dita e lei inarcò la schiena spingendo il bacino in avanti. Oh sì Sophie, adesso ti faccio venire. Le sfiorai il clitoride sollevandolo con il pollice e con la punta della lingua presi a titillarglielo.

Un attimo dopo era nel pieno dell'orgasmo. Mentre una mano stritolava il telaio del letto l'altra si chiuse in un pugno rigido come tutto il corpo che era attraversato dagli spasmi. Appena si rilassò tornai alle sue labbra semichiuse. Feci fatica a staccarle la mano ancorata al letto, poi la presi nella mia e, mentre Sophie ricambiava quella stretta decisa, lentamente mi addentrai in lei. E, com'era successo la sera di Capodanno, mi trovai a prenderla con determinazione. Poteva finire il mondo per quel che me ne importava, io stavo godendo come un pazzo e se dovevo morire, dentro Sophie era come essere già in paradiso. Non so cosa avesse quella ragazza, ma riusciva ad attrarmi in modo prepotente. Mi lasciai andare, ancora più eccitato dal fatto che le sarei venuto dentro, di nuovo. Le sollevai le natiche così da poter entrare completamente, lo spinsi a fondo gustandomi quella visione. Ero dentro di lei. Il suo strano silenzio mi mandava al manicomio. Mi avvicinai alla sua bocca per sentire il suo respiro. Era lieve. Teneva gli occhi aperti, ma non so quanto ci vedesse. La baciai per cogliere una reazione e la sua lingua saettò con la mia. La temperatura del suo corpo si fece rovente come le pareti della vagina che si strinsero intorno al mio pene; e lasciai il piacere libero di attraversare ogni cellula del mio corpo. Abbandonandomi a Sophie l'abbracciai stretta e lei fece altrettanto. La stringevo talmente forte, quasi a stritolarla. Era appagante sentirla mia, il suo odore, il suo calore, i suoi baci, e le sue mani che mi accarezzavano. Chiusi gli occhi e la lasciai fare. Per non farle un torto, ma in verità perché lo desideravo anch'io, restai da lei a dormire. Sophie, oltre a mandarmi al manicomio durante il sesso, non parlava molto nemmeno quando era cosciente, cosa, peraltro, che apprezzavo molto in una donna. Ma tutto quel silenzio era da stordimento, tanto da procurarmi un leggero disagio. Quell'imbarazzo si risolse presto. Sophie si addormentò in meno di cinque minuti avvinghiata a me, e ancora una volta mi trovai a tenerla stretta con tenerezza. Era innocua, troppo innocua. Era una sottomessa di prima categoria. "È pronta a tutto", pensai, e un po' ne ebbi paura.

La mattina seguente, non la svegliai. Una volta rivestito rimasi a guardarla a lungo, seduto sulla sedia della sua scrivania, chiedendomi cosa fare. Rivederla? Non rivederla? Mi faceva paura Sophie, mi faceva una fottuta paura, ma allo stesso tempo mi piaceva davvero.

«Adam», mormorò lei nel sonno e l'osservai stringersi al cuscino.

E la risposta arrivò così... in quel movimento. Sì, l'avrei rivista.

Prima di uscire registrai il suo numero di telefono sul cellulare e, armato di coraggio, la lasciai ai suoi sogni e andai ad affrontare i miei incubi.

# Mentire a se stessi

Dopo un'interminabile teleconferenza, a metà mattina la chiamai. Le chiesi se potevamo vederci la sera stessa e lei acconsentì. Mi ero sentito uno scolaretto nel fissare quell'appuntamento, e il pensiero di rivederla mi impedì di concentrarmi per le ore successive. Tanto che, a metà pomeriggio, uscii a prendere un po' di aria. Passeggiai senza meta in mezzo all'incessante fiumana neworkese fino a che mi trovai di fronte a un negozio di vestiti per donna. In vetrina ce n'era uno che pensai fosse perfetto per Sophie. Il tempo di pensarlo e mi trovai dentro il negozio. Con l'aiuto della commessa scelsi tre vestiti e un cappotto. Gongolante per l'acquisto rientrai in ufficio dove ad attendermi trovai Seth insieme a John, e in un attimo il buon umore si disintegrò. Discutemmo a lungo su come proteggere l'azienda dall'incursione dei Moore. Alla fine, stremato, acconsentii a cedere la mia quota delle partecipazioni a Seth accordandoci comunque sul fatto che avrebbe mantenuto le mie spese attraverso un fondo intestato a suo nome, di cui avrei usufruito soltanto io. Tutto questo fino alla chiusura della negoziazione con i Moore. Quindi per il resto della mia vita.

Prima di congedarsi, Seth, fece una battuta sul sacchetto degli acquisti riverso sul divano.

«Hai comprato i soliti panni sporchi per i tuoi capricci?».

Alla provocazione, non risposi e mi limitai a fare un cenno con la testa. La sua battuta, comunque, riuscì a farmi passare la voglia di regalare quei vestiti a Sophie e mi riportò alla realtà. Seduto sulla mia poltrona, a osservare lo skyline di New York che si accendeva nella luce rossa del tramonto, ripensai a tutta la faccenda. Sophie non era una prostituta e non potevo trattarla come tale, ma non potevo nemmeno permettermi che si coinvolgesse. Ero sempre stato bravo a controllarmi, a non compromettermi. Ma con lei avevo già infranto la regola principe della mia vita. Solo una volta, poi mai più. Ecco, dovevo riuscire a essere sincero almeno con me stesso: ero già coinvolto. Era talmente chiaro. Per l'intera giornata la mia mente era stata inchiodata al pensiero di lei. Non avevo smesso di immaginare di scoparla, incontrarla, passare del tempo con lei; la desideravo talmente tanto che sarei stato pronto a fare una maratona di sesso per stare dentro di lei. Il solo pensiero me lo fece diventare duro.

Guardai l'ora. Le sette e mezza. Dal cassetto presi la compressa di Kamagra e la ingoiai facendomi una promessa. Ancora una notte e poi basta. Una notte intera e poi basta.

Prima di entrare al Lether Parking mi fermai al ristorante cinese a comprare la cena, come avevamo deciso al telefono con Sophie poco prima, e qualche birra. Nel frattempo l'effetto dello stimolante si stava facendo sentire. Avvertivo caldo. Cercai di rilassarmi perché si attenuasse l'effetto della pillola. Prima di raggiungere Sophie all'autorimessa, passai da casa a lasciare i vestiti. Avevo deciso di non farle nessun regalo, era meglio così. Non dovevo crearle aspettative. Non dovevo crearmi aspettative.

Alle otto e mezza precise entrai al Lether Parking. Appena scesi dall'auto, Sophie mi raggiunse alla porta e tutti gli inflessibili propositi che mi ero fatto fino a quel momento si disintegrarono davanti al suo sorriso, e non so come accadde, ma dopo tanto tempo mi sentii di nuovo nel giusto e felice. Non so cosa avesse Sophie, ma riusciva a tirare fuori il meglio di me. La raggiunsi, trattenendo il sorriso in uno sforzo disumano e cercai di controllarmi quando mi trovai a dieci centimetri da lei. Le afferrai una mano e la portai nella sua stanza. Mentre mi toglievo la giacca e allentavo i polsini della camicia, avevo il cuore spaventosamente tachicardico. Lo stimolante e la presenza di Sophie erano un tale concentrato di emozioni da togliermi il respiro. Sperai solo di non morire mentre me la facevo.

Per mangiare ci sistemammo sulla sua piccola scrivania. Le volte precedenti non avevo fatto molto caso alla stanza nel suo insieme. Era graziosa, confortevole e nessuno avrebbe mai immaginato che nel retro di un garage ci potesse essere questo piccolo angolo di paradiso. Sul comodino oltre al libro che le avevo regalato, ancora intonso, c'era anche quello che stava leggendo la notte di Capodanno. Per attenuare un poco l'imbarazzo, le chiesi se potevo accendere la televisione sul notiziario economico. Avevo la necessità di rilassarmi un poco e mitigare il disagio: volevo essere lì, ma al tempo stesso avrei voluto essere in cima alle Shawangunk Mountains.

Fisso con lo sguardo sul telecronista, presi a mangiare dalla vaschetta concentrandomi sugli andamenti delle azioni Mitsu. Era il giorno decisivo. La notizia dell'acquisizione si era diffusa, se io e Seth avevamo previsto giusto, una vagonata di dollari ci avrebbero risollevato, soprattutto alla luce della prossima entrata dei Moore.

L'importante era che le azioni non scendessero sotto il due e mezzo.

Sophie stappò una birra e me la offrì. Feci un sorso che mi andò quasi di traverso alla notizia dell'apertura dei mercati giapponesi.

"Oh no, era sceso al 2,4". Le cose non andavano. Feci due calcoli a mente.

Con la coda dell'occhio osservai Sophie raccogliere un po' di spaghetti tra le bacchette. Le chiesi se fossero buoni e lei mi guardò con aria sorpresa.

"Oh no, 2,3 peggio ancora".

Caldo, freddo, battito cardiaco impazzito, Sophie, io, la Mitsu, i Moore, Seth. Questa la panoramica emozionale di quel momento.

Sophie, finiti gli spaghetti, stappò una nuova bottiglia di birra, gliela presi dalle mani e feci un lungo sorso per placare l'arsura. Quando gliela ripassai le feci un sorriso. Sophie prese a fissarmi. Cercai di fare finta di nulla, ma quei suoi occhi mi scavavano l'anima. Le appoggiai una mano sul ginocchio e restai fisso ad ascoltare la telecronaca della disfatta.

"Cazzo… 2,2". La pillola che aveva fatto effetto, le cose che non andavano a Tokyo, la presenza di Sophie, erano tutte fonti di ansietà in quel momento; mi allentai la cravatta e subito lei allungò la mano. In un movimento al rallentatore le sue dita mi sfiorarono la clavicola, poi, sempre lentamente, si sedette sulle mie gambe. Lasciai l'involucro degli spaghetti sul tavolo e le cinsi la vita. Alzai gli occhi su di lei e mi trovai di nuovo rapito dai suoi modi. Mi tolse la cravatta delicatamente, sbottonò la camicia e con la mano mi accarezzò il petto. Piano, piegandosi sul collo, me lo baciò leggermente.

«Buonasera», disse seducente. «Mi degni della tua attenzione?»

E a quel punto, qualsiasi pensiero mi stesse brancolando per la mente venne bloccato da un'unica, precisa idea: farla mia. Averla. Le infilai le mani sotto la maglia, sfilandola via.

«La prossima volta vieni ad aprirmi con l'asciugamano verde», mormorai baciandole il collo.

«Me lo ricorderò», disse in una risata.

Dimenticai la trasmissione e la trasportai sul letto. E mentre le sfilavo gli orridi leggings, mi pentii di non averle portato i regali. Avrei dovuto provvedere anche all'abbigliamento intimo, pensai, quando misi a fuoco il nero del reggiseno e il bianco degli slip.

Fece una battuta in merito al fatto che mi piacesse disintegrare la sua lingerie che mi fece ridere.

"Oh sì Sophie, non sai quanto! Soprattutto la tua". Mi divertiva stare con lei.

Mentre la svestivo suonò il cellulare, di regola non avrei risposto, ma immaginavo fosse Seth in apprensione per l'andamento dei mercati asiatici. Sospesi il gioco in corso e telegraficamente valutai con Seth se e come potevamo ancora contenere le perdite. Sophie, intanto, si levò gli slip per poi lanciarmeli addosso. A quel punto ordinai a Seth di vendere tutto se arrivava intorno al due, che era meglio non accanirsi oltre, ormai era andata, avevamo perso.

Chiusa la comunicazione, finalmente mi occupai dell'istrice malizioso. Volevo entrare dentro di lei. Nessun preliminare. Avevo il cazzo che mi tirava da paura. Scivolai dentro la sua fighetta bagnata fissandola negli occhi.

Le alzai le gambe e mi portai le caviglie alle spalle e

presi a trafiggerla, imperterrito. Sophie inarcò la schiena perdendosi come al solito nella sua trance. Eh no, questa volta la volevo presente. Feci scivolare le gambe sui fianchi e le alzai le anche sulle mie cosce così da esserle dentro fino in fondo. Le chiesi di sollevare le braccia, e con la mano presi a stimolarle il clitoride, a quel punto lei si spense. Dovevo tenerla presente.

«Bagnati le labbra con la lingua», dissi, «e poi toccati i seni».

Sophie obbedì. Aumentai il ritmo spingendomi dentro di lei più insistentemente e, piegandomi in avanti, con le dita stimolai il suo sesso. Appena vedevo che cadeva in trance le davo un ordine e lei obbediente lo eseguiva. Appena sentii la temperatura del corpo alzarsi e i movimenti del suo bacino bloccarsi le chiesi di stringersi i capezzoli mentre affondavo sempre più deciso, spingendo il clitoride che ormai era fuoco e tempesta. Eccola.

La osservai lasciarsi andare allo spasmo dell'orgasmo trattenendo il respiro. Perché lo faceva? Mi piegai di nuovo su di lei affondando più veloce, lasciandomi pervadere dagli attimi antecedenti l'eiaculazione che mi fecero male per l'intensità con cui mi attraversavano la carne. Mi abbandonai al suo corpo per una frazione di secondo. Era troppo, Dio se mi faceva male quando lo sperma saliva. La sollevai di peso portandola cavalcioni sulle ginocchia allentando un po' il dolore e per un attimo vidi i suoi occhi completamente schermati da una patina di lacrime. In quella posizione riuscii a lasciarmi andare a un orgasmo potente e pieno, perdendomi nel suo abbraccio. Stretti l'uno all'altra i nostri cuori palpitanti trovarono un'armonia comune, sembrava quasi che si fossero sintonizzati per tornare insieme a un ritmo comune e più regolare.

«Mi mandi a fuoco», ansimò baciandomi «sei un mago?», chiese.

Scoppiai a ridere e la riaccompagnai sul materasso sfilandomi via da lei velocemente.

Avevo il cazzo in fiamme. Era la prima volta che lo sentivo sul punto di esplodere. Forse non avrei dovuto prendere alcuna pillola. Sophie me lo faceva tirare già di suo e non avrei dovuto esagerare, riflettei, rialzandomi. Avevo bisogno di sciacquarlo, allentare il fuoco. Forse mi lesse nel pensiero, perché un attimo dopo avevo la bocca di Sophie su di me. La sensazione delle sue labbra fresche sulla pelle rovente, della sua saliva e della sua lingua spense immediatamente quel bollore. Oh brava Sophie. Le strinsi le mani intorno alla testa cercando di essere delicato per non farle male. Brava Sophie, un pompino era proprio quello che ci voleva. Mi spinsi dentro la sua bocca troppo deciso e avvertii il suo respiro contrarsi. Non era una gola profonda quindi cercai di modularmi e capire fino a quanto mi potevo spingere, lei mi lasciò fare. Dio come era servizievole. Abbassai lo sguardo su di lei e mi presi il piacere che mi stava dando di nuovo e la visione di lei che accoglieva le mie spinte bastò per farmi venire di nuovo. Tirandole i capelli le riempii la bocca del mio seme, scivolai nelle sue labbra morbide un paio di volte con un ritmo meno serrato e ancora più lentamente mi separai dalla sua bocca. Un secondo dopo mi trovai di fronte Sophie, in piedi e visibilmente contrariata. Dopo avermi sputato addosso, corse in bagno. Si vedeva che era arrabbiata. Stordito, raccolsi il fazzoletto dalla giacca e mi ripulii il petto. Ero frastornato, per un minuto restai piegato sulla consolle dei video a riprendere fiato e ad aspettare che si placasse il battito cardiaco. Ricomposto, la raggiunsi in bagno per consolarla, e la trovai piegata sul lavabo tutta presa in gargarismi. Dallo specchio incontrai i suoi occhi perplessi. Era sudata, con una ciocca di capelli appiccicata alla guancia.

«Lo decido io se puoi venirmi in bocca», disse seccamente.

Mi fece sorridere e arrapare di nuovo. Non so cosa avessi quella sera, ma ero un concentrato di testosterone e Sophie era pura lussuria.

Senza troppo indugiare l'avevo abbracciata da dietro e baciandole il collo per rilassarla le sussurrai cosa volessi da lei.

«Ti voglio scopare tutta la notte», le dissi, cercando il suo sesso che trovai ancora bagnato e gonfio. Sì, volevo stare dentro di lei il più possibile, perdermi nel piacere.

Delicatamente la piegai di nuovo sul lavabo e tornai dentro di lei. Era l'unico posto dove volessi stare. Non c'era ombra di dubbio, Sophie mi eccitava come nessuna mai.

Mentre la prendevo da dietro, osservai Sophie completamente rapita. Un'espressione di vivido piacere estatico, con le labbra appena socchiuse, le guance arrossate e il corpo bollente. Dio come era bella.

«Voglio venire mentre tu ti masturbi», dissi per cercare di riportarla al presente. Non poteva lasciarmi solo ogni volta.

Le presi la mano portandola sul suo sesso sostituendola con la mia. Le afferrai i capezzoli e glieli strinsi forte per cogliere una reazione. Nonostante la morsa decisa, Sophie reagì appena. Aprì la bocca di scatto e, inclinata la testa sulla destra, l'aveva lasciata cadere sul petto.

«Fammi venire», dissi deciso «fammi venire con te».

Sophie, appoggiò la nuca sulla mia spalla e prese a stimolarsi decisa con una mano mentre con l'altra si teneva al lavandino. Appena la vidi stringere i denti e irrigidirsi, avvertii la vagina contrarsi, allora le strizzai i capezzoli facendomi pervadere dalla mia personalissima onda.

«Brava, brava», ansimai sul suo collo. Prendendola per i capelli le spostai la testa per baciarla. E mi scaricai dentro di lei, ammirato ed estasiato, risucchiando il suo alito di piacere.

Vedere il piacere sotterraneo di Sophie, controllato o non so cosa, mi sconcertava, ma allo stesso tempo mi affascinava. Uscii controvoglia da lei, e ritornai alla realtà.

La vidi brancolare e la raccolsi in un abbraccio. Si teneva al lavandino, fradicia di sudore. Bagnai un asciugamano e la tamponai affinché si riprendesse. Era stremata e provai una certa soddisfazione insieme a un moto di tenerezza. La sollevai di peso, e lei si abbandonò alle mie braccia come una bambolina. La trasportai sul letto e la feci sdraiare. Avevo una sete bestiale così mi scolai in un sorso la bottiglia di birra avanzata. Mi sentivo un animale. Me ne aprii un'altra per cercare di placare una virilità che iniziava a spaventarmi. In piedi e lontano da lei mi presi qualche secondo per rianimarmi e far diminuire la tachicardia. Poi mi sistemai accanto a lei che subito mi abbracciò, esausta. Cominciò a carezzare e baciare ogni centimetro del mio corpo e, piano piano scese fino al mio pene, ancora presente.

«È normale?», chiese alzando lo sguardo con espressione curiosa.

Mi spostai su un fianco e non riuscii a non ridere. Era irrimediabilmente tenera. Anche io ero preoccupato, di solito dopo un paio di ore tornava nei parametri, invece oggi tirava prepotente. Troppo.

«Ti voglio tutta la notte», dissi. «Non posso resistere una settimana, devo fare il pieno».

Sophie inarcò le sopracciglia perplessa.

«Mi hai detto che domani ti arrivano, quanto ti durano di solito?», chiesi.

«Cinque giorni», rispose con espressione confusa.

"Troppi pensai", e immediatamente dopo le chiesi se potesse preoccuparsi di prendere un anticoncezionale. L'idea di usare un preservativo con lei era deleterio per la mia mascolinità.

Un poco infastidita, accampò le solite scuse sulla ritenzione idrica. Cercai di essere accomodante. Non capivo questa fissazione per la ritenzione idrica, mai che le donne vedessero il lato positivo delle cose. Sesso libero, tette ben tornite e culo sodo. Mentre accarezzavo il suo corpo, improvvisamente Sophie se ne venne fuori con una delle sue frasi che tagliavano come un'accetta. Non parlava mai, ma quando lo faceva, poteva essere inesorabile.

«Adam, che intenzioni hai? Mi stai dicendo che vuoi che ci frequentiamo?».

Queste parole spensero quel magico momento… tranne *lui* sempre presente e arroventato.

«Non credo ai rapporti, ai legami», risposi serio e diretto.

Con tono disarmante, Sophie, disse la cosa più ovvia e palese agli occhi di chiunque ci avesse visto dal di fuori.

«E allora cosa ci facciamo qui se non ci importa l'uno dell'altra?».

Giusto, ma forse era il caso di chiedere cosa diavolo ci facevo io? E la risposta era…

«È solo richiamo sessuale», dissi semplicemente.

«Richiamo sessuale?», chiese basita.

Sapevo dal tono della sua domanda dove sarebbe finito il discorso. Era come con Seth, una rottura di palle psicologica. Ma non avevo voglia di stare a chiarire niente. Era tutto molto semplice, per me.

«Sophie, cosa devo dirti, mi piace scopare, mi piace possedere la donna e in questo momento mi piace scoparti. Ho un pensiero costante durante il giorno: averti, entrare dentro di te, vederti godere, e questo è quello che voglio ora e quanto ho da offrire, te l'ho già detto, non voglio storie», dissi deciso e indispettito. Anzi, glielo sputai addosso, quasi cercassi di convincere anche me stesso che quello era ciò che volevo. È vero, avevo un sano bisogno di scopare. La cosa più naturale del mondo, e non avevo voglia di analizzarla. Lo sapevo anche io che questa mia necessità nasceva da altri problemi e l'elenco era infinito. Ma per quanto potesse essere semplicistica una spiegazione in termini di pura biologia, a me piaceva scopare per sentirmi libero, era un istinto primario, come respirare. E Sophie era la risposta a tutto quello che stavo cercando da anni.

«Quindi finché ci sarà questo richiamo», con l'indice e il medio, Sophie, tracciò le virgolette nell'aria, «ci vedremo?», chiese.

«Esatto», risposi.

«Ma solo per sesso».

Più chiaro di così! «Esatto, ti sta bene?»

«Era solo per capire», disse. «Adam. A me va bene, come ti ho detto non cerco storie. Se ne siamo consapevoli entrambi non avremo aspettative che possano creare problemi».

Osservai i suoi occhi sinceri, cogliendo la menzogna. Non era brava a mentire. Stremato, mi sedetti sul letto e le carezzai le gambe. Cosa aveva visto in me Sophie? Perché stava accettando un compromesso del genere? Riuscivo a sentire il suo cervellino rosolare il più diabolico tra i piani femminili, quello di poter cambiare un uomo con l'amore. Credeva veramente di essere tanto forte da scalfirmi? Lei non sapeva neppure cosa fossi capace di fare alle donne. Poi la sua mano mi accarezzò la guancia e a quel punto, un dubbio si insinuò in me. Forse ne era capace, e un po' lo sperai.

# Ipocrisia

L'effetto della pillola o forse quello di Sophie si esaurì solo alle undici del mattino quando mi alzai dal letto. Ero rientrato alle cinque, con il cazzo ancora in tiro. Mi ero fatto una doccia che era riuscita a farlo appassire regalandomi un po' di sollievo. Data l'ora, prima di mettermi sotto le coperte, avevo mandato un messaggio a Seth avvisandolo che sarei andato in ufficio nel pomeriggio. Le prestazioni notturne mi avevano piacevolmente devastato, ma dovevo riposare per rimettermi in forma. Ma dal momento in cui mi ero risvegliato si era scatenato l'inferno dentro di me. Brancolavo per la casa come un animale in gabbia. Continuavo a rivedere i suoi occhi e sentire la sua voce mentre mi diceva quella bugia: mi aveva assicurato che le andasse bene vederci solo per fare sesso. Lei non faceva sesso con me, lei si abbandonava a me. Era differente. Se fare sesso significava dare e prendere del piacere, soddisfare una voglia fine a se stessa, allora abbandonarsi come faceva lei, era fare l'amore. Due cose diverse. E per come ero fatto, preferivo di gran lunga la prima. Mi sfogavo a fare sesso, ma con Sophie c'era una strana alchimia. Era sesso, ma allo stesso tempo un desiderio travolgente di unirmi a lei.

Mi piaceva Sophie, mi piaceva in modo assoluto. Nel suo essere semplice e totalmente accomodante, era la sottomessa che non avevo mai avuto. Samantha era stata la prima sottomessa, colei che mi aveva introdotto alle pratiche sadomaso, facendomi dimenticare i miei tormenti. In un certo senso mi aveva salvato. Dopo di lei avevo avuto un paio di esperienze con altre sottomesse, ma non era andata, non reggevano e alla fine cercavano sempre un legame. Per questo preferivo le prostitute. Con loro ero libero, senza vincoli. Ripensando agli occhi più belli del mondo, sapevo che Sophie era un'autentica sottomessa, lo era per carattere, non doveva fingere o fare niente che non fosse nel suo istinto, nella sua natura. E poi c'erano quei silenzi. Ma gli atteggiamenti di Sophie erano piuttosto espliciti.

Con quei pensieri mi presentai in ufficio alle due. Il tempo di sedermi alla scrivania che venni raggiunto da Seth. Sul viso evidente il segno della sconfitta, di cui mi ero dimenticato. Avevamo perso milioni di dollari in meno di dieci minuti. E io pensavo solo a lei.

«Hai una faccia stanca, Adam», disse sedendosi di fronte.

«Ho dormito male».

«Ci hai dato dentro?», chiese.

«No».

«Comunque ieri sera è stato un disastro. Tuttavia siamo riusciti a contenere le perdite, ma è stato un salasso. Ho passato tutta la mattina al telefono con i giapponesi, tra poco apre di nuovo la borsa e ci sono buone prospettive, tra qualche minuto verrà rilasciato il comunicato sul progetto di sfruttamento dell'acqua come fonte di energia».

Sorrisi ripensando al discorso "acchiappo-Sophie" fattole a suo tempo al bar Lucas. Cosa aveva detto lei? Che se fosse stato vero, allora il mondo avrebbe avuto un futuro. Dio come era semplice nei pensieri. Troppo semplice. E di nuovo ripensando a lei mi si indurì. Dio basta! Mi alzai dalla scrivania e andai al frigobar per recuperare una bottiglietta d'acqua.

Seth parlava e io nemmeno lo ascoltavo. Non avevo proprio voglia di discutere di soldi, ed ero pentito di essermi presentato in ufficio. Per la prima volta in vita mia non me ne fregava nulla degli affari, la mia grande gioia prima del sesso.

«Adam», disse Seth ad alta voce. «Mi stai ascoltando?»

Trangugiai mezza bottiglia per idratarmi. Mi sentivo prosciugato, nel corpo e nella mente. Mi asciugai le labbra con il dorso della mano e annuii. «Sì, sì, ho capito. Ci sono buone prospettive».

«Ti ho chiesto se stasera vieni a cena da noi. Annabelle ha invitato Denise...».

Non lo feci nemmeno terminare, se mi parlava di tette morivo.

«No, ho un impegno», risposi categorico.

«Ma è giovedì!», esclamò derisorio Seth.

«Ho da fare», risposi.

«Ah okay», disse. «Solo una volta?», aggiunse curioso.

Annuii per non dovermi inventare storie.

«Senti Seth, oggi mi gira male, me ne vado in palestra a fare un'arrampicata».

Seth credo intuì il mio malessere esistenziale. «Capisco, ma ci sono problemi?», chiese sapendo già che non avrei detto nulla.

«Tutto bene, ho bisogno di muovermi».

«Va bene, allora ci vediamo domani», disse e mi lasciò finalmente solo. Mi allentai la cravatta e guardai il cellulare nella speranza che lampeggiasse. Niente. Morto. Non aveva risposto al messaggio che le avevo mandato la mattina prima di lasciarla ai suoi sogni. Da una parte ne fui sollevato, dall'altra mi chiesi cosa stesse facendo.

A chi mai rivolgesse la sua attenzione, il suo sguardo, il suo sorriso, e immediatamente mi chiesi chi potesse farla ridere, e una morsa allo stomaco mi fece salire la nausea. Stavo andando decisamente fuori di testa. Per uscire da quello stato, me ne andai in palestra. Non mi piacevano le pareti artificiali, ma non avevo il tempo di andare fino alle Shawangunk Mountains. Per l'intero pomeriggio mi rovinai a salire in tutti i modi possibili, cercando gli appigli più difficili per spronarmi a restare concentrato sul tracciato e non pensare a lei... mi aveva letteralmente prosciugato la mente e l'anima. Si era maledettamente insidiata dentro di me. Con quei due occhioni innocenti era riuscita con abilità a farmi crollare, a rapire la mia attenzione. E adesso ero inquieto. Troppo inquieto e questo non andava bene, per niente bene.

Quanto tornai all'armadietto per cambiarmi vidi il telefono lampeggiare. Per un attimo sussultai. Selezionai l'icona dei messaggi con il cuore pieno di speranza e la delusione mi ghiacciò le vene. Era Alice. Come al solito mi avvisava del suo rientro.

A casa! Se passi stasera avvertimi. Alice.

Verificai nell'elenco dei messaggi se mi fosse sfuggito altro e poi controllai che quello inviato a Sophie la mattina fosse stato spedito. Ne ero certo, prima di uscire dalla sua stanza avevo visto il suo lampeggiare. "È di poche parole anche con i messaggi", pensai.

Più tardi rientrai al Lether Parking alla velocità della luce e nello stesso modo scivolai verso casa. Non volevo incontrarla, se l'avessi vista non sarei riuscito a non andarle incontro. Una volta a casa, mandai un messaggio ad Alice chiedendole se per lei fosse lo stesso passare da me. Rispose in trenta secondi.

Ok, da te alle nove. A

Per scacciare il malessere mi imposi di guardare in televisione un documentario sulla vita dei castori che riuscì a farmi addormentare alla quinta scena. Alle otto e mezza riemersi. Doccia veloce, un sandwich e mi misi ad aspettare Alice. L'avrei portata subito a letto. Non avevo voglia di ascoltare le sue chiacchiere. Volevo infilarmi in un'altra donna e risvegliarmi dall'incantesimo di Sophie.

Appena entrò in casa Alice mi inondò del suo profumo e di milioni di parole. Era una donna furba, molto diretta. Ci eravamo conosciuti all'autorimessa, tanto per cambiare. Qualche saluto cortese tra entrate e uscite, poi una sera per una coincidenza c'eravamo trovati seduti allo stesso tavolo di un noiosissimo party e due ore dopo eravamo finiti a letto. Mi piaceva Alice. Non cercava storie, o forse era meglio dire che nessuno riusciva a resistere con lei se non oltre le tre ore. Era logorroica anche durante il sesso, insomma una donna piena di sé.

«Regalo!», disse sorridente porgendomi un sacchetto.

«Vieni, quando sei rientrata?», chiesi scortandola al divano.

«Ieri sera», rispose.

Dalla consolle dei liquori, le preparai il suo solito Martini e io mi versai del whisky.

Tornai a sedermi e mi misi accanto a lei. Brindammo. E lei si tolse le scarpe.

«Questa volta non vedevo l'ora di tornare, il Kenya è favoloso, peccato che il resort fosse a Malindi e lì Adam il mare è terribile».

«Come mai?», chiesi passivo e poco interessato.

«Purtroppo il fiume che sfocia in mare si porta dietro la terra della savana. Puoi immaginare quale sia il colore, sembra fango».

«Ah, ah», mormorai guardando fuori dalla finestra.

«Ma i kenioti sono gente fantastica e il resort molto bello. Ormai il complesso è finito, manca solo qualche intervento di manutenzione al giardino e poi si apre. Tra l'altro abbiamo già venduto tutti gli appartamenti».

«Ah, ah», borbottai di nuovo, tornando a guardarla.

«In realtà ci avevo fatto un pensierino anche io, ma...».

«Ah, ah», feci ancora, e controllai l'orologio.

«Sì, pensavo di comprare una casa e poi trasferirmi».

Quest'ultima parola richiamò la mia attenzione. Andarsene da New York? Lei? La guardai stranito. «Tu?», chiesi. «E saresti capace di andare in giro con le infradito tutto l'anno?»

«Ecco quello è uno degli aspetti che mi spingono più verso il no. Le mie scarpe, i vestiti e le comodità mi mancherebbero, poi devo essere sincera, il divertimento laggiù è veramente banale».

«E gli uomini?», chiesi ironico.

«Diciamo che alcuni sono affascinanti, ma hanno questa pacatezza che un po' mi annoia».

«Vuoi dirmi che non hai dato?», chiesi irrisorio.

Alice scoppiò a ridere. «A questo giro, no», scosse la testa lasciandosi andare a una delle sue risate da stordimento. «Lo so che fatichi a crederlo, ma non ho fatto nulla».

«Uhm allora c'è dell'arretrato?», sorrisi ammiccante.

Alice tirò indietro la testa e liberò il collo dai capelli. Era un gesto che mi piaceva.

«Oh sì, Adam», disse. «Stasera avrai il tuo bel da fare», raccolse il sacchetto del regalo dal tavolino ponendomelo tra le mani. «Dai apri il regalo, prima il dovere, poi il piacere».

Il sacchetto conteneva una maschera di legno raffigurante il volto di un diavolo. Indossai la maschera e ci trovammo a ridere come due ragazzini. Alice si sistemò cavalcioni su di me, baciandomi il collo iniziò a sbottonarmi la camicia. Le allentai la zip dell'abito e appena alzò le braccia glielo sfilai, godendomi lo spettacolo del suo corpo. Adoravo la perenne abbronzatura della sua pelle, come anche le sue belle tette che riempivano armoniche la coppe del reggiseno.

Mi tolsi la maschera e prendendola in braccio la portai in camera da letto. Adagiata sul letto le tolsi gli slip, restando ad ammirarla. Mi piaceva l'attenzione con cui curava il suo corpo. Perfettamente depilata, profumata, la pelle idratata.

Le toccai il seno, stringendolo poi tra le mani, e lei si lasciò andare a un gemito. Immediatamente provai fastidio. Nello sfiorarle appena il sesso lo trovai già caldo e pronto. Mentre lei si muoveva sinuosa sotto il tocco delle mie mani io ero concentrato nel fare un'unica cosa. Farmelo tirare. Non ero per niente in forma. Affondai la lingua nella bocca di Alice con l'obiettivo di perdermi nei preliminari e scacciare quel pensiero fisso. Niente, il contatto con la sua lingua mi infastidì ulteriormente. Dovevo reagire. Dovevo fare qualcosa. La voltai a pancia in giù e l'aiutai a mettersi in ginocchio. Dovevo entrare dentro di lei e farlo andare. Cercai di aiutarmi da solo, ma non c'era verso. Lui non reagiva. La piegai carponi e per cercare di animarlo glielo picchiettai sulla natica e finalmente qualcosa si mosse. Rapido dal cassetto afferrai il preservativo per infilarlo prima che perdesse il vigore.

«Alice te lo metto nel culo», dissi.

Con lei non c'era bisogno di alcuna introduzione, ci piaceva scopare, diretti, senza pensieri.

«Tutto quello che vuoi», disse.

Le sputai sull'ano, con le dita lubrificai il piccolo varco mentre con l'altra mano sfioravo il suo sesso per aumentarne le secrezioni. Appena mi fui assicurato che fosse lubrificata le puntai l'occhiello e lo spinsi dentro. Il primo passaggio a contatto con le pareti anali riuscì a resuscitarlo definitivamente. Ecco. Sollevai Alice riportandola in ginocchio e le incrociai le braccia dietro la schiena. Afferrata per i polsi la piegai in avanti e presi a spingere tenendola sospesa. I gemiti di Alice, più simili a guaiti, mi avevano sempre dato noia, ma oggi li trovavo più irritanti di altri giorni. Rimpiangevo Sophie e il suo silenzio. Aumentai le spinte, sempre più forti per allontanare il pensiero della piccola strega insidiosa.

Dallo specchio davanti al letto vidi riflesso il viso di Alice contorto dal piacere. Provai repulsione. La piegai carponi per evitare di rivederla e tenendola per i fianchi me la sbattei deciso concentrandomi sul mio cazzo che entrava e usciva. Le allargai le natiche e mi spinsi più a fondo che potevo, chiusi gli occhi per sentire, per provare qualcosa finché la prima scarica salì e finalmente mi lasciai andare all'orgasmo. Dio che fatica. Mi sfilai da lei, le diedi una pacca sul sedere e alla velocità della luce mi fiondai in bagno. Tergiversai qualche minuto davanti allo specchio. Non mi riconoscevo più. Ero confuso. Poi mi fissai deciso: "Forza Adam, devi solo scopare, pensa solo a quello, scopare, fottere".

Tornato in camera trovai Alice seduta sul letto con le ginocchia piegate e le gambe divaricate e mi passò definitivamente la forza. Quasi obbligato, mi sdraiai tra le sue gambe e presi a leccargliela. Di solito lei era una di quelle che appena la sfioravi veniva, ma oggi non c'era verso. Ero talmente poco interessato che giravo a vuoto. Alice mi afferrò la testa perché mi concentrassi in un punto preciso e lo feci. Affondai tre dita nel suo sesso e puntai deciso il suo clitoride. Quando venne tra i suoi urletti, ero stanco e rassegnato e mi sdraiai accanto a rilassarmi, ma per Alice quello era solo l'inizio. Prese a baciarmi e a toccarmi il pene per rinvigorirlo, ma non sortendo effetti scese con la bocca e prese a succhiarlo. Non ne potevo più.

Sdraiato come un Dio presi a fissare la finestra chiedendomi cosa stesse facendo Sophie. Guardava la televisione? Leggeva? O forse, pensava a me. Milioni di domande mi piombarono nella mente, boicottando il pompino di Alice che faticava a farmelo tirare. Guardai l'orologio della sveglia. Erano le dieci. Di sicuro a quell'ora doveva essere sulle scale a parlare con Ben ed Ester. Improvvisamente volevo alzarmi per andare a guardare.

Alice smise di succhiare ripresentandosi ai miei occhi.

«Tutto bene?», chiese perplessa.

«Continua», risposi accompagnando con la mano la testa per riadoperarsi.

Chiusi gli occhi e cercai di ricordare la sensazione della bocca di Sophie su di *lui*, la sua lingua, il pompino claustrofobico a cui l'avevo obbligata solo la sera prima e subito il mio pene ritornò al massimo del suo splendore. Alice, continuando a stimolarmi con le mani si sistemò cavalcioni su di me.

«Girati Alice, voglio vedere il tuo culo mentre mi scopi».

Sorrise. «Ti piace proprio il mio culo», disse esaltata ed eccitata.

Sì, mi piaceva, ma quel giorno, in realtà, non avevo voglia di vedere il suo viso, almeno di spalle potevo farmi il mio film. Dopo un po', quando il piacere riuscì a cancellarmi la piccola strega di Sophie dalla mente alzai le ginocchia e la feci adagiare di spalle sul mio corpo e finalmente scopai senza remore. Una bella scopata scaccia pensieri.

Quando a mezzanotte se ne andò, dopo una doccia mi spensi esausto nel letto. Aveva ragione Annabelle, sarei morto d'infarto, scopando. Magari dentro Sophie, pensai, sarebbe stata una bella morte.

# Contraddizione

L'indomani mattina, sul portone di casa, osservai per qualche secondo l'ufficio di Fred assicurandomi che Sophie non fosse nei paraggi. C'era solo lui assorto al computer, così entrai rapidamente nel garage deciso a salire in macchina e andarmene.

"Cazzo no, Alice", imprecai fra me e me.

Ci incrociammo davanti alla sua macchina e subito mi diede un bacio sulla guancia.

«Allora Adam, ti sei ripreso?», chiese ammiccante.

Sorrisi. Era arguta Alice, non le sfuggiva nulla.

«Ieri sera mi sono preoccupata, non eri al tuo solito».

«Eri troppo in astinenza, Alice, mi hai travolto», le dissi tanto per farla gongolare.

«Già!». Alice piegò la testa di lato.

«Non è andata poi così male, non credi?». Le passai un dito sul collo. Lei ammiccò.

«Sì Adam, tu vai sempre bene, sei una garanzia».

«Garanzia», ripetei sarcastico.

Poi si fece più seria. «Senti, per qualche giorno sono a Boston dai miei, quando torno magari usciamo a cena?»

«Quando torni?», chiesi.

«Domenica sera».

Dal cellulare guardai il calendario senza alcun impegno.

«La settimana prossima non ci sono, vado a Chicago», dissi per togliermela dai piedi.

Alice prese il cellulare. «Allora segno in agenda di chiamarti il lunedì dopo».

«Perfetto, devo andare».

La salutai con un abbraccio e raggiunsi l'auto. Mentre uscivo dal garage incrociai Sophie con la sacca della lavanderia sulla spalla e non mi trattenni dal sorriderle. Ormai era un gesto meccanico. Lei invece non cedette, aveva un'espressione contrariata e per un istante mi parve di leggere sul labiale: "Vaffanculo". Stranito avevo proseguito guardandola attraversare la strada dallo specchietto retrovisore. Mi aveva mandato a fare in culo?

Immediatamente le mandai un messaggio.

Ciao e buongiorno, ti ho vista di sfuggita e mi sei sembrata nervosa. Ci sono problemi?.

Qualche secondo dopo arrivò la sua risposta.

Problemi di donne, saprai che in quei giorni la tensione nervosa è alle stelle. Buongiorno a te e buon tutto.

Buon tutto? Cosa voleva dire con quel buon tutto? Con un altro messaggio le chiesi spiegazioni in merito alla battuta.

Di sicuro mi aveva visto con Alice e immaginavo il suo cervellino friggere nella gelosia.

Buon tutto?.

Come previsto non mi rispose. Arrivai all'ufficio e in ascensore le scrissi un nuovo messaggio chiedendole se "buon tutto" volesse essere un messaggio sottile. E nuovamente non mi rispose.

Fuori dall'ascensore trovai Celine ad aspettarmi con i bilanci da firmare tra le braccia. La salutai appena, dirigendomi verso l'ufficio con lei al seguito. Mentre mi toglievo la giacca, Celine sistemò i plichi rilegati sul tavolo. Mi slacciai i polsini della camicia, li arrotolai e la raggiunsi.

«Il signor Braun dice che sono a posto, manca solo la sua firma», disse remissiva porgendomi la penna.

«Dammi qua!». Nervoso mi sistemai al tavolo dando inizio alla sequenza di autografi. Sul secondo plico entrò la chiamata di Sophie. Leggere sul display del telefono il suo nome mi riportò alla mente, per un paio di secondi, ricordi di gioventù tra pulsioni adolescenziali e smarrimenti. Risposi al terzo squillo. La prima cosa che volevo chiederle era che cosa significasse "buon tutto", ma la presenza di Celine non me lo concesse.

La telefonata si svolse più o meno così:

«Ciao Sophie, sono contento di sentirti», dissi fulminando Celine per farle capire di andarsene, ma lei non colse il messaggio.

«Disturbo?», chiese Sophie.

«No, per niente, come stai?»

«Bene», rispose. «Senti ti ho chiamato per dirti che...».

«Aspetta», dissi. A quel tentennamento tappai il microfono del telefono e invitai Celine con parole chiare e definitive ad andarsene. Attesi che uscisse dalla porta e tornai alla telefonata.

«Eccomi scusa, tra poco ho una riunione», dissi. «Allora quando ci vediamo?», chiesi diretto.

«Ehm», sibilò.

«Passo stasera?», chiesi di impulso. «Pensavo che potevamo vederci un film». Che cazzo mi stava prendendo? Non guardavo film. Quella proposta mi era scivolata fuori dalla bocca incoscientemente.

«Sono da mia madre, mi spiace», rispose mentendo spudoratamente. Mi stava scaricando e non era per niente piacevole. Era chiaro che il suo "buon tutto" era un modo di dire "adios" e in quel momento mi sentii triste. Da una parte era quello che volevo, ma anche l'esatto contrario.

«A che ora torni?», chiesi. Non poteva finire con una telefonata del genere.

«Non lo so, e domani ho una lezione importante, dovrò alzarmi presto e...».

«Mi sono perso qualcosa?», chiesi più diretto per metterla alle strette.

Mi aspettavo di sentire dalla sua vocina dire che ero uno stronzo biblico. Invece...

«Niente, e poi di prestazioni non se ne parla».

Mi fece sorridere quell'affermazione. «Be', esistono altri modi», dissi accomodante. «Posso sempre esplorare altre vie». Voleva essere una battuta, purtroppo mi uscì male. Strinsi la mano in un pugno serrato e chiusi gli occhi maledicendo la merda che ero. Come potevo parlare in quel modo a lei.

«Sophie?»

«Sì».

Dovevo rassicurarla. Farle capire che mi interessava perché, per quanto mi ostinassi a ripetermi che non volevo una storia, il punto era che io volevo vederla che fosse una relazione o meno, non aveva importanza definire che cosa ci fosse tra di noi. «Non faccio altro che pensare a te, mentre...».

«Mi scopavi?», chiese perentoria.

«Esatto», risposi di impeto. «Il solo pensiero mi eccita e...», e infine dissi quello che mi rodeva dentro da ventiquattrore, da quanto ero uscito dalla sua stanza arroventato dal dubbio amletico. «Sophie voglio vederti stasera».

«Be', se ti ecciti tanto puoi sempre scopare la Truman sul cofano della sua Mercedes, penso che non ti manchino le donne, e vaffanculo», e poi silenzio...

Come faceva a sapere che mi ero scopato Alice sul cofano della macchina? Per qualche secondo rimasi a fissare il cellulare. Era vero, le donne non mi mancavano, ma mai nessuna si era permessa di mandarmi a quel paese in quel modo e questo mi fece imbestialire.

Immediatamente la richiamai e rispose la segreteria. Le lasciai un messaggio invitandola a richiamarmi. Dopo una decina di minuti, dato che non mi aveva chiamato, la richiamai e lasciai un secondo messaggio in segreteria. Nell'attesa di un suo segnale le scrissi un SMS facendole capire che volevo spiegarmi e che avevo bisogno di vederla. La richiamai più volte imbattendomi con la sua maledetta segreteria che scattava inesorabile al terzo squillo. Non parlava, non rispondeva, mi sembrava di vederla, con quella sua supponenza sibillina. Aveva la capacità di mandarmi al manicomio. Stremato le lasciai un terzo messaggio implorandola di richiamarmi. Dopo un'altra decina di telefonate, innervosito dalla mancanza di spina dorsale che stavo dimostrando, le lasciai un ultimo messaggio rancoroso.

E vaffanculo non me l'ha detto mai nessuno, comunque, messaggio afferrato.

Ripresi a firmare i documenti, pagina per pagina e non mi fermai fino all'ultimo fascicolo. Appena li ebbi riordinati, chiamai Celine per ritirarli.

«Sono arrivati gli stagisti», disse sollevando il plico. «Sono nella sala due».

Ah già! Gli stagisti. Me ne ero dimenticato. Raggiunsi la sala riunioni, trovandomi davanti una decina di ventenni vestiti di tutto punto e visibilmente emozionati. Mi presentai, feci il mio solito discorso di benvenuto, e augurai a ognuno di loro di trovare nel mondo della finanza la propria realizzazione. Mi piacevano i giovani, mi riportavano indietro nel tempo. Avevo iniziato anch'io come rampante stagista presso la Peterson Finance. Passavo la giornata a consultare i tabulati degli andamenti, prevedendo incrementi da sottoporre ai clienti. Una variazione anche minima creava conseguenze inaspettate a fine giornata. Mi piaceva anticiparle. La teoria del caos. Sensibilità alle condizioni iniziali, imprevedibilità, ed evoluzione. Mentre Celine forniva le indicazioni organizzative al baldo gruppetto, ripensai alla sera in cui avevo spiegato quella teoria a Sophie. Ricordai i suoi occhi sulle mie mani e un desiderio di toccarla mi assalì, tanto che dovetti accavallare le gambe. Mio Dio che effetto mi faceva quella ragazza? Irresistibile e struggente. Guardai fuori dalla finestra, scombussolato. "O buio o luce", pensai. Chi l'avrebbe mai detto che quello scricciolo, delicato come una farfalla fosse così potente da scatenarmi un uragano di pensieri ed emozioni. Le scrissi un messaggio, un po' un addio, e allo stesso tempo un ringraziamento. Ero stato toccato e non ci potevo fare più nulla, ero segnato da Sophie.

Sensibilità alle condizioni iniziali, imprevedibilità, ed evoluzione.

Sperai cogliesse il significato che era tra le righe, e in questo lei era bravissima. La presenza degli stagisti mi ricordò il nostro incontro in biblioteca, e decisi di andare a fare un giro. Tanto ormai non avrei combinato nulla.

Raggiunta l'università, mi diressi verso la biblioteca e *bingo!* La vidi assorta dietro a un cumulo di libri. La raggiunsi e mi sedetti accanto a lei. Feci un respiro profondo per non risultare troppo precipitoso, poi parlai.

«Ciao», dissi «sono venuto a cercarti dato che non rispondevi», e mi feci forza per mantenere un tono gentile e contenuto.

Osservai nell'espressione di Sophie un alternarsi di espressioni diverse e contrastanti. Le chiesi spiegazioni e crollò.

«Ecco, mi fai paura, mi sconvolgi», disse alzando appena lo sguardo su di me.

«Che cosa vuoi dire?», chiesi.

«Mi fai paura nel vero senso della parola, tu pratichi un certo tipo di sesso che per me è…».

Era perplessa, come la sera in cui mi baciò in quel suo gioco romantico. In parte mi sentii giudicato. No, non poteva saperlo, o forse lo immaginava per come tendevo a essere irruento, ma con lei era stato tutto diverso.

«È inaccettabile per te?», chiesi nervoso.

«No, non inaccettabile», rispose. «Ma è in conflitto con le mie esperienze. Siamo incompatibili Adam, io non posso darti quello che vuoi e tu non puoi darmi quello che voglio».

E cosa volevi piccola Sophie? Un uomo che ti amasse? Che restasse in balia dei tuoi bisogni? Che si piegasse ai tuoi isterismi, un uomo che si donasse a te in modo che poi tu potessi trafiggerlo?

Mi stava chiedendo di avere una storia seria, e cercai di chiarirle i miei propositi. Le confermai il mio interesse per lei, ormai piuttosto palese. Nessuna mi aveva mai spinto a prostrarmi in questo modo, ma altrettanto chiaramente sottolineai l'assoluta impossibilità di avere di più, non ero in grado farlo.

Sophie si indispettì e, facendomi il verso mi incalzò a

essere sincero con me stesso. Cercai di rassicurarla nuovamente del fatto che fossi attratto da lei in modo speciale, ma solo fisicamente. Avevo necessità del suo corpo, di vivere con lei il meraviglioso trascendente incantesimo del sesso. E lei infine, lo disse…

«Bene, per me invece è anche altro, anche io sento un intenso trasporto fisico nei tuoi confronti, ma voglio anche altro».

Voleva di più… più semplice di così non si poteva.

Aveva ragione, già il fatto di essere lì entrambi con i propri desideri e differenti aspettative, ognuno di noi due che si sforzava di mantenere compatti i propri limiti. Essendo l'una agli antipodi rispetto all'altro, insieme sarebbe stato più facile cadere che sollevarci. La ringraziai e me ne andai. Fine, stop, capitolo chiuso.

Tornai in ufficio per fare quello in in cui rendevo meglio: lavorare e fare soldi. A metà pomeriggio incontrai i proprietari di un edificio sulla quinta strada interessati a ristrutturare l'immobile per realizzare residenze di lusso. Cercavano un socio e, dati i miei trascorsi da immobiliarista, mi proponevano una quota di partecipazione all'operazione. Uno sguardo di intesa con Seth e ci capimmo al volo. Non credevamo alle coincidenze. Comunque ci lasciarono tutta la documentazione e fissammo un appuntamento per andare a vedere l'edificio.

«Cosa ne pensi?», chiese Seth quando restammo soli.

«Il mercato residenziale di lusso ha ancora un ottimo andamento».

«Già, potrebbe essere un buon investimento», disse.

«Potrebbe, ma io questo Thompson non l'ho mai sentito nominare nell'ambiente, non hai la strana sensazione che ci sia dietro qualcosa?»

«Non saprei, ma ho chiesto a John di fare delle ricerche su di lui, appena trova qualcosa ci aggiorniamo».

«Okay», risposi.

«Com'è andata ieri sera?», chiese prima di lasciarmi.

«Bene», risposi. «Solito».

«Uhm, solito», mormorò compiaciuto. «Non mi pare, sembri pensieroso, non ti vedo molto in forma».

«Sono in formissima», gli tirai una pacca sulla spalla. «E te l'ho dimostrerò domenica. Preparati e dormi, ti straccerò».

In risposta alla mia reazione, Seth alzò il sopracciglio destro. «Dubito», disse prima di andarsene.

Lo stato d'animo, dopo l'incontro con Sophie, ma soprattutto dopo la giornata di lavoro si era piano piano risollevato. Da una parte mi rattristava non averla più nella mia vita, ma dall'altra, per il suo bene e per il mio, era meglio stessimo lontani.

Nei giorni a seguire ripresi le mie abitudini. Mi alzavo, andavo a lavorare, facevo i soldi per Seth e scopavo. Il pensiero di Sophie comunque persisteva, ma il fatto di non vederla aiutava.

Poi una sera, nel rientrare al Lether Parking avevo notato l'ufficio di Fred illuminato e animato di gente, sembrava ci fosse una festa in corso. Sulla porta vidi la sua fidanzata, in un vestito rosso che le faceva risaltare le curve.

Nel passare davanti all'ufficio buttai un occhio più attento. C'era un piccolo rinfresco, vassoi carichi di pasticcini e diverse bottiglie di champagne. D'improvviso alcune persone del gruppo arrivarono fino nell'autorimessa e mi trovai circondato dalla loro allegria. Per non ostacolare il passaggio mi spostai contro il muro per farli passare.

Un uomo urlò: «Fred per l'occasione stasera offri tu».

In mezzo a quel gruppo in movimento notai Sophie sfilarmi davanti. In un primo momento non l'avevo riconosciuta. Normalmente sciatta nell'abbigliamento, indossava un tubino nero corto, molto semplice, che le stava d'incanto, e mi meravigliai che avesse anche un paio di scarpe con il tacco. Una donna con qualche anno in più di lei, le camminava accanto cercando di sistemarle i capelli.

«Mamma va bene così, dài», la sentii brontolare.

Lo stesso uomo che qualche istante prima aveva incitato Fred, prese sotto braccio Sophie e la madre accompagnandole verso l'uscita.

«Signora Lether, Sophie è bella di suo», disse l'uomo.

Mi era passata davanti senza accorgersi della mia presenza e io, immobile, l'avevo guardata salire in auto insieme allo sconosciuto e alla madre.

«Buonasera signor Scott», disse Fred, vedendomi.

Mi voltai senza fiato e con un senso di vertigine. «Buonasera Fred, ma c'è qualche avvenimento?»

«È il suo compleanno», disse la fidanzata abbracciandolo. «Trentatré», aggiunse.

«Non lo sapevo, auguri, se lo avessi saputo le avrei fatto un presente», dissi stringendogli la mano.

«Ma si figuri, signor Scott», disse genuino come al solito. «Ma va tutto bene?», chiese poi, forse perplesso per la mia espressione sospesa.

«Certo», risposi d'impulso. «Devo andare». Li lasciai dov'erano e mi diressi verso casa, con un macigno sul cuore.

Trascorsi la serata alla finestra chiedendomi dove fosse Sophie, ma soprattutto con chi. Non c'era verso di allontanare quelle due domande dalla mia mente. Pressanti.

Mi sentivo disperato. L'idea che in quel momento qualcuno potesse toccarla mi stava letteralmente uccidendo, solo immaginare che una mano la sfiorasse, o la sua lingua potesse dar piacere a un altro, era intollerabile.

Non mi era venuto in mente di chiedere a Fred dove stessero andando. Avevo sentito parlare di una discoteca, ma quale?

Decisi di fare due passi per rilassarmi, invece quel proposito si trasformò in una specie di ronda davanti all'autorimessa. Aspettavo non so bene cosa. Anzi lo sapevo. Volevo vedere se Sophie sarebbe tornata sola, incrociarla, essere rassicurato, pregavo che ci fosse ancora una possibilità per me. Alle due mi sedetti sulla panchina dell'autobus avvinto dallo sconforto. Di sicuro stava scopando con quello che l'aveva trascinata in auto. Ne ero certo, più che certo. Un uomo non può ammiccare in quel modo senza avere un interesse, anche se il modo con cui l'aveva sottratta alle attenzioni della madre, ripensandoci sembrava più un soccorso che un tentativo di seduzione.

Restai ancorato alla panchina fino alle tre passate quando vidi un'auto fermarsi davanti all'autorimessa. La sensazione di costrizione al petto si allentò appena vidi Sophie scendere dalla macchina. Piegata sul finestrino, si era messa a a parlare con il conducente. Dalla mia postazione non vedevo chi ci fosse nell'auto, ma ero certo al cento per cento, che un'avventura se la fosse concessa.

Appena l'auto si allontanò decisi di raggiungerla. E ad ogni passo verso di lei, l'ansia e la paura che non fossi più niente per lei, cresceva lacerante. Ormai fuori controllo le chiesi in modo imperativo dove fosse stata.

La vidi sussultare un secondo e poi spalancare la porta per entrare. Non si era nemmeno girata. Prima che richiudesse la porta la presi per un braccio e la obbligai a guardarmi in faccia.

Era rossa in viso, i capelli sudati e il corpo pesante, un'aria estatica che conoscevo bene.

«Dove sei stata Sophie? Ti sei fatta qualcuno?», sbraitai strattonandola per le spalle.

Lei cercò di liberarsi urlandomi contro ma perse l'equilibrio trascinandomi con sé a terra.

«Non ci credo, hai la faccia di quando ti scopo», sbraitai perduto in un déjà vu.

Per tutta risposta Sophie mi sferrò un calcio sugli stinchi. Disse di essere ubriaca, che aveva bevuto qualche bicchiere di troppo.

Io non ci credevo, le guardavo gli occhi languidi e quel rossore sulle guance che mi dicevano solo una cosa. Si era fatta sbattere da qualcuno.

«Fammi sentire».

Come un pazzo accecato mi trovai ad annusare il suo sesso, il suo corpo, in cerca di prove, ma sentii solo il suo profumo accentuato dalla salinità della pelle, per via del sudore. Quando tornai nei suoi occhi la implorai di dirmi la verità e lei mi assicurò di essere stata al compleanno di suo fratello. Non mentiva, Sophie non mentiva mai.

Con un senso di colpa lacerante, sentendomi la persona più orribile della terra mi alzai e mi incollai al muro, nella speranza che questo mi reggesse. Volevo chiederle scusa, ma ero bloccato. Paralizzato dalla frenesia che mi aveva colto. Un furore che era uscito da me senza che me ne accorgessi.

Sophie mi chiese se volevo essere il solo a scoparla.

Sì, la verità era quella, volevo essere l'unico ad averla, ma come chiederglielo, dopo questo, con un'animale dentro di me pieno di rancore e rabbia.

E poi successe qualcosa di incredibile e assurdo. Si era avvicinata e mi aveva slacciato i pantaloni. Sorpreso da quel gesto ero rimasto fermo ad osservarla mentre cominciava a succhiarmelo. Se lo spingeva così a fondo quasi da soffocare, sembrava volesse compiacermi.

"Oh Sophie, davanti a te sono un uomo nudo, malato, superficiale, ma a te vado bene, nonostante tutto. Che ci vedi in me?"

Le carezzai la testa e mi lasciai andare alla sua bocca riempiendola del mio sperma. La mia piccola sottomessa, si stava prendendo cura della sofferenza, si stava prodigando per alleviare la mia pena.

Una volta terminato il rapporto orale non dissi nulla e nemmeno Sophie. Mi aveva preso la mano e mi aveva portato con sé in camera sua. L'avevo seguita come un bambino spaesato e una volta sdraiati nel letto, lei si era stretta a me addolcendomi con le sue carezze. In quel silenzio mi stava dicendo che le andava bene tutto di me, anche la mia malata debolezza. Chiusi gli occhi e mi addormentai.

# Il club

L'indomani rientrai al mio appartamento alle sei. Avevo fatto una doccia nella speranza che portasse via quella sensazione di rimorso e disgusto. Provavo una gran pena per me stesso. Non riuscivo a togliermi dalla testa le immagini della sera prima, impossibile cancellare l'intensità dello sguardo di Sophie mentre cercava di tranquillizzarmi. Quello era lo sguardo di chi ti vede dentro. Mi aveva fatto sentire vulnerabile per la prima volta dopo anni. E tutto era tornato a galla. Non so per quale motivo Sophie fosse così indulgente nei miei confronti, su otto milioni di abitanti lei aveva visto me e io ormai vedevo solo lei. L'unica donna del pianeta che non fosse una puttana, l'essere più puro che avessi mai incontrato.

Per scacciare l'inquietudine trascorsi la mattinata chiuso in ufficio a preparare la relazione sulla prossima acquisizione. Naturalmente cercavo di concentrarmi il più possibile evitando di chiamarla. Mi aveva mandato un messaggio lei. Il primo. E tra le righe era un suo modo per accertarsi che andasse tutto bene e farmi sapere che c'era. Mi faceva sempre più paura Sophie. Pensavo di aver desiderato delle sottomesse, ma in verità non era così, cercavo donne passive che mi lasciassero libero di fare quello che volevo. Invece Sophie, si donava così com'era e mi lasciava davvero libero di essere me stesso, ma di fondo mi dominava. Si dava istintivamente ed era attenta a darmi piacere, ma non esigeva che io ne dessi a lei. Non ero pronto per un rapporto del genere, mi richiedeva uno sforzo sovrumano abbattere i paletti che mi ero imposto per sopravvivere. Sophie me li avrebbe sradicati tutti, con conseguenze che solo al pensiero mi facevano salire la nausea.

Per uscire da quella situazione avrei dovuto allontanarmi, entrare di nuovo nel corpo di un'altra donna. Rientrare nei miei schemi. Dovevo impormelo. Il piano era sopravvivere a modo mio. Pertanto quella sera stessa decisi di andare al club.

Raggiunsi il garage per prendere l'auto, il tempo di avviare il motore e mi ero trovato Sophie davanti al cofano. Mi aveva chiesto dove stessi andando e io le avevo risposto sinceramente. Questo ero, un puttaniere senza pensieri.

Giustamente mi accusò di averla sedotta e sottolineò il fatto di avermelo fatto capire. Aveva ragione, più che ragione. Si arrabbiò e per quanto fosse tutto molto triste, in fondo, ne ero contento. "Arrabbiati Sophie, arrabbiati, smettila di essere tollerante con me, non lo merito. Non merito niente Sophie".

Me ne andai spinto via dalla sua imprecazione che mi rimbalzava nella mente come la pallina di un flipper. Ma capii in fretta che non sarei riuscito a combinare nulla con il pensiero di lei nella testa e feci inversione di marcia. Le avrei parlato chiaramente. Le avrei spiegato quali erano le mie necessità. Doveva esserle chiaro ciò che volevo, anche se sinceramente, non sapevo nemmeno se lo volevo più.

Quando Sophie aprì la porta dell'ufficio lessi sul suo volto il desiderio di fracassarmi la faccia con un pugno e mi fece sorridere. Non nascondeva nulla, limpida e fragile, troppo trasparente per me.

Ci accomodammo alla scrivania di suo fratello e lì, sotto gli occhi di Robert, cercai di spiegarle i miei bisogni. Con fatica sottolineai quanto per me fosse importante sentirmi libero di dare sfogo a ogni istinto e lei mi chiese semplicemente se potesse esistere una via di mezzo. Non esistono vie di mezzo, o sì o no, anche se uno sforzo mi sentivo di farlo.

«A me va bene», disse decisa.

La fissai sgomento. Sarei potuto uscire vincitore e soddisfatto da quella discussione, ma c'era qualcosa in lei che non capivo. Questo suo prodigarsi per me e subire qualunque umiliazione da dove nasceva? Perché lo faceva?

«Non hai la minima idea delle cose che potrei farti e provo una morbosità nei tuoi confronti che mi spaventa», ecco lo dissi.

Passo numero uno: essere sinceri. Passo due: Doveva scegliere. Doveva sapere, toccare con mano quello di cui le avevo parlato perché quel cervellino non sapeva assolutamente quanto potessi essere sadico con le donne.

E di nuovo accettò. Sophie mi dava delle soddisfazioni infinite.

Al quel punto non vedevo perché perdere tempo. Le chiesi di indossare un abito elegante, al club, il dress code era rigoroso.

«Ehm, i tacchi li ho, ma il vestito è andato...», disse imbarazzata e sarcastica.

Certo, lo avevo disintegrato io sotto effetto della furia possessiva.

Decisi di andare a recuperare i vestiti che le avevo comprato e che erano rimasti custoditi nell'armadio.

Sorpresa, mi fissò per qualche secondo incerta e forse impaurita. I suoi modi fanciulleschi riuscivano sempre a incantarmi.

«Te ne porto uno io».

«Ok», rispose confusa, «ma andiamo subito?»

«Sì». Le presi la mano e gliela baciai. «Se lo vuoi».

Mi rispose con un sorriso e un «d'accordo» che conquistò il mio ego. Me la strinsi tra le braccia e la baciai. Fu un attimo, forse cinque secondi, ma sembrarono infiniti. Era il sigillo di uno strano patto.

Mi imposi di non sollevarla da terra per portarla in camera e svestirla. Prima il dovere. Doveva vedere, accertarsi delle mie necessità.

Recuperati i vestiti tornai da lei. Le mostrai il primo e vidi la sua espressione farsi incerta. Forse non le piaceva e me ne rammaricai. Non conoscevo i suoi gusti, ma questo mi era sembrato così adatto a lei.

«Lo provo», disse prendendolo tra le mani.

«Ti faccio vedere gli altri», dissi scartando velocemente il secondo.

«Va bene questo, non importa, un vestito vale l'altro».

E di colpo era come se mi fossi svegliato. Avevo sbagliato. Cosa stavo facendo? Mi sentii un miserabile. La delusione sul volto di Sophie era chiara. Non avevo neppure capito che gusti avesse. Continuavo a deluderla all'infinito. Non ne facevo una giusta.

La fermai prima che si infilasse in bagno. Volevo rassicurarla. Avrei accettato anche di stare così, sì, mi sentivo pronto anche a farlo.

«Non sei obbligata», mormorai con un nodo in gola.

«Lo so».

«Possiamo restare qui, non importa Sophie», dissi.

Mi guardò dritto negli occhi e cercai con tutto me stesso di restare ancorato ai suoi. «Voglio venire con te, ma ripetimi solo perché dovrei farlo?», chiese.

Già, perché? Abbassai lo sguardo sulle sue dita intrecciate alle mie. «Perché tu sappia con chi hai a che fare e possa scegliere. Non accadrà nulla di male, ma vedrai cosa potrei fare e se non sarai pronta, te lo giuro Sophie, non lo farò».

«Ma per te è necessario», disse.

«Solo respirare, mangiare e bere sono necessari».

Sorrise senza gioia. «Sono tutti aspetti fisiologici, lo hai detto tu».

«Farne a meno non penso mi farà morire».

"Ma fare a meno di te sì", pensai.

Un secondo dopo eravamo abbracciati nel letto. E le sue mani mi accarezzavano il viso. Sarei rimasto lì tutta la vita solo per la sicurezza che mi dava.

«Va bene anche così», dissi, e le baciai quelle sue labbra dolci. «Va bene anche così Sophie», sussurrai.

«Mi provo il vestito», disse decisa liberandosi dal mio abbraccio. Cercai di trattenerla. «Lo voglio fare, proviamo», disse in piedi. Un attimo dopo ero solo nella sua stanza.

In attesa che lei si cambiasse osservai i libri disseminati a terra, li raccolsi e li ordinai sulla mensola dal più grande al più piccolo, poi notai diversi fogli appesi. Era una lista di propositi e mi trovai a leggerli provando tenerezza. Semplici chiari obiettivi di una vita normale. Ingenui e veri quanto lei. Se avessi dovuto farla io, avrei avuto un unico punto da scrivere: sopravvivere.

Quando riapparve dal bagno restai abbagliato e orgoglioso. Avevo scelto il vestito giusto. Le stava a meraviglia. Eretta, con le mani si tastò i fianchi, era evidente non fosse abituata a portare abiti come quello, si coglieva dall'impaccio, ma era incantevole.

«Sei bellissima», dissi mentre mi ritrovai a provare un vago senso di insicurezza.

Sorrise e si lisciò il vestito sul ventre.

Una volta in auto, in procinto di affrontare quella serata misteriosa, mi resi conto che stava tremando. Le diedi un bacio, e per come mi sentivo su un altro pianeta mi sarebbe bastato anche solo quello. Sophie si rilassò un poco.

«Non morirò vero?», sussurrò esile.

«Certo che no», avevo risposto. «Semmai scapperai».

Averla accanto in auto mi dava una sensazione di potenza. Silenziosa, Sophie guardava davanti a sé. E non riuscivo proprio a immaginare a cosa stesse pensando. Non mostrava alcun nervosismo, solo una pacatezza inspiegabile.

Arrivati al club, dopo averla rassicurata, le feci indossare la maschera obbligatoria spiegandole a cosa avrebbe assistito di lì a qualche minuto.

Ci spostammo nella sala delle orge, che io stesso trovavo patetica.

Presi a braccetto Sophie, una convenzione per segnalare che era la mia accompagnatrice, così nessuno le si sarebbe avvicinato con proposte di triangoli o scambi di coppia. Con l'assistente mi accordai per prenotare una saletta nella galleria Domain. Dopo qualche minuto ci accompagnò in quello che era definito un acquario, e finalmente la baciai. Ero felice, ma allo stesso tempo ero in preda al panico. Sophie rispose al bacio senza scomporsi. E a quel punto il panico e la felicità vennero soppiantati da una sensazione di rimorso. Ma ormai, non si poteva tornare indietro.

La feci accomodare nella poltrona e le chiesi cosa volesse da bere.

«Direi del vino rosso», rispose leggermente tesa.

Ordinai una bottiglia di Chianti italiano che arrivò quasi immediatamente. Ne versai una piccola quantità nel bicchiere e Sophie lo trangugiò in un sorso. Senza parole, con il semplice gesto di allungare il calice me ne chiese ancora e di nuovo se lo bevve tutto in un sorso. Decisa allungò di nuovo il bicchiere, la guardai sconcertato e lei mi sorrise.

«Questo lo tengo pronto per dopo», disse.

Sorrisi per la sottile ironia. Sophie era anche questo, divertente e sincera. Senza chiedere niente, senza drammi, mi stava mettendo in ginocchio.

E poco dopo lo show ebbe inizio…

Per tutto il tempo della performance osservai celatamente le reazioni di Sophie.

Aveva un'espressione curiosa. Attenta e interessata. Avrei voluto entrare nella sua testa e coglierne i pensieri. La vidi resistere a una risata quando l'uomo aldilà del vetro prese a schiaffeggiare il viso della partner con il suo membro. Per mascherare l'ilarità, Sophie, terminò il terzo bicchiere di vino. Gliene aggiunsi un altro poco ricevendo in cambio un sorriso gentile. L'avrei guardata tutta la vita. Per quel suo candore.

Mentre l'amplesso nell'acquario andava avanti ordinai una nuova bottiglia. Poi Sophie cambiò espressione. Era rapita da quell'uomo e mi chiesi cosa vedesse. Sapevo bene cosa stava provando lui. Godimento, potere e ogni gemito di quella donna era una scarica di adrenalina. Tornai a guardare Sophie sentendo il bisogno di avere la stessa cosa da lei. Ero certo che con lei sarebbe stato tutto superbo.

Sophie accavallò le gambe e un moto di eccitazione mi avvampò. Si stava eccitando. Aveva socchiuso le labbra e abbassato appena le palpebre. Di sicuro stava provando sensazioni forti. Poi d'un tratto la vidi sussultare di fronte all'immagine della donna in preda a fremiti di piacere. E lessi sul suo volto un velo di paura.

Quel cambiamento d'umore mi spinse a oscurare il vetro. Che cazzo stavo facendo? Dove mi stavo spingendo? Stavo cercando di convincere una giovane donna sensibile a fare qualcosa solo perché era perdutamente innamorata di me.

«Vuoi andare via?», chiesi alzandomi dalla sedia.

Sorrise per rassicurarmi. «No», rispose con espressione incerta.

«Basta così», le dissi. «Mettiti la maschera, ce ne andiamo».

«Adam, sto bene», mi prese la mano invitandomi a sedermi. «Non è un film horror, forse è un po' grottesco...», disse ironica.

"Grottesco", pensai e non riuscii a non ridere.

«Non voglio che tu mi metta i morsetti ai capezzoli, né da nessun'altra parte, piuttosto voglio sentire i tuoi denti», disse sistemandosi cavalcioni sulle mie gambe. Le levai il vestito e le sfiorai il corpo caldo.

Nella gioia, nella delizia, nel giubilo, in un tripudio di felicità mi lasciai trascinare dai suoi modi, riconoscente davanti alla sua dimostrazione di fiducia. "Oh Sophie, ti darò tutto", pensai. Lenta, mi slacciò i pantaloni. Le strinsi le natiche e le strappai i collant insieme alle immancabili mutandine da pochi dollari. Avevo bisogno di entrare dentro di lei, farla mia all'istante, venirle dentro. Abbandonandosi ai miei baci si lasciò penetrare. Con la schiena inarcata e tenendosi con le mani sul tavolino retrostante si offrì a me con spinte incalzanti. Stavo per venire come un sedicenne.

«Sophie fermati», dissi ansimando. Mi piegai su di lei e le afferrai i capelli per fermarla. Inarrestabile, aumentò il ritmo del bacino. Mi stava letteralmente scopando, decisa, voleva farmi venire. A quel punto non era nelle mie intenzioni farla smettere e quindi la lasciai fare poi mi raggelai.

«Prendi la pillola vero?», chiesi.

«No», rispose, lasciandomi di sasso.

«Cazzo, come no», dissi. Cingendole i fianchi la sollevai di peso e scivolai fuori da lei. Ricordavo bene di averle chiesto di pensarci, ma a quanto pareva non lo aveva fatto. E be', certo, non ci eravamo più visti.

Ero un fascio di nervi. Ero talmente eccitato che stavo per venire così davanti a lei solo nel vederla nuda.

«Scusa», disse dispiaciuta.

La riabbracciai e la riportai sulle mie gambe soffocandola di baci.

Dal tablet sul tavolino ordinai dei preservativi e presi a contare i secondi nell'attesa, mentre lei, eccitata quanto me iniziò a stimolarsi con il mio pene eretto. Non volevo venire così, volevo essere dentro di lei.

«Sophie, così mi fai venire», dissi cercando di arrestare il suo ardore. Mi guardò dritta negli occhi, per niente fragile, determinata e vogliosa. Rimasi in ammirazione, e mi abbandonai a lei. La guardavo muoversi su di me, il suo corpo vibrante e caldo tra le mie mani. Chiusi gli occhi e assaporai tutti gli spasmi orgasmici risultato di quell'amplesso. Mentre mi riempiva di baci convulsi, felice di avermi dato appagamento, non potei provare altro che gioia, per lei, per la soddisfazione che provava. La comprendevo fino in fondo. In quel momento, forse per la prima volta, capii cosa fosse realmente una sottomessa. Una donna che dava appagamento, e che godeva del riflesso di quel piacere.

I preservativi arrivarono, ma ormai era troppo tardi.

Era perversa la scena di noi due in quello stanzino deprimente, abbracciati su quella poltrona. Ma in quel momento era tutto il nostro mondo e non avrei voluto essere da nessun'altra parte.

Indossammo di nuovo gli abiti le maschere e tornammo nella sala centrale, volevo andare a casa. Andare a dormire con lei. Rilassarmi del tutto, finalmente, dopo anni.

Sophie mi chiese il significato delle parole incise sulle targhe sovrastanti gli ingressi dei diversi ambienti del club. Voleva vedere la stanza degli incontri. Acconsentii e ci spostammo nell'area dei privé. Non mi piacevano molto quelle stanze, c'ero stato solo quando avevo richiesto rapporti a tre.

Una volta entrati, Sophie si tolse la maschera e si sistemò sul letto con fare un po' troppo seducente. Restai volutamente fermo sulla porta. Volevo andare via. Avevo la vivida sensazione di essere di nuovo davanti a un punto di non ritorno.

E all'improvviso, come sempre, quando meno te lo aspetti, o forse è meglio dire, quando è il momento giusto, ma speri che non sia quello, Sophie se ne venne fuori con una domanda: «Hai portato tante donne qui?», chiese invitandomi a raggiungerla.

Un po' restio la raggiunsi e mi sistemai accanto a lei totalmente insicuro. Il punto di non ritorno era stato superato da tempo, da adesso in poi lo sapevo da me, si faceva sul serio e ne ero un po' spaventato.

«Sophie, non voglio parlarne qui», dissi facendo scivolare la mano sulla sua guancia. La raccolsi in un abbraccio e ci sdraiammo sul letto. Le baciai il collo, le carezzai le braccia nude.

«E cosa hai fatto con loro? Le hai frustate? Hai divaricato loro le gambe con la trave?», disse in un tono velenoso che non mi piacque per niente. Un tono che giudicava.

Le ripetei che non avevo nessuna intenzione di parlarne lì. L'ambiente non mi piaceva.

«Voglio solo capire, cosa ti piace, cosa mi faresti», infilò la mano sotto la camicia e mi baciò il collo.

Cosa le avrei fatto? Tutto, tutto e di più. Scoparla fino a farla piangere dal piacere e dal dolore, tanto da farle uscire i gemiti sotterranei.

«Tutto, ti farei di tutto», mormorai. «Ti prenderei in ogni modo possibile», sussurrai alzando il suo vestito. Solcando le sue natiche calde con le mani, mi trovai a guardarla rapito.

«Fammi vedere», disse in un sussurro. «Fammi provare».

Appena afferrai il senso di quella frase, quel "fammi provare" detto con sciocca supponenza, quasi con aria di sfida, mi sentii ribollire ulteriormente. Se questo era quello che voleva, accettare la mia regola di vita, sì, doveva provare. Era giusto.

Le spiegai le mie intenzioni e, forse per indorarle la pillola, un po' meschinamente cercai di essere romantico ed enigmatico. Ma non lo feci per cattiveria, era solo che non volevo che se ne andasse o si rifiutasse perché la volevo troppo.

Quando lei accettò, senza indugiare andai verso il mobile dei giochi. Anche se era la prima volta di Sophie volevo essere deciso. Doveva sapere cosa fosse importante per me. Non era una forma di egoismo fine a se stesso, ma volevo che mi conoscesse nel profondo. A costo di una sua fuga. Io non volevo alcun limite, non pensavo mai alle conseguenze di quello che facevo mentre praticavo quel tipo di sesso. Ero abituato a dare sfogo anche al più piccolo istinto e se mi avesse impedito di sentirmi nella condizione di esprimermi nella massima libertà mi avrebbe fatto passare la voglia di farlo con lei.

Presi la benda per gli occhi così da darle modo di sentirsi in qualche modo al sicuro, non vedermi l'avrebbe sicuramente aiutata a restare concentrata sulle sensazioni che avrebbe provato.

Presi anche il bavaglio, di certo non avrebbe parlato né fatto alcun verso, ma forse avere un limite di espressione poteva scatenarle l'esatto opposto, il desiderio di esprimersi.

Scelsi anche uno scudiscio, avevo visto la sua reazione quando l'uomo nell'acquario l'aveva usato sulla sua donna. E prima di tornare da lei raccolsi al volo la cinghia per incrociare le caviglie e le mani. L'avrei legata, rendendole difficili i movimenti. Avevo la convinzione che impedendole i movimenti del corpo avrebbe sentito il bisogno di liberarsi, di lasciarsi andare.

Le sistemai il bavaglio sulla bocca e la benda sugli occhi spiegandole cosa avrei fatto, come l'avrei legata. Curiosa e per nulla spaventata mi rispose con un sorriso. Una volta legata mi sistemai in ginocchio sul pavimento vicino al bordo del letto.

Iniziai con leggeri passaggi delle mani sulla schiena, sui fianchi, sulle natiche. Prima cosa: rilassamento. Con le gambe divaricai ulteriormente le sue e osservai il suo sesso gonfio e umido. Si stava lasciando andare. Brava Sophie, proprio così, devi solo lasciarti andare.

Continuai per qualche minuto, finché la temperatura del suo corpo si fece più calda e i movimenti in risposta alle mie carezze divennero più flessuosi e a quel punto le schiaffeggiai la natica destra risvegliandola dal rilassamento. Poi feci altrettanto con la natica sinistra. Ricominciai a carezzarla mentre con le dita esploravo il suo sesso, dovevo abituarla a restare sospesa tra le due sensazioni. Amalgamarle, mischiarle. Provare paura e allo stesso tempo desiderio, piacere e dolore. Unire le percezioni. Le feci sentire la presenza del mio pene per farle capire che ero eccitato, per farla godere del piacere che mi stava offrendo. Sophie rispose spingendosi verso di me affinché entrassi dentro di lei. A quel punto le detti una stoccata sulla natica e con una nuova scudisciata le infilai un terzo dito nella vagina. Sophie reagì inarcando la schiena e sollevando la testa per poi lasciarla cadere appoggiandosi sulla fronte con il respiro nasale più affannoso. Eccola, perfettamente allineata, nella giusta via di mezzo del piacere carnale. Anche solo nel vederla così mi salivano gli spasmi dell'orgasmo. Feci uscire le dita dal suo sesso pulsante e le tirai un'altra bacchettata per farle assaporare il dolore e calmarmi. Poi tornai deciso sul suo sesso stimolandole anche il clitoride. Il suo corpo caldo divenne improvvisamente bollente e sentii le pareti vaginali chiudersi intorno alle dita. Strinse i pugni e irrigidì il corpo qualche secondo, poi le scosse dell'orgasmo le liberarono una contorsione. Sorrisi nel vederla bloccata nella postura imposta dalle cinghie, osservai gli spasmi bloccati nei muscoli contratti e poi mi godetti la visione di Sophie implodere furente cercando di liberarsi in un divino tremore. Mi aspettavo di cogliere un suono una vibrazione vocale, ma niente. Come cazzo faceva a controllarsi. Ancora sotto l'effetto del piacere convulso le aprii le natiche e sputai sul suo occhiello. Aiutato dalla lubrificazione vaginale controllai la dilatazione con le dita e indossai il preservativo. Ora toccava a me e mi spinsi dentro di lei.

Sophie spalancò le mani e prese a respirare più velocemente. Mi piaceva vedere i primi momenti della penetrazione, il dubbio, la paura, l'eccitazione e poi il rilassamento successivo quando ero entrato fino in fondo. La sentivo respirare dal naso più profondamente per rilassarsi e lasciarmi entrare. Ero totalmente ammirato da come rispondeva ai miei desideri. Mi concentrai su quanto stavo facendo allontanando lo stimolo dell'orgasmo.

Era stretta, bella stretta come piaceva a me. La sensazione delle pareti anali aderenti al mio membro erano paradisiache. Con piccole e morbide spinte arrivai fino in fondo, e a quel punto le allargai le natiche e tenendole ben strette presi a spingerlo dentro. All'improvviso le mani di Sophie si allentarono e anche le spalle, era troppo rilassata. Le tolsi la benda e le chiesi di guardarmi nello specchio. Lei alzò appena la testa e la vidi aprire gli occhi accecati dal piacere, così alzai lo scudiscio e l'affondai sulla natica per riportarla nel presente. Sophie richiuse gli occhi. Le mani erano ancora aperte e morbide, era di nuovo nel suo limbo.

Le allargai le natiche spingendomi a fondo, facendomi più veloce e pressante e quando la sentii gemere, un leggero accenno, non capii più niente. Sentirla manifestare il piacere che le davo mi provocò un'eccitazione da stordimento.

E mi trovai a farmi Sophie come un disperato, in cerca del suo piacere provando io stesso un godimento estasiante. Poi tutto si trasformò nell'esatto contrario, diventò qualcosa di spaventoso e piombai nella paura. Il suo silenzio non era come al solito, sembrava dissociata, l'espressione era troppo rilassata e non c'era alcuna nessuna smorfia sul viso che potesse aiutarmi a capire dove diavolo fosse finita. Volevo toglierle la cinghia dalla bocca, liberarla e abbracciarla, ma la scarica orgasmica si fece prepotente. Mi lasciai percuotere dal fuoco. Per placare l'intensità dovetti tirarmi fuori a metà orgasmo, veloce mi levai il preservativo e, mi sdraiai accanto a lei in cerca dei suoi occhi. La liberai da tutti quegli ammennicoli del cazzo. Stupidi ammennicoli. La avvicinai a me in un abbraccio serrato spostandola al centro del letto. Non si muoveva e questa volta mi trovai io a inondarla di baci nella speranza di rianimarla e ricevere i suoi. Era bollente. Forse ci ero andato giù troppo pesante, pensai. Era stato tutto affrettato. Che cazzo mi era preso? Quando aprì gli occhi, mi si ghiacciarono le vene.

Con una voce che faticai quasi a cogliere, Sophie mi bisbigliò di voler tornare a casa.

Senza respirare, mi ero alzato rimettendola in piedi. Volevo aiutarla a vestirsi, ma lei, con una pacatezza disarmante aveva già raccolto il vestito e se lo stava infilando. Per starle dietro mi rivestii veloce. Il tempo di allacciarmi le scarpe e Sophie era già sulla porta. L'avevo raggiunta e con la maschera sul viso mi sentivo in parte meglio. Non cogliere i suoi occhi spenti mi dette un po' di respiro e la concentrazione per uscire da quel dannato club. Ero dispiaciuto, profondamente. Avevo sbagliato tutto, con lei sbagliavo sempre tutto. L'imprevedibilità tra noi era una costante che iniziavo a non sopportare più.

Appena arrivammo nella hall le tolsi la maschera e la baciai in modo quasi violento. Cercavo una sua reazione, una risposta. Invece lei era lì, davanti a me, come un fantasma.

«Sophie ti ho fatto male?», chiesi tenendole la testa rigida tra le mani e lei non rispose. La baciai ancora, più delicato e angosciato. «Parlami, dimmi qualcosa, stai bene?», le chiesi ancora.

«Voglio andare a casa», disse alzando appena lo sguardo.

E fu un pugno nello stomaco. La lasciai appoggiata agli armadietti mentre pagavo duemilatrecentocinquanta dollari per una serata che volevo già dimenticare.

In auto mi chiese di accendere la radio. Non avevo parole, e mi persi in quelle che uscivano dallo stereo, che sembravano la colonna sonora per noi.

*Don't think that it's*
*Gonna rain again today*
*There's a devil at your side*
*But an angel on the way*

*Someone hit the light*
*Cause there's more here to be seen*
*When you caught my eye*
*I saw everywhere I'd been*

Raggiunta l'autorimessa, Sophie scese ancora prima che spegnessi il motore. La seguii qualche passo indietro incapace di fare o dire qualsiasi cosa potesse riportarmi a due ore prima. Poi mi fermai e sperai si girasse. Se non lo avesse fatto, sarebbe stato un addio definitivo. Non l'avrei rivista mai più, invece, se al contrario si fosse girata, voleva dire che avevo ancora una speranza.

Prima di oltrepassare la porta dell'ufficio di Fred si voltò, non c'era disprezzo nella sua espressione, ma una profonda delusione. Ancora. Riuscivo sempre e solo a deluderla.

«Allora buonanotte», dissi sforzandomi di fare uscire la voce.

«Buonanotte», disse, prima di sparire verso la sua stanza.

Feci altrettanto, me ne andai a casa e per l'intera notte rimasi a fissare il soffitto con la delusione sul suo viso scolpita nella mente.

Che cosa era accaduto? Era facile da immaginare, non le era piaciuto. Ma a un certo punto era nel pieno del piacere... cosa era successo per farla estraniare a quel modo? "La sua mente boicottatrice", pensai, "sempre lei".

Cercai di ricordare tutta la sequenza di quel rapporto. Perché non farmelo capire? Avrebbe potuto muovere la testa in segno negativo, o urlare. Il bavaglio non era del tutto invalidante. Insomma, non capivo, me ne ero fatte tante di donne in quel modo e tutte si erano sempre espresse. Già, ma lei non era di facili parole, fiatava poco nella vita e nel sesso ancora meno. Mi addormentai, per modo di dire, con la ferrea intenzione di parlarle l'indomani.

# Di nuovo io

Il mattino seguente andai all'autorimessa. Che ci fosse Fred o meno, l'avrei cercata. Dovevo parlarle. Non andava per niente bene il nostro restarcene sulle nostre della notte prima.

Arrivato in autorimessa Fred mi venne incontro, come sempre accomodante. Due parole sulla revisione, poi gli chiesi di Sophie, dicendo di dover andare all'università per degli impegni, e offrendomi per un passaggio.

Fred mi disse che Sophie era al bar e che non sarebbe andata all'università perché doveva studiare.

Lo ringraziai e, come in una forma di sospensione temporale andai a recuperare l'auto. Raggiunto il bar Lucas, lasciai la macchina in doppia fila.

Appena entrai la vidi con le spalle ricurve davanti a una postazione internet. Ben, da dietro il bancone, mi chiese se volessi il solito. Confermai.

Nell'attesa del caffè mi ero avvicinato a Sophie, con la pressante necessità di sfiorarle la schiena, ma mi trattenni dal farlo.

La salutai e, come un coglione, cercai di fare conversazione. Nel rispondermi, Sophie non alzò mai lo sguardo. Le chiesi se potesse uscire a parlare e decisa mi liquidò. Parole risolute e nette, senza margine di replica. Non mi regalò nemmeno uno sguardo.

Accettai la sua scelta, perché di questo si trattava. Aveva visto, aveva provato e aveva capito… Che era quello che le avevo chiesto io. Non mi azzardai nemmeno a proporle di vederci comunque per del sesso soft, non era da prendere in considerazione. Sarebbe stato già tanto che avesse continuato a salutarmi.

Risalito in auto mi avviai verso... cosa? Non avevo nemmeno più un lavoro vero. Fermo nel solito traffico, analizzavo che tipo di uomo fossi diventato. Introverso, risentito, senza morale. Per una strana ragione, da quando avevo conosciuto Sophie mi stava crollando tutto addosso. Ripensai al suo sguardo la sera prima e mi salì lo sconforto. Mi aveva fatto male vederlo sul suo viso, sapevo bene cosa significasse dentro l'anima. Solitudine, e buio pesto. Vedi il passato da cui vuoi scappare ma non vedi futuro, perché non sai che fare, per avere un futuro. Una stasi in cui puoi solo seguire il tuo respiro meccanico e aspettare che passi.

Prima di salire negli uffici provai a chiamarla, volevo chiederle scusa. Ma non rispose, come al solito. Le scrissi un messaggio lasciandole la possibilità di cercarmi quando lo avesse ritenuto possibile. Mai, per quel che immaginavo.

Trascorsi la mattina in accese teleconferenze, avevo in corso due acquisizioni e fin tanto che non si fossero concluse era richiesta la mia presenza. Una presenza più fisica che altro, dato che non c'ero proprio con la testa. Con la mia perfetta faccia da culo riuscii a strappare i consensi dei clienti, che parvero soddisfatti dalla nostra previsione, e un po' mi sentii sollevato, qualcosa ero ancora capace di fare.

Dopo quella notte con Sophie ero tornato un paio di volte al Club con l'intenzione di buttarmi su qualche donna, ma alla fine avevo preferito farmelo succhiare o al massimo ero rimasto a guardare altri fare sesso. Ogni tanto avvertivo repulsione nei confronti di me stesso, tanto da faticare anche a guardarmi nello specchio.

Qualche settimana dopo, scoprii che Sophie se ne era andata. Lo seppi una mattina che avevo intercettato Fred e Gustav intenti a caricare sul pick-up i mobili della sua stanza. Il fratello mi disse che Sophie aveva trovato lavoro presso la libreria Barnes & Noble e un appartamento in condivisione con due amiche. Saperla in una casa che non fosse il retro lugubre e solitario del Lether Parking mi diede un po' di gioia. E altrettanta me ne dette vedere Fred con il suo orgoglio alle stelle. Provai invidia per il loro rapporto. Una solidarietà familiare che iniziava a mancarmi. Fred mi comunicò anche del buon esito del secondo esame all'università e ripensai alla lista degli obiettivi di Sophie.

"Brava Campanellino", pensai, mentre il fratello issava la scatola dei suoi libri nel bagagliaio. Era una che non mollava, più forte di quanto uno pensasse nel vederla. Caparbia e risoluta nelle scelte, a parte la storia con me.

Avevo osservato allontanarsi il pick up con il materasso di Sophie in bella vista ripensando alla prima volta che ero stato con lei e ai nostri pochi incontri. Si sarebbero potuti contare sulle dita di una mano, ma per quanto erano stati intensi, li consideravo già i migliori della mia vita. E piano piano, nei giorni a seguire, rientrai nelle trite dinamiche della mia vita, una questione di sopravvivenza.

Alla fine le ricerche di John in merito a Thompson, ci convinsero a investire nel piano di ristrutturazione. Con Seth costituimmo una nuova società e, grazie a un sostanzioso prestito delle banche che ci davano fiducia, demmo inizio all'attività. Se tutto fosse andato come avevamo previsto, entro un anno l'edificio sarebbe stato pronto.

Il nuovo progetto mi obbligò a restare concentrato e a non assillarmi. Ovviamente non vedere Sophie e non averla a portata di mano mi aiutò a non pensarci, più o meno. Ogni volta che staccavo gli occhi dai prospetti o mi distoglievo dalle questioni di lavoro, il mio pensiero ripiombava su di lei. Soliti pensieri di uno stronzo. Chissà cosa fa. Chissà dov'è. Chissà se si vede con qualcuno. Chissà il nuovo lavoro come va. Chissà se mi pensa. Insomma, domande che aspettavano una risposta, ma per averla mi sarei dovuto muovere io. Di certo lei non lo avrebbe fatto.

Così, armato di coraggio, un pomeriggio andai a farmi un giro alla libreria dove sapevo lavorasse. Gironzolando tra un piano e l'altro la cercai. Non avevo capito esattamente che lavoro facesse, Fred non era entrato nei dettagli. Immaginai facesse la commessa o la cassiera. Arrivato al terzo piano la vidi dietro l'oblò del confezionamento. Stava servendo una donna. Faceva pacchetti regalo... Un lavoro perfetto per lei. Senza farmi vedere la osservai per una buona mezzora. Quando vidi la collega allontanarsi, raccolsi un po' di libri a caso e andai alla sua finestrella. Mi bastava scambiare due parole, vedere se almeno il sorriso che le avevo tolto fosse riaffiorato dopo un mese. E...

Scontrosa, mi aveva servito trattenendo la voglia di strangolarmi, era evidente. L'arrivo della collega, aiutò Sophie a rilassarsi un po'. Approfittai per farle qualche domanda sui cambiamenti che aveva fatto, sulla nuova casa, il lavoro, lo studio. Mi rispose nel suo stile, laconica e fredda senza possibilità di conversazione.

La collega, forse intuitone il disagio, decise di aiutare

Sophie nella preparazione dei pacchetti. A tal proposito feci una battuta ironica per ottenere una qualche reazione. E infatti, Dio come conoscevo le donne. Erano facili, facilissime. Sophie aveva alzato uno sguardo su di me pieno di rancore e, anche se mi colpì duramente il cuore, vedere i suoi occhi mi fece dimenticare tutto.

Il dialogo fu deprimente. Le chiesi spiegazioni in merito alla sua decisione. Certo non era il posto giusto, ma cazzo dirmelo non le sarebbe costato molto. Avrei potuto fare qualcosa, qualsiasi cosa. Argomentare. E come al solito non mi lasciò altra scelta che andarmene. Nonostante il finale del nostro incontro, comunque fui felice di averla vista in forma, e decisa.

L'indomani ero al telefono con Seth quando la vidi vicino al bar Lucas. Era ferma all'angolo e mi guardava con un'espressione incerta, un po' rigida e credo anche preoccupata. Avevo chiuso la comunicazione liquidando Seth in poche parole. «Ti chiamo dopo».

Più mi avvicinavo a lei, più il passo rallentava. Frenandomi dal sollevarla da terra le arrivai di fronte.

«Ciao», le dissi speranzoso con il sorriso più naturale che potessi fare, ma era chiaro che di naturale in me ormai ci fosse poco.

Sophie rispose sforzandosi di far venire fuori la voce. «Ciao».

«Prendi un caffè?», chiesi mostrando una compostezza di sola apparenza.

«Volevo parlarti», disse.

Le sfiorai la spalla invitandola a seguirmi. Subito reagì scostandosi.

«No, non qui».

Strinsi i denti per reggere il dolore. Con lo sguardo scesi a terra, dove avrei voluto sotterrarmi.

«Vuoi che prenda la macchina?», chiesi sperando mi rispondesse di no. Era troppo quanto provavo. Una carambola di emozioni che mi rendevano del tutto insicuro.

«No, c'è un altro bar poco più avanti, quello vicino alla drogheria».

"Meglio", pensai, "camminare", così il cervello si sarebbe rianimato con un po' di ossigenazione.

«Ok, ti seguo».

Aspettai che si muovesse per accompagnarla. Non so lei, ma io ero come piantato per terra. Avevo la gola secca e trattenevo a fatica la voglia di andarmene.

Una volta raggiunta la caffetteria ci sistemammo in un tavolo appartato. Ordinato il caffè aspettai che parlasse. Non mi guardava e io le fissavo le labbra in attesa che si muovessero, che ne uscisse una frase, anche uno sbuffo. Ma era più probabile che se ne uscisse con una delle sue frasi taglienti.

La cameriera ritornò per versarci il caffè, mentre noi due eravamo ancora impassibili e in silenzio uno di fronte all'altra. Sophie fece un piccolo sorso e una volta riposizionata la tazza sul tavolo, prese a fissare il vapore caldo che di disperdeva nell'aria.

Per lei era difficile parlare, ma per me era altrettanto doloroso aspettare un suo segno. Ero già a disagio per l'imminenza del giudizio universale davanti al quale non avevo alcuna possibilità di redenzione, ma il suo silenzio protratto iniziava a preoccuparmi. Cercai di mantenere un contegno per non piantare un pugno sul tavolo e urlarle: "Parla cazzo!"

Mi trattenni, paziente. Una cosa di lei l'avevo capita. Aveva i suoi tempi. Tempi lunghissimi e snervanti. Dopo quei dieci minuti di assillante silenzio, mi venne da ridere. La richiamai gentile e lei sussultò quasi fosse stata colta di sorpresa. E poi, finalmente, decise di parlare o meglio di nicchiare. Per rassicurarla le dissi di essere sincera e di cominciare a esprimersi come le veniva, poi il resto sarebbe scivolato fuori.

Ora, se mi avessero chiesto se sarei stato in grado di indovinare quanto mi stava per esporre, avrei potuto formulare alcune teorie, frutto di lunghe elaborazioni mentali portatemi dall'insonnia. Ma, come spesso accade, anche fantasticando su possibili trame, alla fine la verità è sempre peggio di quello che si immagina e infatti….

Aveva iniziato il discorso dicendomi di aver avuto dei problemi in passato e pensai di averci visto giusto.

«Lo so».

«No, non lo sai», disse decisa.

Poi la vidi prendere il coraggio di tutto il mondo e a piccole frasi, disse quanto non avrei mai immaginato. Mi rivelò qualcosa di assolutamente sconcertante.

«Ecco, la mia prima volta, insomma, non è andata molto bene», disse con un filo di voce.

Corrugai la fronte facendomi più attento e curioso.

«Ecco, diciamo che ho avuto problemi con il mio sfintere ecco, insomma, un evento raro, quasi impossibile», e abbassò gli occhi, «cioè, lo spasmo ci ha incastrati e così sono finita in ospedale insieme a quello che era il mio ragazzo, e ecco, non è stata un'esperienza proprio piacevole, cioè è stato piuttosto imbarazzante e umiliante», e scoppiò a ridere lasciandomi decisamente disorientato.

Distolsi lo sguardo da lei. Avrei voluto coprirmi gli occhi con la mano per nascondermi, ma non volevo metterla ulteriormente in imbarazzo.

Guardavo la mia tazza di caffè, ancora intonsa, sentendomi un miserabile. Nella mente le immagini di noi due al club e io che imperterrito... ogni volta che quell'immagine mi sfiorava il ricordo, deglutivo per cercare di cancellarla. E non era finita, mi disse quello che invece avevo forse appena immaginato, ma in minima parte. L'avevano picchiata, marchiandola di lividi. Lividi veri e ossa rotte, sottolineò.

A fatica le chiesi scusa per il male che le avevo fatto e lei rassicurante in un sorriso da fanciulla disse che non avrei dovuto sentirmi in colpa.

Volevo andarmene, proprio non ce la facevo. Mi ero fatto miliardi di donne e mai nella vita mi sarei immaginato di trovarmi di fronte a tanta innocenza.

Le dissi di denunciarmi, che sarebbe stato giusto. Basta, ero stanco. Povero, solo e in galera, mi sembrava la soluzione perfetta per la mia condizione.

«Io non voglio denunciarti», disse sbigottita, chinandosi sul tavolo e facendosi più vicina.

«Io accetto», disse, «purché...».

"Purché?" pensai. No, no, no e poi no. Eravamo incompatibili a livello esponenziale.

«No Sophie!», dissi perentorio. «Sono io che non accetto. Me ne devo andare», mi alzai dal tavolo. Avevo bisogno di aria e di allontanarmi dai suoi occhi letali.

Lasciai una banconota da dieci dollari sul tavolo e la guardai un'ultima volta stretto dal rimorso.

«Io non voglio dimenticare il resto», disse afferrando la mia mano per trattenermi.

Svicolai dalla sua presa e rapido raggiunsi l'uscita. Mi allentai la cravatta per cercare aria e deciso tornai verso l'autorimessa. Con la coda dell'occhio la vidi dietro di me. Aumentai il passo, ma lei mi raggiunse oltrepassandomi e piantandomisi davanti.

«Sophie, non sai di cosa stai parlando e poi, ti prego, non riesco nemmeno a guardarti», le dissi implorandola di lasciar perdere. Di lasciarmi andare.

Per tutta risposta si aggrappò al bavero della mia giacca supplicandomi e chiedendomi un compromesso. Che lei fosse l'unica. Non ce la facevo a vederla così prostrata, si stava umiliando. Era un'incosciente, ecco quello che era, una pazza incosciente disperatamente innamorata di me. E io?

Cominciò a baciarmi freneticamente, ma era anche così seducente e dolce che provai una tenerezza disarmante. La guardai dritta negli occhi, inspiegabilmente confuso e incredulo.

Oh Sophie, vuoi penetrare la cortina di piombo intorno alla mia anima dannata. Lo so, è un gioco duro, sottile e doloroso quello a cui ti vuoi prestare. E a cui vuoi che mi presti. Siamo due anime ferite, tu nel corpo e io nel profondo del cuore.

Non funzionerà mai. Tu meriteresti qualcuno di semplice e onesto.

«Devo andare», dissi deciso. «Vai a casa, Sophie, pensa a laurearti». Sì, pensa alla tua vita e non alla mia.

«Ti rivedrò?», chiese.

Scossi la testa e mi allontani.

«Ti rivedrò?», urlò ancora. E al quel punto mi fermai. Maledetta piccola cocciuta. Scossi di nuovo la testa, poi tornai da lei.

«Io non cerco storie Sophie, mi sembra abbastanza chiaro, e tu vuoi esattamente il contrario di quanto voglio io».

«Lo so, lo so che dici di non volere storie, ma in fondo non è così. Provaci, troviamo una via di mezzo».

«Via di mezzo?», sussurrai basito. Una via di mezzo tra noi due?

«Sì, un compromesso, io mi affido a te e tu ti offri solo a me».

«Cristo», esclamai in bilico tra la sorpresa e il terrore. Non avrei potuto descrivere la girandola di emozioni che stavo provando, qualcosa che racchiudesse lo sconcerto, ma anche la speranza che le cose potessero essere diverse.

Appena fece una battuta sul suo sfintere, non potei non ridere incominciando, come per magia, a sentire che tutti i dubbi e le difese si stavano sgretolando. Arrendevole, pazza Sophie. Come potevo non amarla. Era tutto e il contrario di tutto. Imprevedibile e prevedibile, sensibile e allo stesso tempo letale, sottomessa e dominatrice. Un'altalena in perenne movimento.

L'abbracciai e improvvisamente il fluttuare della giostra si fermò nel centro perfetto del tutto.

Avevo voglia di stare con lei, la giornata tra l'altro era magnifica, e pensai che una passeggiata a Central Park sarebbe stata perfetta per sigillare quel patto. Mi raccontò quanto le era accaduto e come avesse affrontato le situazioni. Ero ammirato per come ne parlava, come di un passato andato. Non c'era tormento nei suoi racconti, ma clemenza profonda, aveva perdonato e non c'era traccia di recriminazione. Era assurdo. Fra tutti gli uomini del pianeta, Sophie, era capitata nelle mie mani. Assurdo, decisamente assurdo. Lei era stata capace di sopportare, perdonare… e io cos'ero stato capace di fare? Di odiare, sempre. Per quanto contradditori, ci completavamo. Nel momento in cui decisi di provarci, improvvisamente la cassa toracica allentò la morsa sui polmoni e dopo tanti anni mi parve di tornare a respirare.

Seduto sulla panchina di un parco, mi presi tutto il tempo per baciarla, come un ragazzino, era così che mi faceva sentire. Un disperato adolescente pieno di pulsioni e dubbi, ma con una certezza, la volevo, punto e basta.

Dopo averla accompagnata alla metropolitana, nel tornare a prendere l'auto riattraversai il parco. Erano anni che non lo visitavo. Mi ci persi un po'. È il modo migliore per godersi Central Park. Sono i luoghi a trovarti, non tu a cercarli. È come essere nel teatro della vita, prima o poi ti trovi davanti un segno illuminante. Ed infatti lungo il viale degli olmi secolari incrociai una coppia in là con gli anni. Erano curiosi. Entrambi bassetti, lui indossava una giacca color carta da zucchero su dei pantaloni color cachi e scarpe sportive, mentre lei aveva un vestitino giallo e delle scarpe da trekking ai piedi. La donna aveva i capelli raccolti in un simpatico chignon ornato da un cerchietto di margherite. Si tenevano per mano come fossero due ragazzi, e credo lo fossero nell'animo, come trapariva dalla gioia e la complicità che trasmettevano. Stavano insieme, felicemente. Li invidiai e mi resi conto dello stato in cui mi trovavo. Una sorta di estasi emozionale. Il risultato dell'avvento di Sophie. Capace di guardarmi dentro e rendermi la vita migliore. Un regalo inaspettato. E lì mi ricordai della sua lista degli obiettivi. Cercai di ricordarmi cosa ci fosse scritto su quel foglio di carta. Una passeggiata a Central Park, una cena, una gita fuori porta, un mazzo di fiori e pure un gioiello. Non ci pensai due volte. Immediatamente chiamai Arthur del ristorante a Long Island per prenotare un tavolo per le nove, e questa sarebbe stata la cena. Una volta finito avremmo fatto una bella passeggiata lungo il mare, e potevamo definirla la gita. Un mazzo di fiori era reperibile ovunque, la passeggiata a Central Park era stata fatta. Mancava solo una cosa...

Recuperata la macchina andai in gioielleria. La commessa insistette per rifilarmi un anello, ma Sophie non era una donna da anelli. Era più semplice. Le sarebbe bastata anche una spilla di plastica, purché regalata con sentimento. Non dava importanza alle cose materiali era piuttosto evidente. Questo era un aspetto che mi piaceva molto di lei, a parte nell'abbigliamento. Le chiesi se avesse qualcosa raffigurante una farfalla e mi fece vedere un pendente in oro bianco con due piccoli diamanti naturali. Era semplice, ero certo che l'avrebbe indossata senza sentirsi in imbarazzo. Abbinai alla farfalla una catenina veneziana anch'essa in oro bianco e felice come non lo ero da anni, me ne andai al lavoro pieno di buoni propositi. Fare un sacco di soldi.

Appena arrivato in ufficio, mi raggiunse Seth. Sperai non mi ammorbasse con menate sui Moore. Ormai era tutto definito e vagliato. Una storia chiusa. Oggi niente mi avrebbe rovinato l'umore, niente.

«I Moore accettano», disse richiudendo la porta.

«Bene», risposi levandomi la giacca.

Molto meglio, prima si levavano dalle palle, prima mi sarei occupato del mio futuro.

Seth si spalmò sul divano. «Io non ne sono felice, hai fatto tutto tu, ma ci sono dentro anch'io. A me non va bene dover rendere conto alla famiglia della tua ex moglie, mi romperanno i coglioni dalla mattina alla sera».

«Che ti frega Seth, hai la maggioranza, nessuno può estrometterti e sarai comunque tu a dirigere la baracca».

«Sì, ma senza il tuo appoggio».

Sorrisi. «Sai che sono qui e per una consulenza sono sempre disponibile».

«Già», mormorò poco convinto. «Comunque ho fatto un giroconto dal mio conto al tuo, le spese per un anno sono coperte, tutte le tue spese», sottolineò. Colsi il significato sottile.

«Bene, allora non c'è di che preoccuparsi», dissi sistemandomi alla scrivania.

Avviai il computer e trovai un'e-mail dallo studio di architettura, mi avvertivano in merito a dei problemi con delle concessioni. Chiusi la posta elettronica. Oggi niente mi avrebbe sconvolto la giornata.

«Domenica, pensavo di andare al solito posto», disse Seth.

«Mi sembra una buona idea, è tanto che non andiamo, le previsioni danno buon tempo e vento nei limiti, sarà una arrampicata facile».

Seth si alzò e mi raggiunse con le mani in tasca e un'espressione beffarda stampata in faccia. «Adam, mi spieghi cosa stai combinando?», chiese diretto sedendosi poi nella sedia davanti alla scrivania.

«In che senso?», chiesi.

«Nel senso… C'è qualche novità nella tua vita di cui non mi rendi partecipe?»

«Non c'è nulla di nuovo, le solite cose».

«Certo», rise. «Sarà come dici tu, ma è un po' che non vedo sacchetti di panni sporchi».

Risi di gusto. «È per via della crisi, Seth, in più con quello che mi passi l'anno, devo contenere le spese».

"Che palle", pensai. Non gli sfuggiva nulla.

«Ah certo, le spese! E l'acquisto di un gioiello circa un'ora fa?».

Lo guardai stranito. Come diavolo faceva a saperlo? La scatola era nella tasca della giacca.

«La carta di credito che utilizzi è legata al fondo che

ti ho creato, mi arrivano in automatico le ricevute delle tue spese».

«Ah, buono a sapersi e come mai?», chiesi.

«Il conto è intestato a me, sono io il titolare, nessuno può recriminare sui tuoi fondi, ma io sono quello che spende».

«Dopo l'accordo, ciò che è mio è mio, non capisco questo sotterfugio», dissi scocciato.

Alzò le spalle fingendo rammarico. «Aspettiamo di firmare, poi rimettiamo a posto le cose. Anzi, John dice di restare nell'anonimato almeno per un anno, quelli sono sciacalli».

«Ah ah», mormorai. «Quindi saprai tutto ciò che combino?».

«Esatto», disse. «Ma non hai risposto alla mia domanda».

«La tua non era una domanda».

«Allora nessuna donna speciale?», chiese pungente.

«No», risposi serio. «Tra poco è il compleanno di mia madre e ho pensato di farle un presente».

Non avevo proprio voglia di renderlo partecipe dei fatti miei.

Seth schioccò le labbra canzonatorio. «Accidenti e io che speravo che con la ragazza del Capodanno fosse andata avanti e che qualcuna ti avesse convinto a deporre le armi».

«Nessuna qualcuna», dissi per chiudere il discorso, anche perché Sophie non era qualcuna, lei era l'unica. L'arrivo di Celine mi liberò da quel fastidioso interrogatorio.

Come concordato, alle otto precise ero sotto la Barnes & Noble. Appena Sophie oltrepassò l'uscita subito mi regalò un sorriso, tutto per me. Nonostante la solita baraonda di passanti, io vedevo solo lei. La osservai avvicinarsi insieme alla collega, la quale non aveva certo l'aria di venire a fare conversazione, né di preparare pacchetti regalo. Da come avanzava, per un momento, pensai fosse meglio proteggere le parti basse, una ginocchiata si avvicinava.

Si presentò come Sabrina e avvertii in lei una netta avversione nei miei confronti. Cercai di essere comunque gentile e accomodante evitando di cogliere il doppio senso delle sue battute. Sicuramente Sophie le aveva raccontato di me. Non so fino a che punto, ma abbastanza da farmi odiare. Appena Sabrina si congedò lasciandoci finalmente soli non esitai un secondo, presi tra le braccia la piccola istrice e me la baciai, proprio come un adolescente. Il mondo avrebbe potuto fermarsi in quel momento. Il resto non contava davvero più nulla.

Durante il tragitto mi raccontò della sua giornata, fatta di pacchetti e clienti fastidiosi. Io le raccontai del mio lavoro. Non lo avevo fatto mai con nessuno, ma ammetto che con lei mi trovavo a parlare senza nemmeno rendermi conto di quanto potessero essere noiosi certi aneddoti aziendali.

Arthur e Mildred, gestori del ristorante a Long Island, mi accolsero con la loro solita semplicità. Constatai che erano sempre gli stessi. Avevo trattenuto il sorriso quando avevo visto Mildred squadrare Sophie curiosa e meravigliata. Di sicuro era sorpresa di vedermi accompagnato da un essere vivente di genere femminile. Di giorno quel piccolo locale era uno spettacolo. Un angolo di pace. C'ero capitato per caso durante uno dei miei pellegrinaggi solitari subito dopo la morte di Elizabeth. Ero entrato a mangiare ed ero rimasto oltre l'orario di chiusura a contemplare l'infinito mare su cui si affacciava la sala da pranzo. Poi non so per quale motivo mi ero trovato accanto Mildred e sul tavolo una torta. Due chiacchiere e mi ero sentito a casa. Forse la quiete del luogo, il rumore del mare, la lontananza da qualsiasi ricordo mi avevano spinto a chiedere se sapesse di qualche casa in affitto nelle vicinanze. Mi disse che si sarebbe informata e una settimana dopo, proprio grazie a lei e Arthur avevo preso in affitto una casa sulla baia. Tempo mezza giornata e mi ero trasferito lì insieme alla mia solitudine, la cocaina e le bottiglie. Nonostante fossi la peggior compagnia del mondo, introverso, rancoroso e triste, ogni giorno quella simpatica coppia passava a salutarmi obbligandomi a seguirli al ristorante per mangiare. Mildred aveva un modo di fare così accogliente e una tale gentilezza che non ero mai riuscito a dirle di no. Un potere che hanno solo le mamme, e lei sembrava incarnare la madre di tutte le madri, nonostante la vita non le avesse regalato la gioia di diventarlo.

Dopo gli affettuosi convenevoli, con Sophie ci spostammo al tavolo. Ero dispiaciuto fosse sera e non si vedesse il mare, ma ero certo che il locale le piacesse. Intimo e semplice. E così, per la prima volta dopo secoli, mi trovai a fare una conversazione normale con una donna. Normale nel senso che fu sincera e diretta invece della solita conversazione del mi piace fare, dire, essere e… Ci palleggiammo anche un paio di battute maliziose, che accesero in me il desiderio di portarla via dalla cena. Poi la curiosa Sophie, volle saperne di più di me e del mio rapporto con l'altro sesso. Mi chiese, senza tanti giri di parole, con quante donne fossi stato. Risposi cento, in tono sarcastico e osservai cadere la sua faccia nel piatto. Le dissi che scherzavo, e che sinceramente non le avevo mai contate. In verità, puttane ne avevo avute all'infinito, ma di donne normali la cifra avrebbe potuto avvicinarsi a quella, anche se non sarei mai stato in grado di ricordarmele.

Le raccontai però di Samantha, la mia maestra di sadomaso e del mio esordio nella pratica. Mi resi conto che gliela stavo romanzando, un modo subdolo per farle vedere le cose sotto una luce migliore. La pratica del bondage era un'arte sicuramente raffinata, ma si trattava pur sempre di sesso crudo comunque la volessi mettere. Uno sfogo carnale, senza condizionamenti. A me piaceva vedere la donna godere e soffrire soddisfacendo i miei bisogni. Mi piaceva il meraviglioso universo del bdsm ovvero, perdersi nella sensazione del proprio corpo, in quel godimento capace di allontanare tutto.

«Quindi sei stato normale?», chiese.

Trattenni il sorriso. Quella domanda presupponeva che non mi ritenesse tale. «Cosa intendi per "normale"?», chiesi divertito.

«Intendo dire che prima facevi cose normali e solo dopo aver incontrato questa donna ti sei dato al».

Scoppiai a ridere. «Sì, esatto, mi sono dato».

"E sì", pensai. "Una volta sì, ero normale, ma tanto tempo fa".

Dopo la chiacchierata della mattina a Central Park e le sue rivelazioni ora capivo come mai Sophie durante il sesso cadesse in quello stato di trance. Tratteneva il piacere e il dolore soffocandolo dentro si sé. Era come se vivesse una piccola guerra. Almeno questo era quello che ero arrivato a comprendere... Appena feci lo sbaglio di rivelarle la mia intuizione la vidi raggelare.

«Che vuol dire?», chiese fucilandomi con lo sguardo. E in un attimo ero contro un muro.

«Il tuo corpo risponde al piacere, ma poi tu vai come

in trance, Sophie, sei silenziosa da morire e rendi difficili le cose», dissi sincero.

«Vuoi dire che sono catatonica?», chiese sempre più seccata.

«A volte sì», risposi, preso allo sprovvista.

«A volte?»

«Sempre», ammisi.

«Quindi è brutto?»

«Insomma, per uno come me diciamo che è spaventoso».

Spaventoso, ma come cazzo mi era venuto fuori quell'aggettivo. Per cercare di salvare la situazione cercai di spiegarle cosa mi suscitava.

«Credo che tu provi una sorta di orgasmo tantrico. Si tratta di un orgasmo totalizzante, è come se restassi sospesa ma allo stesso tempo trattenuta. E ora che l'ho capito, mi ecciti da morire».

Nel terminare di esporre la teoria che detta a voce faceva di me un perfetto stronzo, ecco che con una semplicità disarmante avevo appena detto a una giovane e candida donna che non andava bene sessualmente.

«Sembra una cosa brutta, Adam».

«Non per me, sei decisamente una bella novità».

Cercai di rassicurarla che niente di meglio poteva capitare a uno come me. Quel suo strano modo di vivere l'amplesso mi metteva alle strette, la confusione che mi faceva provare mi provocava un piacevole tormento. Non avere potere su di lei, o almeno non coglierlo in lei, mi spingeva verso nuovi confini. Era stimolante, molto stimolante. Una sottomessa capace di domarmi, niente di più esaltante.

Le chiesi cosa provasse. Mi rispose «un vortice di piacere». E non vedevo l'ora di toccarla di nuovo, cogliere il rossore sul suo viso, ascoltare il suo silenzio.

«Non vedo l'ora di esplorarti, Sophie», dissi.

«Cos'è, hai preparato una lista?», chiese acida. Quella stupida domanda riportava di nuovo a galla il maledetto problema.

Perché si ostinava a mettermi alle strette? Io non cercavo storie, anche se ammetto che Sophie mi stuzzicava, ma una cosa alla volta. Le confermai il mio interesse, e la disponibilità a concedermi in esclusiva, ma le sottolineai anche quale fosse il mio fine ultimo. Nessun condizionamento emotivo. Sesso libero e travolgente.

Per tutta risposta mi disse di non chiederle mai più cosa provasse e che avrei dovuto capirlo da solo. Ammetto che restai perplesso di fronte a quella presa di posizione, ma allo stesso tempo, la piccola Sophie non faceva altro che stimolarmi.

Terminata la cena ci spostammo verso la battigia per una breve passeggiata notturna, durante la quale terminai il racconto del mio anno di scuola con Samantha.

Mi chiese se mi fosse piaciuto il nostro ultimo incontro, per cui ancora provavo una profonda colpa. Ricordavo bene come mi avesse eccitato possederla ma anche quando mi aveva assalito la paura.

Le risposi, in modo sincero, che avevo provato piacere e che la paura e il desiderio mi avevano fatto perdere il controllo e che se era ancora dell'idea, dopo tutto il discorso appena fatto, non vedevo l'ora di scoprire con lei tutto del suo corpo pur di farla godere e aiutarla a liberarsi.

Una volta fatta la passeggiata, decisi di prendere una camera in un albergo. Preferii pagare in contanti, volevo evitare che Seth venisse a sapere dei miei passatempi.

Dopo l'acquisto di un gioiello ci mancava solo una notte in un hotel per arrivare a un'ovvia conclusione.

Chiesi alla reception di far recapitare un mazzo di fiori in camera. Come la sera del club, tenevo la mano di Sophie stretta alla mia provando un sentimento di audacia. Non vedevo l'ora di averla addosso. Sentire il suo odore, avere le sue mani che mi esploravano.

Mentalmente spuntai la lista di Sophie.

Central Park – Fatto
Cena – Fatta
Gita fuori porta – Compresa nella cena – Fatta
Mazzo di fiori – In arrivo
Mancava solo un'ultima cosa…

Appena chiusa la porta della camera non persi tempo. Per tutta la sera ci eravamo intrattenuti in discorsi decisamente pungenti e ora non stavo più nella pelle. Mi sorpresi della veemenza con cui cercavo la sua lingua. Provare la vertigine di quei baci era un dolce tormento. Mi resi conto di quanto mi era mancata. Sfiorare la sua pelle era come essere a casa. La svestii dolcemente mentre lei cercava di sbottonarmi la camicia. Contai i secondi. Dio, se era lenta. La prossima volta mi sarei messo una maglietta. Sarebbe stato tutto più facile. Portai comunque pazienza e attesi che, bottone dopo bottone, arrivasse all'ultimo. Delicatamente, mi sfilò la camicia e sfiorandomi il petto con le mani scese fino alla cinghia dei pantaloni quando bussarono alla porta. Afferrai la camicia e andai ad aprire. Dai pantaloni tirai fuori qualche dollaro di mancia che consegnai al commesso in cambio del mazzo di fiori. Tornai da Sophie che era rimasta seduta sul letto intenta a guardare fuori dalla finestra.

«Un mazzo di fiori per la bella Sophie», dissi porgendoglieli.

Sophie interdetta alzò le sopracciglia, sorpresa. Ne sfilai uno e le stuzzicai il seno. Lei sdraiandosi sul letto mi regalò la visione del suo bellissimo corpo invitandomi a prenderla. Dalla giacca tirai fuori il cofanetto con la collana e sdraiandomi lì accanto lo appoggiai appena sopra il suo ombelico.

«Cos'è?», chiese sollevandosi sui gomiti.

Che razza di domande. Dov'era finita la sua immaginazione?

«Aprilo», dissi.

Quando vide il pendente mi dichiarai suo servo per sempre. Se mi avesse regalato quel sorriso tutti i giorni, sarei stato l'uomo più felice della terra. Di cosa ha bisogno un uomo, in fondo, se non di una donna che gli scateni l'inferno e il paradiso? Il paradiso di averla e l'inferno di non averla. In ginocchio sul letto, completamente nuda, si legò la catenina al collo. Era perfetta. Giusta per il suo décolleté.

«Allora adesso posso darla via?», chiese ironica.

"Oh sì", pensai, non aspettavo altro.

«Esatto», dissi.

E mi planò addosso abbandonandosi nelle mie braccia. E quello fu l'inizio di quel compromesso assurdo.

# Affidarsi

Ovviamente, nelle settimane seguenti cercai di non farmi coinvolgere troppo. Avevo deciso di vedere Sophie solo tre volte a settimana. Dalle nove a mezzanotte. Gli altri giorni era un sforzo non andare da lei. Era necessario mettere le giuste distanze, perché ero particolarmente preso, direi in modo insano. Per i nostri giochi usavamo un piccolo appartamento di proprietà della mia società. Non mi piaceva granché, ma per l'utilizzo che ne facevamo andava più che bene. In quelle tre ore, io e Sophie, entravamo nel nostro personale mondo. Ci trovavamo all'ingresso dell'edificio, e non appena entravamo nell'appartamento non perdevo tempo. Dovevo farmela subito. Il tempo di toglierle la giacca ed eravamo già a letto. La facevo venire succhiandola avidamente. Mi piaceva vedere le reazioni del suo corpo. Dal mio angolo di osservazione Sophie era una meravigliosa visione. Il tremore alle gambe e la temperatura che improvvisamente la surriscaldava erano il segnale. Il momento in cui entrava in gioco il mio sadico egoismo. Concederle il piacere o meno. Se ero sazio allora mi spingevo e succhiavo più forte, se, al contrario, volevo vederla ancora perduta nel diletto del cunnilingus allora mi fermavo godendomi la sua reazione insoddisfatta, sfiancata, arrabbiata e vogliosa. La guardavo irrigidirsi contrariata, e mi piaceva da morire snervarla. Lo sapevo che era la cosa che odiava di più. Era capace di stritolarmi per averle negato il paradiso. Ma devo ammettere che il più delle volte la visione di Sophie così perduta mi spingeva a concederle un godimento supremo. Le afferravo le cosce e gliele divaricavo affinché esplodesse libera, cercando di tenerla lontana da qualunque appiglio per non farle scaricare l'onda orgasmica esternamente.

In quei mesi di frequentazione sperimentai con Sophie il bondage per come doveva essere. Un piacere disinibito. Amavo la disponibilità di Sophie, anche se il più delle volte mi trattenevo e mi controllavo. Il fatto che fosse così apatica nella sua estasi mi faceva davvero perdere il controllo. Però quella pratica, che più passavano i mesi e meno potevo definirla bondage in senso tecnico, divenne piuttosto una ricerca per soddisfarla sempre con maggiore intensità. La sottoponevo a intense sedute. La mia prerogativa erano le corde e le catene. Speravo che tenendo legato il suo corpo sarebbe esplosa in altri modi. Ma niente. Resisteva. E per me divenne un'ossessione. Ci pensavo tutto il giorno. A volte per placarmi mi scopavo Alice. Era un modo per confermare a me stesso la mia virilità. Ma ogni volta che stavo con lei era sempre peggio. Mi infastidiva e mi ritrovavo a dovermi sforzare per arrivare al piacere. Come quella sera, quella maledetta sera. Alice era passata a trovarmi per una delle nostre serate ludiche. Ma appena si era svestita mi ero sentito a disagio, avrei voluto andarmene. Non riuscivo a eccitarmi. Questo era anormale per uno come me.

Avevo fatto una gran fatica a fare sesso e poi ero crollato nel sonno. Mi ero risvegliato nel cuore della notte con lei addosso e il suo respiro pesante. Ghiacciato e inorridito ero rimasto a osservarla con il desiderio impellente di trascinarla fuori di casa. Avevo preferito raggiungere il divano nel mio studio e continuare a dormire in solitudine. Fu una notte di pensieri legati al rapporto con Sophie. Non volevo più nessuna che non fosse quell'impenetrabile scricciolo. Lo ammisi con me stesso, e presa quella decisione riuscii ad addormentarmi.

La mattina seguente Alice mi chiese un passaggio al lavoro. Doveva lasciare l'auto per la revisione annuale. E mentre prendeva accordi con Gustav io mandai un messaggio a Sophie per dirle che sarei andato a prenderla alla solita ora. Non vedevo l'ora, soprattutto perché ero deciso a chiederle di smetterla con gli appuntamenti a scadenza, la volevo così com'era e non avevo più alcun desiderio di sesso cruento, ma solo di lei. Mi sentivo davvero sereno.

«Sembri un ragazzino Adam», disse Alice. «Vorrei proprio conoscere chi è riuscita a farti capitolare».

«In che senso?», chiesi sorpreso da quell'affermazione.

«Dài Adam è piuttosto evidente che tu abbia la testa e il pisello orientati in una sola direzione. Non c'è problema, anzi semmai il problema è se continui a cercare di negartelo».

Alice era davvero una donna intelligente. Provai gratitudine, non mi aveva mai chiesto nulla riguardo al mio passato, niente, le interessava il sesso e basta.

L'avevo abbracciata e le avevo dolcemente fatto passare le mani tra i capelli.

«Allora questo è il nostro ultimo bacio Adam, me lo concedi?».

E glielo concessi. «Comportati bene Alice», dissi.

«Sarà dura, ora che ho perso il mio amico di letto numero uno dovrò ripiegare sul secondo che però non la sa leccare bene quanto te».

«Troverai un rimedio, ne sono certo».

«Già, dài, andiamo rubacuori».

Salii in auto pieno di felicità. Quasi fosse il primo giorno del resto della mia vita e tutto mi aspettavo ma non di trovarmi davanti al cofano Sophie, dall'aria drammaticamente sconvolta. Inchiodai a mezzo metro da lei e tutto mi fu chiaro.

La suoneria del cellulare mi avvertì dell'arrivo di un messaggio.

«Che cazzo fa quella scema?», sbraitò Alice.

Sophie sfilò accanto all'auto facendomi il chiaro segno di andare affanculo. Il cuore era un tumulto di battiti.

Accompagnai Alice alla metropolitana più vicina accampando la scusa di dover tornare a casa a recuperare dei documenti. Appena era scesa dall'auto avevo provato a chiamare Sophie, ma dopo tre squilli la comunicazione era caduta. Dovevo parlarle. Chissà quali idee si era messa in testa. Ma cosa le avrei detto? Non avevo alcuna giustificazione.

Per tornare ci misi venti minuti di pura disperazione, durante i quali provai a chiamarla ripetutamente. Appena entrai al Lehter Parking chiesi senza mezzi termini a Gustav dove fosse Sophie.

«Gustav ho bisogno di parlare con Sophie», dissi davanti ai suoi piedi.

Scivolò da sotto la Mercedes di Alice sorpreso che gli facessi una domanda del genere.

«Devo pagare l'abbonamento», aggiunsi a giustificazione del mio alquanto strano interesse.

«Non c'è Sophie, è andata all'università, se vuole può pagare a me».

Tentennai un secondo. «No, va bene, torno più tard», dissi, mentre ero già risalito in auto.

Setacciai ogni angolo del campus, senza trovarla. Andai perfino a cercarla nella casa che condivideva con le amiche. Non c'ero mai andato, ma conoscevo l'indirizzo. Ad accogliermi sulla porta si presentò una ragazza in pigiama e l'aria assonnata. Le avevo chiesto se ci fosse Sophie presentandomi come un amico.

«Amico?», aveva chiesto perplessa stropicciandosi gli occhi.

«Sì, un amico, sono Adam».

«Ahhhhh. Il famoso Adam», disse in tono sarcastico. «E no, Sophie non c'è. È all'autorimessa per tutta la settimana. Sostituisce il fratello. Ma non abiti di fronte?».

Per fortuna non dovetti rispondere. Venimmo interrotti da una chiamata al suo cellulare. Una telefonata costellata di «ah, ah, capisco, ah però, immagino, ho capito», il tutto con il suo sguardo fisso su di me.

Appena chiuse la comunicazione fece un sospiro profondo. Aveva l'espressione di una a cui avevano appena rivelato in segreto.

«Era lei? Sai dove la posso trovare?».

Scosse la testa.

«Se torna, e sempre se torna, le dirò che l'hai cercata», indietreggiò per chiudere la porta e la bloccai con il piede.

«Per favore, se sai dove si trova devi dirmelo ho bisogno di parlarle, devo parlarle, è importante. Per favore, per favore, per favore...», e lo avrei ripetuto all'infinito. «Per favore ho sbagliato... e devo spiegarle, chiederle perdono».

«Chi commette un errore l'unica forma di assoluzione è quella che può avere da se stesso, non bisogna chiederla a chi è stato ferito che ha già il dolore e la vergogna da sopportare».

Abbassai lo sguardo, aveva ragione. Erano sufficienti il

dolore e la vergogna ad annientare l'esistenza di chiunque, sapevo bene cosa significasse.

«Ma a volte commettere un errore può aiutare a capire quale sia la cosa giusta da fare», mormorai.

Sorrise. «Così diciamo tutti», disse. «Comunque è da sua madre».

Sabrina l'aveva appena chiamata per avvisarla che stava raggiungendo Sophie.

La pregai di accompagnarmi.

«Se vieni con me almeno ho una possibilità in più, lei si sentirebbe protetta e forse disponibile ad ascoltarmi».

«Dubito», disse Stephanie.

Quando arrivammo sotto casa della madre di Sophie, avevo un groppo in gola così grande che mi impediva quasi di respirare. Volevo solo alleviare il dolore che stava provando, perché lo conoscevo bene. Era così profondo da invalidare tutto il resto.

Chiesi a Stephanie di salire per chiedere a Sophie di incontrarmi. Ma quando vidi uscire dal portone Sabrina anziché lei, capii che non l'avrei più vista. Mi meritavo quanto stava accadendo. Era evidente cosa mi aspettava, lo capivo dal passo di Sabrina e dalla determinazione nei suoi occhi. Non opposi resistenza quando mi arrivò uno schiaffone potente e sonoro per le mani di una donna. Lo presi, senza battere ciglio. E presi anche la sequenza di insulti.

«Sei un uomo di merda, e non so che cosa cazzo ci abbia trovato in te, psicopatico, fai schifo per quello che sei, dovresti solo vergognarti. Si può sapere che cosa le hai fatto?», urlò.

Stephanie cercò di frapporsi fra me e Sabrina.

«Le ho spezzato il cuore», dissi. «Le ho spezzato il cuore e non volevo», alzai gli occhi su di lei. «Non volevo davvero». Poi risi amaro: «Ma ho bisogno di parlarle».

Sabrina mi guardò stranito e poi si scambiò un'occhiata con Stephanie.

«Te ne devi andare. Sei solo un approfittatore. Cosa cerchi ancora?».

«Voglio solo parlarle, davvero, ho solo bisogno di spiegare, sarà lei a decidere, non la implorerò, deve solo sapere perché».

Sabrina scosse la testa.

«Perché cosa? Vuoi uomini siete solo dei miserabili esseri anaffettivi. I motivi per cui ferite le donne sono sempre gli stessi, siete dei mentecatti, infantili come bambini. Se veramente ci tieni a Sophie, lasciala stare e non coinvolgerla più nelle tue storie di merda».

«Lo farò, lo farò, ma deve solo sapere, per favore se non vuoi che mi parli almeno dille questo: condizioni iniziali, imprevedibilità ed evoluzione».

Sabrina corrugò la fronte. «Che cosa significa?».

Sorrisi appena. «Tu diglielo e lei deciderà, io aspetto».

Sabrina e Stephanie salirono a casa di Sophie e io restai a guardare il portone pregando che la mia piccola farfalla si facesse vedere. Perché in quel momento niente aveva più senso.

Dopo una decina di minuti tornò solo Sabrina e dalla sua faccia capii. Quando mi arrivò di fronte mi allungò la catenina che avevo regalato a Sophie la sera del nostro compromesso. Soffocai dentro di me il magone della delusione.

«Ha detto di dirti, condizioni iniziali, imprevedibilità e involuzione».

Sorrisi amaro. «Ho capito, grazie Sabrina».

Mi voltai e risalii in macchina. Tornai a casa, recuperai

l'attrezzatura da arrampicata e andai alle Shawangunk Mountains.

Non avevo più un lavoro, mi era rimasto un fondo esiguo di soldi, con la mia famiglia non parlavo da anni, il sesso non mi eccitava più e la cosa più importante che mi fosse capitata nella vita l'avevo perduta per paura. Di cosa, poi? Di provare a crederci? Di credere che in me non ci fosse nulla di sbagliato?

Dopo cinque ore di arrampicata, forse un bradipo avrebbe fatto di meglio, riuscii ad arrivare sulla vetta. E se un tempo portare a termine una scalata mi esaltava, non provai alcuna emozione se non la voglia di buttarmi di sotto.

Mi rattristava non avere più Sophie nella mia vita, ma ancor di più mi faceva male saperla sofferente. Davvero non se lo meritava, soprattutto non per uno come me.

Rientrai a New York in serata, sul telefono trovai decine di chiamate di Seth. Non avevo ancora letto il messaggio di Sophie, ma sapevo bene quale fosse il contenuto. Conoscendola, un bel vaffanculo a caratteri cubitali. Non lo lessi. Lo eliminai e mi addormentai seduto sul divano.

I giorni seguenti li passai sotto casa di Sophie. In attesa di vederla e poterle parlare finché non la vidi uscire con la sacca della lavanderia sulle spalle e tutte le buone intenzioni andarono a farsi benedire. La cortina di tristezza in cui era avvolta mi trattenne. Avrei potuto dirle di tutto e lei non avrebbe ascoltato una sola parola, per il rancore, la rabbia e il dolore che le si leggevano sul viso. Ero ingiustificabile, almeno ora. Dovevo aspettare. E così feci. Nelle settimane seguenti mi trovai spesso a seguirla.

L'accompagnavo al lavoro tenendomi a distanza, poi

trascorrevo il pomeriggio gironzolando per la città e alle otto tornavo alla libreria e aspettavo che uscisse per vederla rientrare a casa insieme a Sabrina. Mi bastava vederla. Constatare che il velo di malinconia a cui l'avevo condannata si stava sciogliendo.

Finché una mattina l'arrivo della donna delle pulizie mi spinse a uscire di casa e, per una strana forza del destino, vidi Sophie e Miranda scendere da un taxi a qualche metro da me. Erano entrate nell'autorimessa portando con loro diverse buste. Pensai che in presenza di suo fratello non avrebbe reagito, e io almeno potevo cogliere qualcosa di lei. Se anche solo mi avesse guardato a me sarebbe bastato. Gli occhi di Sophie erano limpidi.

Quando entrai nell'ufficio la vidi spalmata sulla sedia dei clienti annoiata e stanca. Rideva.

Appena mi riconobbe, serrò gli occhi contrariata. Fred invitò Sophie a spostarsi per farmi accomodare. Mi passò davanti buttandomi un'occhiata veloce e io mi avvicinai alla scrivania.

«Sono qui per la revisione», dissi rivolgendomi a Fred.

«Ah sì», prese l'agenda e si sedette al tavolo. «Dunque, posso fissarle l'appuntamento per giovedì, ma dovrà lasciare l'auto qui tutto il giorno».

«Va bene», risposi.

«Allora prenoto Gustav per giovedì», disse segnando il mio nome.

«D'accordo, passerò alle otto a lasciarle le chiavi», dissi, poi voltai lo sguardo verso Miranda seduta sulla sedia accanto a me che si carezzava la pancia in quel gesto così intimo di una mamma in attesa. «Quando nasce il bambino?»

«Fra quattro mesi», rispose Fred orgoglioso «e sarà una femmina».

«Congratulazioni, vorrà dire che quando nascerà mi permetterò di farle un regalo».

«Non deve», disse Fred.

«Invece sì, è sempre molto gentile con me e non lo merito».

Mi sforzai di non guardare la foto di Robert per quanto mi sentivo miserabile.

Fred compilò il modulo della revisione e me lo mise sotto gli occhi.

«Perfetto», dissi alzandomi. «Grazie, ci vediamo giovedì».

Appena prima di uscire riguardai Sophie, che fissava il tavolino di fronte: «Ciao Sophie».

«Arrivederci», mormorò senza guardarmi.

Aveva detto arrivederci, nemmeno un ciao. Sconsolato, me ne tornai verso casa senza speranze. Nessuna.

Quando la porta dell'ascensore si aprì vidi il riflesso di Sophie che usciva dal garage. Mi voltai e fu in quell'attimo che decisi di affrontarla. Usare un po' di coraggio e dirle la verità.

Faticai a raggiungerla, camminava decisa. Tre isolati dopo si infilò nel mercatino dell'usato e, rimanendo dietro di lei a una distanza di un paio di metri, la osservai curiosare tra le bancarelle assorta nella musica che ascoltava in cuffia. Mi mancava l'aria ogni volta che mi avvicinavo. Sarebbe bastato che si voltasse. Lo desideravo talmente tanto che la paura mi portava a pregare che non lo facesse. Ero davanti alla fine del mondo. Non potevo più nascondermi, non potevo più reprimere quella sensazione di essere ormai suo. Mi sarei anche inginocchiato davanti a lei. Le avrei chiesto scusa per l'uomo che ero diventato. Mentre comprava un hot dog, scambiò un paio di battute con il venditore. Era sempre pronta a un sorriso con chiunque. Sarei riuscito a farla ridere di nuovo? Sempre col suo passo da folletto, Sophie si era spostata poi nel parco vicino. Si era sdraiata sull'erba a prendere il sole e io ero rimasto a guardarla da lontano, avvolto da una sensazione di vertigine.

Cosa le avrei detto? Non lo sapevo. Qualcosa, qualunque cosa. Ma dovevo affrontarla, perché non mi ero mai tirato indietro davanti a nulla. Mi avvicinai piano, volevo portarmi davanti e rassicurarla, non ero uno stalker. Avevo paura che potesse spaventarsi nel trovarmi lì.

Non feci in tempo ad avvicinarmi che per non so quale ragione, come sentendo la mia presenza, si voltò di scatto. Ebbe un primo sguardo perplesso, poi le si disegnò sul viso un'espressione di contrarietà.

«Non aver paura», dissi mettendo le mani avanti.

Sophie rise sprezzante. «Non ho paura, semmai quello che provo è una rabbia incondizionata».

Un secondo dopo era già corsa via, verso il marciapiede. Camminava sicura, veloce, sgattaiolando tra i passanti, e io dietro. Dovevo solo aspettare che mi rivolgesse la parola. Se avessi cercato di dirle qualcosa sarebbe scoppiata in una serie di insulti. Quindi la pedinai deciso, serrato tra un semaforo all'altro, in mezzo alla gente, zigzagando tra le auto e infine, stremata dalla mia insistenza silenziosa si piantò in mezzo al marciapiede voltandosi verso di me.

«Devi dirmi qualcosa?», chiese puntandomi dritto negli occhi. «Io devo andare al lavoro e non mi va di essere seguita, questo almeno te lo ricordi?»

«Possiamo prendere un caffè insieme?», chiesi.

«No Adam, dimmi quello che mi devi dire».

E cosa dovevo dire? Tutto e di più, ma ero solo un

povero coglione che aveva perso la voce e il coraggio davanti ai suoi occhi.

«Non so cosa dire», ed era la pura verità. Cosa potevo mai dire, oltre a chiederle scusa in tutte le lingue del mondo.

«Allora puoi immaginare cosa vorrei dire io davanti a questa tua incertezza, quindi ciao», disse e decisa riprese la marcia.

Sapevo bene quanto il mio comportamento fosse deprecabile e quanta rabbia le rodesse dentro. La affiancai di nuovo.

«Allora?», sbraitò a denti stretti quando ci fermammo al semaforo.

«Voglio continuare a vederti», dissi deciso.

«Sì, come no», rispose stizzita. Il semaforo scattò sul verde e rapida riprese a camminare.

«Davvero», dissi di nuovo accanto.

«Di' le cose come stanno. Vuoi continuare a scoparmi. Spiacente, il negozio di giocattoli è chiuso a tempo indeterminato».

Quell'affermazione mi fece star male. Oh Sophie, non sei mai stata un giocattolo, perché lo pensi? Avevamo un patto, uno stupido patto.

«Sophie, non ti ho mai preso in giro», dissi una volta che riuscii a raggiungerla.

«Come no, certo».

«Sono sempre stato sincero».

Bloccata sul marciapiede, inspirò a pieni polmoni e si portò a un millimetro dal mio viso. E un po' ebbi paura.

«Come ti permetti di dirmi una cosa del genere, stai cercando di rivoltare la frittata?»

«No, ma fin dall'inizio ti ho detto che non cercavo storie...», e non riuscii a terminare la frase che lei mi sbraitò addosso.

«Oddio, di nuovo questa giustificazione! Hai ragione. È colpa mia, mi sono fatta un film e quindi va bene così. Ho sbagliato io e fine della storia. Io non ti voglio vedere più, non hai da offrirmi nulla che un vibratore non possa sostituire».

Come in un film strappalacrime le dissi di voler ricominciare.

E finalmente un briciolo di uomo venne fuori e le spiegai cosa era stata per me. Perché la verità era che in quei mesi, mi era entrata dentro completamente. Mi aveva disarmato giorno dopo giorno. Le confessai il motivo per cui avevo cercato di distrarmi con Alice. Una confessione che la deluse fino in fondo.

«Adam», mormorò davvero svuotata, «sapere tutto questo mi aiuta solo a odiarti ancora di più. Io ti guardo e ti vedo con lei e con le altre mille donne con cui sei stato capace di condividere molto di più che con me. Io ti ho avuto solo qualche ora in un anonimo appartamento».

«Mi hai chiesto di provarci, e l'ho fatto Sophie, a modo mio, con tutti i miei limiti, io ci ho provato e lo voglio ancora, se non di più».

«E io ti ho promesso di resistere e l'ho fatto, ma ti ho chiesto l'esclusività che non mi hai dato. E il patto si è rotto».

«Quella ce l'hai».

Non c'era verso di farle cambiare idea, non c'era verso di farle comprendere che ero lì per lei.

Appena disse: «Non hai detto quello che volevo sentirmi dire», mi montò la rabbia.

E secondo lei che cazzo stavo facendo lì. Mi stavo umiliando come non mai, anche per gli sconosciuti che ci sfilavano accanto era evidente che ero pentito come un cane e che ero lì per lei, solo per lei.

E invece, come ogni donna del pianeta, con quel sentimentalismo da quattro soldi voleva che le dicessi quelle tre stupide parole. Che non significavano nulla. Che erano paragonabili a niente. Sarebbe servito in quel momento dirle "Io ti amo"? Cosa cambiava? Ero lì per quel maledetto motivo. Perché l'amavo. C'era davvero bisogno che lo dicessi?

«Te lo sto dicendo, tra le righe, te lo sto dicendo. Hai davvero bisogno di sentirmi dire quelle tre stupide parole?», dissi alzando il tono della voce. «Non ti basta che sia qui davanti a te a implorare il tuo perdono, non ti basta che ti stia dicendo che non voglio che mi lasci, che voglio stare con te, che ho bisogno di te, che sei l'unica che in vita mia sia riuscita a smuovermi dalle mie convinzioni, che i giorni senza di te mi sembrano inutili? Non ti basta? Non ti basta?», sbraitai. Cazzo no. Non le bastava. Anche se la vedevo arrabbiata, delusa, affranta lei mi amava ancora, lo sapevo e lo sentivo. Io non avevo bisogno di sentirmelo dire.

«Perché a me è bastato il primo bacio per capirlo, e non ho bisogno di sentirmelo dire, lo sento, lo capisco ogni volta che ti tocco, che mi ami».

Nulla, tutto peggiorò. Non avevo ragione, lo so, ma diavolo ero lì, davanti a lei profondamente pentito e non vedevo più futuro, ma solo un fottuto passato che avrei voluto cambiare all'istante. Tornare indietro. Ma non esistono nella vita reale le macchine del tempo.

L'astio di quel momento si perse dietro alla delusione.

«Vorrei tornare indietro e non aver avuto paura, vorrei tante cose che non posso più fare, ma sono qui, adesso, e ti chiedo una seconda possibilità», questo era quanto. «Se per farti tornare da me hai bisogno di quelle tre stupide parole posso anche dirle, ma Sophie, non significano nulla, non racchiudono quanto sento. Io voglio stare con te. Tu puoi accettarlo?»

«Non lo so», disse appena in un sussurro e questo mi bastò.

Un piccolo varco in quella volontà di ferro. Non esitai un attimo. Dovevo fiondarmici dentro al volo.

«Fidati di me, ti prego, non farò più nulla che possa farti soffrire. Fidati di me, lo so, ti chiedo tanto».

Presi il suo viso tra le mani. «Per favore Sophie, fidati, sarà tutto diverso». "Lo giuro, lo prometto, lo farò".

Poi una maledetta telefonata interruppe quel momento perfetto. Dopodiché Sophie tornò inaccessibile. Non potevo fare né dire più nulla, e restai lì, appeso al muro, a guardarla andare via. Speravo che la mia umiliazione allentasse in parte la sua contrarietà. Non dico che ci fosse qualcosa di speciale o magico tra me e Sophie, ma sicuramente non era un rapporto convenzionale, e lei era capace di andare oltre e vedere dentro di me. Dovevo darle il tempo. Riflettere. Analizzare. Decisi di aspettare, e sperare in quell'ultima possibilità.

Alle otto quando la vidi uscire dalla libreria in compagnia di Sabrina, pregai, pregai, pregai che Sophie cogliesse il messaggio. E forse lo colse… poiché la vidi allontanarsi da Sabrina per raggiungermi.

Mordendosi le labbra mi si era portata vicina, mantenendo una distanza di sicurezza mi chiese se poteva farmi una domanda.

Sperai di dare la risposta giusta.

«Se oggi non fossi passata da mio fratello non ti saresti fatto più vivo, vero? Perché trovo difficile credere che ti sia bastato vedermi un secondo per risvegliare in te tutta l'umanità che hai dimostrato prima».

Uno spiraglio nel quale mi infilai. Le raccontai la verità. Di averla seguita, osservata, ammirata da lontano. Mi bastava, non ce la facevo senza di lei nella mia vita, era un buon modo per assicurarmi che tutto sommato andasse avanti.

«Da quanto non vai a lavorare?»

«Non lo so più», chiusi gli occhi e sospirai. «Ti ho spezzato il cuore Sophie, me ne rendo conto, se non avessi intravisto una possibilità non mi sarei fatto avanti, mi bastava starti comunque vicino. Invisibile».

Non era ancora sicura. Stava ferma in bilico tra la ragione e il sentimento. Le stavo chiedendo di fidarsi, di credermi ancora. Ricevette un messaggio al cellulare e si voltò verso Sabrina ferma sul ciglio della strada. Quando si girò verso di me fece un piccolo passo avvicinandosi. E mi mancò il fiato.

«Vieni a casa con me?», chiesi sfiorandole la guancia. «Ti prego, sistemeremo tutto, io sistemerò tutto».

«Quale casa?», chiese.

«La mia, la tua, la nostra».

E finalmente Sophie mi prese la mano e per me fu casa, un posto sicuro. Ci incamminammo senza parole, stretti l'uno all'altra scambiandoci baci delicati. La Nikita del mio cuore mi perdonava e gliene ero grato.

Una volta nel mio appartamento la osservai scrutare l'ambiente. Commentò con sarcasmo l'arredamento. Anche a me non piaceva molto, l'avevo trovato così. Per rendere la casa un po' mia mi ero limitato a comprare solo una lampada, il resto era tutta roba del precedente proprietario di cui mi sarei volentieri sbarazzato. Ero intimorito nell'averla lì, per tirarmi un po' su mi versai un bicchiere di whisky. Ero a disagio per la sua presenza. Di sicuro si stava chiedendo come mai non l'avessi portata a casa prima di allora. Anche se era sempre misteriosamente indecifrabile, lo sapevo al cento per cento.

L'accompagnai a fare un giro, mostrandole le diverse camere fino alla mia stanza da letto. Sophie andò subito alla finestra incantandosi a osservare le luci delle città. Mi avvicinai restando dietro di lei. Era lì, con me, aveva scelto la via del perdono, ma nonostante questo avevo così paura che non mi volesse più che la sfiorai appena e le baciai il collo.

Sophie sgusciò via spostandosi davanti alla cassettiera per osservare la fotografia con la mia famiglia fatta sei anni prima. Forse non mi voleva più, o anche lei come me aveva paura. Ed era naturale, non importava, avrei aspettato, non era un problema, l'importante era sapere che fosse lì con me in quel momento.

Poi, come sempre, il piccolo scorpione timido e tentennante estrasse il suo pungiglione. Lo capii quando girando intorno al letto con le mani solcò le lenzuola. Lo aveva già fatto al club. Ma questa volta non avrei fatto nulla. Giurai con tutto me stesso che non mi avrebbe fregato.

«Te ne sei portate tante qui?», chiese.

Eccola, precisa, la solita domanda provocatoria. E immancabile la seconda domanda.

«Perché non mi ci hai mai portata?», chiese sedendosi sul letto.

"Oh Sophie, vuoi essere rassicurata. Lo capisco".

Mi sistemai accanto a lei e la feci coricare stringendola a me. «Perché se ti avessi portata qui non ti avrei fatto uscire più».

«Quindi mi vuoi segregare?», veloce sgusciò dalle mie braccia e si sistemò sopra di me.

«Se necessario posso anche farlo», la baciai. «Mi sei mancata», sussurrai sfiorandole i fianchi magri.

Sorrise e mi baciò, intensamente, come sapeva fare solo lei. Una vertigine di vuoto si impossessò di me. Riusciva sempre a trasportarmi, a togliermi il fiato. A volte resistevo a quella sensazione, ma non in quel momento. Ci scivolai dentro.

«Non voglio farlo qui», disse improvvisamente scostandosi.

E riemersi da quell'incantesimo, gelato. Io non volevo farlo. Mi bastava saperla a casa con me, il resto non mi importava.

La rassicurai che non era nelle mie intenzioni e lei, disarmante, mi sorrise.

«Io non voglio farlo su questo letto, c'è un posto immacolato in questa casa?».

La presi in braccio e la trasportai nel mio studio per adagiarla sul divano. Era così incantevole, piccola e fragile che tra le braccia avevo paura di sgretolarla. Ma soprattutto avevo così paura di deluderla di nuovo che faticai prima di lasciarmi andare. Fermai i suoi baci focosi.

«Mi vuoi ancora?», chiesi.

Sophie sgranò gli occhi perplessa, si sistemò cavalcioni su di me e mi chiese il motivo di una domanda del genere.

«Mi rendi insicuro e non voglio più sbagliare con te, non voglio deluderti».

Appoggiò la testa al mio petto accoccolandosi tra le mie braccia.

«Sei proprio senza cervello, Adam». La sua mano scese

fino alla mia presente erezione. «Ma hai un bel pisello e ti voglio».

E via. Le levai il vestito alla velocità della luce, solcai con le dita le costole più marcate poi la ribaltai sotto di me. Per mesi mi ero adoperato per cercare di farla venire a galla e adesso che era lì tra le mie braccia capii come non fosse necessario nulla con lei. Nessun sesso estremo. Entrai dentro di lei fissandola negli occhi e mi lasciai pervadere dal mondo di Sophie esattamente come a Capodanno. La sua carne in simbiosi con la mia. Lei perduta nel piacere e io il suo schiavo. Sotto ogni spinta il suo corpo vibrava provocandomi un'estasi di piacere. Averla, possederla, sentirla, farla mia, la sua carne bollente. Chiusi gli occhi e non pensai a nulla se non al piacere di quel sublime atto fisico, vorticoso e puro. Ero in paradiso, e compresi dove finiva Sophie. Volevo resistere, ma non ce la facevo. Sarei venuto anche stando fermo dentro di lei. E nel bel mezzo del godimento Sophie mi risvegliò con il solito maledetto problema. Lei e la sua pillola che si ostinava a non prendere. Dovetti uscire da lei disperato e nel pieno di un orgasmo implacabile.

«Cazzo Sophie», mormorai venendo tra le sue mani.

Potevo solo ridere davanti a quella situazione, io davvero non sapevo come sentirmi, se depresso, divertito, angosciato. Quella storia doveva finire, non potevo più fare sesso con lei con quella maledetta ansia. Anche se in quel momento, guardandola, me la immaginai un po' mamma, una dolcissima mamma. Subito scacciai il pensiero, no per il momento le avrei fatto fare l'iniezione anticoncezionale e problema risolto.

Le chiesi come al solito di restare ferma mentre andavo in bagno, sapendo che un secondo dopo si sarebbe messa a curiosare in giro. Recuperai una coperta, preparai due sandwich e appena prima di tornare da lei osservai dalla finestra la mia coppia preferita. Erano sul divano abbracciati a guardare la televisione. Era la prima volta che li vedevo sereni, forse perché lo ero io.

Felice dopo un'eternità, fiducioso che tutto sarebbe andato per il meglio. Come mi aveva annunciato Seth avrei dovuto scegliere. O luce o buio. E Sophie era una grande luce.

Quando tornai nello studio mi arrestai sulla soglia. Sophie era davanti allo schermo mentre sul video scorrevano le immagini di noi due durante un amplesso dove lei era sospesa e legata.

E adesso? Iniziavo ad averne piene le palle dell'imprevedibilità degli eventi tra noi. Che cazzo potevo dirle?

«Sophie», riuscii a dire.

Un attimo dopo assistetti alla trasformazione di Sophie dall'essere più dolce della terra alla più sanguinaria delle donne.

Cercai di calmarla, volevo spiegarle. Sì ma cosa? Che ero un fottuto pervertito, che per dimostrare un insieme di strampalate teorie sul bondage l'avevo studiata e analizzata.

No, no, no, no, no. Non adesso, non adesso. Cazzo non adesso, adesso che era un nuovo inizio, io che ero appena scattato dai blocchi di partenza.

Cercai di placarla confessandole il motivo, me ne vergognavo, profondamente, ma le dissi la verità. La spiegazione peggiorò le cose. Vidi la rabbia in Sophie trasformarsi in vergogna. Di male in peggio.

"O amore mio, sono una merda al tuo cospetto". Cercai di rassicurarla, che era perfetta, bellissima, una meraviglia della natura. E grazie a Dio, Sophie capì. Una delle sue doti maggiori era proprio capire quanto fossi malato, ma anche disperatamente innamorato di lei. Lo ero profondamente. Si era avvicinata a me, affidandosi completamente pur di farmi uscire dal mio guscio. Caparbiamente aveva perseguito il suo piano diabolico e dolcissimo e mi aveva stregato con quel suo modo di fare, accettandomi senza chiedere nient'altro che fosse l'esclusività. Buttai via tutto sotto i suoi occhi, poi, mortificato e con una fatica profonda dissi quelle parole soffocate. Era come se mi stessero spaccando le costole per quanto era difficile tirarle fuori, perché avevo paura che pronunciandole avrei risentito quel dolore, quello da cui avevo cercato di fuggire per tutto quel tempo. Perché mi stavo obbligando a credere che sarebbe andata diversamente.

«Ti amo Sophie», e tutto a un tratto respiravo. Improvvisamente era come essere in cima alla mia amata montagna, riconoscente alla vita di esserci, far parte di questo maledetto mondo. Valeva davvero la pena vivere se al mondo c'era lei. Glielo dissi di nuovo, così incredulo di riuscirlo a dire. Sì, l'amavo così tanto da aver paura di essere quello che ero davanti a lei. Nudo, senza più difese e con tutti i miei limiti.

Sophie coi suoi modi dissacranti, alleggerì la situazione schernendomi. Lo faceva sempre l'adoravo. Era un suo modo per dirmi che aveva capito e non c'era altro da spiegare. Per lei tutto diveniva cristallino e semplice. Era così di natura. Vedeva le cose come stavano.

Quella notte ci addormentammo sul divano, o meglio lei dormì beata mentre io passai quelle ore notturne a contemplarla e feci una promessa a me stesso. Avrei fatto di tutto, di tutto, per renderla felice e non deluderla più.

L'indomani mi sembrava di essere riemerso dal buio. Mi sbarbai, feci una doccia, tirai fuori un completo elegante, deciso a riprendermi tutto quello che mi era stato tolto. Avevo da mettere a posto tante di quelle cose. Volevo andarmene da quella casa. Lasciarmi tutto alle spalle. Ricominciare.

Mentre ascoltavo il notiziario economico, Sophie comparve alle mie spalle. Era la prima volta che la vedevo al risveglio. Era buffa. La feci accomodare sullo sgabello, le offrii un caffè e silenziosamente facemmo colazione. Si risvegliava lentamente, aveva le mani appoggiate alla tazza e gli occhi semichiusi. Se tutte le mattine si fosse svegliata così mi avrebbe fatto impazzire. Io ero l'esatto opposto. Mi faceva ridere. Ogni tanto alzava lo sguardo su di me, cercava di sorridere, poi sprofondava nella fissità degli occhi. Tutta la vita l'avrei contemplata. Comunque decisi di cogliere l'occasione di quella semicoscienza per comunicarle le mie intenzioni. Ero sicuro che le sarebbe venuto un colpo.

«Senti, vorrei parlare con tuo fratello della nostra relazione».

E improvvisamente si rianimò. Era sveglia. Sbatté un paio di volte le palpebre e deglutì nervosa. Aveva una paura atavica del fratello.

«Deve saperlo, non possiamo evitarlo, abito di fronte al suo garage e prima o poi ci vedrà».

«Ehm», bofonchiò, «non lo so, ecco, insomma».

Questa volta mi divertii io a schernirla. E subito dopo la incitai a fare presto. Non potevo perdere tempo. Con Sophie bisognava agire in fretta, non darle modo di riflettere o ponderare. Travolgerla.

E così feci, e lei rispose tra lo stordito e l'incredulo.

Meno di un'ora dopo mi trovai davanti a Fred a fare una dichiarazione ufficiale, con accanto Sophie attonita. In realtà mi resi conto che più che a Fred la stavo facendo al povero Robert. Mi chiesi se fosse stato davvero lì, davanti a me, cosa mai mi avrebbe risposto. Per quello che avevo intuito di lui, si sarebbe fatto una bella risata. Mi avrebbe dato una pacca sulla spalla e la sua benedizione.

Fred, invece, mi chiese di parlarmi da solo. Come avevo già immaginato ancora prima di uscire di casa, mi disse della fragilità di Sophie e mi sentii un miserabile. Io più di tutti ne avevo abusato, ma mai più. Fui sincero, e gli dissi quanto lei fosse importante e quanto credevo in lei e gli confermai la mia volontà di prendermene cura, quando forse, in realtà, era l'esatto contrario. Era Sophie a prendersi cura del mio cuore malandato. Fred, in qualità di fratello maggiore, sottolineò più volte di stare attento a non farle del male in nessun modo e per nessun motivo. Non lo disse minaccioso, ma con severità.

E così, l'indomani, Sophie venne a vivere da me. Ogni giorno mi svegliavo con il suo sorriso nel lento risveglio e la notte mi addormentavo con il suo sorriso beato e le sue mani sopra di me. E una nuova vita incominciò. Una vita perfetta.

In quei primi mesi, la socialità, che peraltro non era nella mia indole, venne annientata dalla passione. Arrivavamo a casa e nemmeno riuscivamo a mangiare. Sophie entrava in casa, abbandonava la borsa a terra, si toglieva le scarpe e mentre percorreva il corridoio nuda io la seguivo ubriaco.

Ero riuscito a farle fare l'iniezione anticoncezionale, portandola una mattina di peso nello studio del dottor Murdoch e non c'era giorno che si lamentasse per l'inesistente filo di grasso che solo lei vedeva strizzandosi la pelle. Per quel che mi riguardava poteva avere anche venti chili in più e non avrebbe fatto nessuna differenza, ma non c'era verso di convincerla. I corpi delle donne sono magnifici per la loro stessa natura. I loro fianchi, quelle curve paradisiache, i loro seni soavi, ampolle colme di un nettare vitale.

Cercai di iniziarla all'arrampicata, ma non ci fu nulla da fare. Sophie era l'antitesi dello sport. L'unica cosa che sembrava non stancarla mai era camminare. Quindi il sabato spesso ce ne andavamo per sentieri. E un giorno decisi di portarla in montagna. Volevo farle vedere dove arrivavo quando arrampicavo.

«Ma tu sali fin qui?», chiese sedendosi a terra confusa.

«Sì».

«Non hai paura?»

«No, l'arrampicata è un concentrato di emozioni, paura di non farcela, desiderio di arrivare, un corpo perfettamente in equilibrio, adrenalina».

Sophie mi si buttò tra le braccia sdraiandomi a terra. «Devo essere sincera, sono un po' gelosa».

«Di cosa?», chiesi.

«Tu per me sei la mia montagna», disse stringendosi. «Paura, desiderio, adrenalina. Sei felice, Adam, con me?», chiese scrutandomi attenta.

«Sì», risposi.

«Meno male», disse e mi schioccò un bacio.

In quei mesi c'era una cosa che a Sophie non avevo raccontato. Non me la sentivo. E non ne vedevo la necessità. Il mio passato, che stavo cercando di sistemare, di chiudere definitivamente.

«Hai paura di me?»

«No, di te no, ma...».

«Cosa?».

Si fece seria e si scostò dall'abbraccio portandosi seduta.

«Ti ricordi quando ho deciso di venire a vivere con te, ti ho chiesto di dirmi se ci fossero dei problemi. A volte ho l'impressione che tu sia tutto un sogno. Sei cambiato dall'oggi al domani».

«Perché mi hai cambiato», risposi. «Mi rendi felice».

Sophie sorrise e si ributtò nel mio abbraccio. «Mi giuri che se ci fosse qualche problema, qualsiasi, ne parlerai con me?».

«Certo», dissi stretto in una morsa allo stomaco.

E guardando i suoi occhi provai paura. Le stavo mentendo. Il tormento legato al mio passato era un problema, ed era sempre più impellente cancellarlo. Dovevo andare a Philadelphia, cedere tutto e ricominciare. Solo dopo aver concluso le trattative le avrei raccontato tutto.

# Macerie del passato

A Seth non avevo detto nulla di Sophie, anche se aveva intuito che ci fosse qualcosa in ballo. Amministrava i miei soldi e vedeva che le uniche spese che facevo erano quelle per la vita di tutti i giorni e niente extra.

Avevo investito gran parte del mio capitale personale nella nuova immobiliare e nell'operazione di ristrutturazione dell'edificio sulla quinta strada, ma soprattutto avevo stretto sui termini dell'accordo di liquidazione con i Moore. Volevo assolutamente togliermeli dai piedi, desideravo sistemarmi con Sophie e loro me lo impedivano.

Dato che in cinque anni non ne eravamo venuti a capo, avevo deciso di andare direttamente a Philadelphia e chiudere la trattativa.

Dopo la gita in montagna, un paio di volte ero stato sul punto di raccontare tutto a Sophie del mio passato, ma poi mi perdevo. La osservavo stesa sul divano mentre guardava la televisione o mentre studiava, e reprimevo la confessione. Le avrei raccontato tutto non appena avessi sistemato le cose. A capitolo chiuso.

Avrei fatto volentieri quel viaggio con Sophie, ma era una questione di affari e non era il caso di coinvolgerla.

La sera prima della partenza decisi di portarla fuori a cena, al solito ristorante. E tra una chiacchiera e l'altra le chiesi se durante la settimana della mia assenza avrebbe potuto trasferirsi da Sabrina e Stephanie. Preferivo saperla sotto il controllo di Sabrina che, anche se mi odiava, era di certo molto risoluta nei suoi confronti.

Appena glielo chiesi, il discorso degenerò. E innervosito, messo alle strette dai suoi occhi, ma soprattutto schiacciato dalle macerie del mio passato, le dissi del mio matrimonio. Subito me ne pentii, per la veemenza con cui lo dichiarai, la rabbia con cui mi uscivano quei ricordi che cercavo di dimenticare.

Sophie non perse occasione e subito mi incalzò per avere maggiori dettagli. E tutto mi crollò addosso. Come facevo a raccontarle quella storia, di cui mi vergognavo. Mi alzai dal tavolo per fuggire dall'interrogatorio e una volta tornati a casa mi chiusi nello studio. La sapevo al di là della porta, in attesa. Mi stava dando il tempo. Non so di cosa avessi paura. Forse del suo giudizio, anche se Sophie non giudicava mai, ma non volevo vedere la pena nei suoi occhi. All'alba, dopo aver rimuginato l'intera notte, la raggiunsi a letto e le raccontai più o meno tutto, risparmiandole il dettaglio della morte di Elizabeth, quello non me la sentivo proprio di raccontarglielo.

Era la prima volta che ne parlavo con qualcuno, che tiravo fuori quella triste verità, e vidi sul viso di Sophie l'espressione che non avrei voluto vedere. La compassione e la pietà. Mi faceva sentire un perdente e la detestavo.

Poi la compassione sparì dietro una nuova ondata di delusione e amarezza, e mi fece doppiamente male.

Le chiesi cosa pensasse, e fredda mi disse che aveva capito e che sarebbe andata da Sabrina e Stephanie. Aveva capito come stavano le cose e le accettava, ma non me la dava a bere.

Lo sentivo, per lei sapere che avevo amato un'altra donna era difficile da accettare, si sentiva inferiore, un ripiego, una compensazione.

Mentre non era così, per niente.

La rassicurai. Cercai di farle capire che mai avevo amato qualcuno come lei e *bum*! Decisa mi tramortì con una frase che mi tagliò in due come un'accetta.

«Adam», disse afferrandomi il viso, «ti rendi conto che in tutti questi mesi il nostro rapporto è stato un rapporto a quattro?».

Tramortito restai qualche secondo a fissarla.

«Io, te, Elizabeth e Tom», aggiunse.

«Non è così», dissi in risposta confuso.

E un attimo dopo mi mancava il respiro. Cazzo, nella sua innocenza Sophie mirava e colpiva sempre, precisa. Una piccola maledetta Giovanna D'Arco.

Tutto a un tratto la vidi sgattaiolare fuori dal letto e correre nella cabina armadio. La seguii e alla vista della sua maledetta sacca della lavanderia nella quale infilava i suoi abiti mi prese il panico.

«Dove stai andando?», chiesi.

«Me ne vado, ci sono troppe persone insieme a noi che nemmeno conosco».

No, no, no. Stava accadendo tutto troppo velocemente, troppo. Un attimo prima era nel letto e adesso se ne voleva andare. D'accordo, le avevo raccontato qualcosa di micidiale, ma la sua furia era dettata da tanto altro.

La placai afferrandola per le braccia, obbligandola a sedersi sulle mie gambe e le chiesi dieci minuti di tregua. Il tempo di riflettere. Per tutti e due. Furono i dieci minuti più lunghi della mia vita. Fissai le sue ginocchia e provai a riflettere. Aveva ragione, come sempre. Avevo ancora sulle spalle il mio passato che inevitabilmente si era riversato sulla nostra relazione, ma era una storia finita. Da quando era venuta a vivere con me, guardavo solo al futuro. Avevo così tanti progetti. Una casa nuova, un nuovo lavoro e un nuovo matrimonio. Avevo anche già comprato un anello che tenevo nascosto e volevo darglielo appena avessi risolto tutta la faccenda dei Moore. Avevo anche chiesto a Mildred la disponibilità del loro ristorante per giugno. Poi alzai gli occhi nei suoi e tutto si placò. Ma non era già abbastanza che volessi andare avanti?

Le feci un sorriso e lei mi regalò il suo. Tregua, grazie a Dio.

Mi strinse le mani al collo e mi abbracciò.

Mi propose di fare una terapia, e in parte ammisi che forse ne avrei avuto bisogno. Per togliermi quel macigno. Sì, forse era una via da perseguire, piuttosto che vedere la mia Sophie incazzata lo avrei fatto. Curarmi.

E tutto sembrò sistemarsi, lei come sempre vide le cose per come stavano e io mi rilassai per affrontare i Moore.

Ritornare a Philadelphia si presentò come la cosa più difficile. Presi una camera in un albergo. Di andare dai miei non se ne parlava, alla presenza di mio padre non avrei retto un minuto. L'ultima volta che ci eravamo parlati era stato dopo il funerale di Elizabeth. Avevo letto nella sua espressione la vergogna che provava nei miei confronti. Solo mia madre e mia sorella Brenda in qualche modo avevano fatto buon viso a cattivo gioco, ma anche per loro era difficile guardarmi senza pensare al fatto che fossi stato io a uccidere Elizabeth. E con Susan non ci parlavamo più, anche se ogni tanto provava a telefonarmi.

Fu una settimana di trattative snervanti, ma ero determinato. Sarei tornato a New York solo con una firma di accettazione. Ero disposto a concedere molto, ma dovevo liberarmi della loro assillante presenza. Naturalmente dovetti sorbirmi ogni ingiuria nei miei confronti. A peggiorare le cose, Sophie era lontana. Mi fidavo ciecamente, ma era anche la prima volta che le restavo lontano. Non avrebbe combinato nulla di male, al massimo due parole più del dovuto e poi la sapevo insieme a Sabrina. Durante quella settimana di lontananza, oltre a sentirci telefonicamente ogni due ore, la sera ci davamo la buonanotte su Skype. Vederla però mi faceva salire l'ansia. Spesso mi trovavo a fissarla sul monitor. I suoi occhi ingenui, le sue domande spontanee su cosa stessi combinando lì a Philadelphia e io che le rispondevo con piccole menzogne, stretto alla gola da una nodo d'acciaio. Per evitare di dover proseguire in quelle bugie le chiedevo sempre di raccontarmi della sua giornata, dei clienti che aveva incontrato, e mentre lei mi riferiva dei suoi piccoli aneddoti io restavo quasi sordo, preso da quel macigno nero dentro di me. Avevo un pensiero fisso: liberarmi, tornare a vivere, e quelle trattative ormai eterne senza mai un punto di svolta mi tenevano incollata la mente a elaborare di continuo possibili soluzioni. Ero davvero stanco. E lo sguardo di Sophie mi peggiorava l'umore.

Quando finalmente la famiglia Moore, misteriosamente, da un giorno all'altro, pose la firma sui fogli dell'accordo, provai un senso di sbalordimento. Era finita. Per davvero? Per anni attanagliato e ora libero? Mi sembrava impossibile. Forse anche loro erano stanchi quanto me.

Lasciavo la casa di Central Park ormai sfitta da anni, cinque milioni di dollari vincolati, la casa di Philadelphia, la quota di partecipazione del 30% della società, e la quota congelata della società precedente.

Mi restavano due milioni di dollari già vincolati nella nuova immobiliare. Quindi, tirando le somme avevo poco più di duecentomila dollari. Quanto sarebbe bastato per mantenere il consueto tenore di vita, in attesa di nuovi introiti con le vendite degli appartamenti dell'edificio in ristrutturazione.

Tornato a New York per prima cosa andai alla libreria Barnes & Noble a salutare la mia cucciola e appena la vidi tutto sembrò già lontano anni luce. La notai nervosa, ma imputai il suo atteggiamento al fatto che fosse sul lavoro. Tornai a casa, chiamai Seth e lo avvertii del rientro.

«Adam, ci sono problemi», disse.

«Cosa?»,

«Aspettavo il tuo rientro, dove sei?».

«A casa»,

«Passa in ufficio, devo parlarti».

Scoprii quel pomeriggio che l'edificio della Quinta era stato messo sotto sequestro per delle irregolarità sulle gare di appalto. Era in corso un'indagine, ma la cosa ben peggiore era che lo studio di architettura che seguiva i lavori aveva dichiarato dei valori di volume inferiori e il responsabile era Thomas Adamson. Proprio lui.

«Certo», dissi amaro.

«Adam, ti hanno inculato, hai perso tutto, ora che le indagini verificheranno le irregolarità passeranno come minimo due anni e le ammende che dovrai pagare supereranno i cinque milioni di dollari».

«Non importa», risposi «Ricomincerò». Davvero non importava. Se per Tom e i Moore quello era il modo per farmela pagare, tutto sommato non era davvero così tragico. Un modo per sopravvivere l'avrei trovato. Sapevo fare i soldi. E poi, ero talmente felice di non avere più il peso addosso della mia vita precedente che niente e nessuno poteva rovinarmi quel senso di rinascita.

«Ecco, diciamo che ricominciamo, anch'io ho deciso di mollare tutto e non cercare di fermarmi perché ho già dato mandato per cedere le mie quote, con i soldi in entrata potremo aprire una nuova società, i clienti ci seguiranno, ne sono sicuro. Basta che risolviamo questo casino, Adam, ci rifaremo una vita nuova. Io ti sono debitore, se in questi anni non ci fossi stato tu, non mi sarei mai evoluto da *gobbo*».

«Mi spiace, mi spiace averti coinvolto in tutto questo».

«Il mio patrimonio è intatto, è il tuo che non esiste più, ti hanno inculato».

«Lo so, sembra proprio così, ma davvero non importa, ti porto una bella notizia in mezzo a questo mare di merda».

Seth aggrottò la fronte.

«Immagino tu l'abbia capito dalle mie spese molto contenute dell'ultimo periodo».

Seth sorrise. «Diciamo che l'ho capito dagli acquisti di intimo e le spese al supermercato».

«Esatto, ti ricordi a ottobre, quando mi facesti quel discorso del meteorite e del buio e la luce?».

«Certo».

«Ecco, il meteorite è arrivato e ha portato un po' di luce».

«Chi è?», chiese. «La conosco?».

«No, si chiama Sophie, l'hai vista una volta, proprio il giorno in cui mi lanciasti l'avvertimento».

Scosse la testa senza riuscire a ricordare.

«Quando abbiamo preso una birra al bar Lucas mi avevi chiesto…».

«Ah, la ragazza che hai osservato tutto il tempo, quella piccola».

«Sì, quella piccola peste».

«Be', questa è davvero una bella notizia, e come vanno le cose?».

«Strabene, stasera le farò la proposta», dissi.

Seth spalancò la bocca sorpreso.

«Sei proprio un coglione, cazzo non so cosa dire, a parte il fatto che sono felice e che dovete venire a cena da noi. Annabelle appena lo saprà vorrà conoscere quella santa che è riuscita a recuperarti».

«Vediamo, intanto speriamo che accetti, conoscendola è capace di dirmi di no».

«Basta che non le dici che adesso sei un morto di fame».

«Questo non sarà un problema per lei, vivrebbe di spaghetti cinesi e hot dog».

Lasciai Seth e me ne tornai verso casa. Comprai le solite lasagne, preparai la tavola, mi feci una bella doccia, osservai le vite familiari di fronte casa e poi andai a prenderla.

Era stanca, in macchina non fiatò, tanto per cambiare. Volevo mangiare e farle la proposta ma, appena entrammo in casa non ce la feci. La trasportai sul divano. Prima il piacere di riaverla e poi il resto, non c'era alcuna fretta. E improvvisamente avvertii Sophie rigida e con uno sguardo che non le avevo mai visto.

«Sophie?», chiesi preoccupato, «cosa...».

Mi interruppe. «Parlo io, tu devi solo ascoltare e, per quanto puoi, devi farlo fino in fondo, poi sarai libero di dire e chiedere qualsiasi cosa, io non mi opporrò».

«Mi spaventi, perché tremi?», chiesi sempre più preoccupato.

Non avevo mai visto Sophie così cerea e spaventata.

«Giuralo», disse guardandomi dritto negli occhi.

«Te lo giuro».

«Ti ricordi la sera dopo quella in cui sei tornato da me? Ero andata a cena da Steven e David».

Certo che la ricordavo, ricordavo anche che non mi

aveva risposto al cellulare tanto che mi ero così preoccupato da averla aspettata sotto casa l'intera sera.

«Ecco, quella sera ho conosciuto il collega di David, ti ricordi?»

«Quello che ti ha accompagnata a casa?», chiesi ripensandoci bene.

«Esatto», rispose. «Dopo quella sera non l'ho più visto».

Perché mi stava parlando di questo tizio? Cosa significava «non l'ho visto più»?. Osservai le sue mani tremanti strette alle mie e un déjà vu mi trasportò a un tempo a cui mi ero ripromesso di non pensare più.

«Continua», la incitai a proseguire quel discorso che stava ovviamente prendendo alla larga. Chiusi gli occhi. Sperai non mi dicesse di averlo rivisto. E invece…

«L'ho rivisto la sera del compleanno di Stephanie, abbiamo parlato del più e del meno e poi lui ci ha provato. Ma io gli ho detto che stavo con te, lui si è scusato e tutto è finito lì».

Una settimana, un semplice settimana per disilludermi di nuovo. «È successo altro?», chiesi, non riuscivo nemmeno a guardarla. Non rispose. Serrai i denti. Perché una persona non risponde a una domanda? Perché? Semplice… non ha il coraggio di dirti la verità.

«Dài cazzo! Smettila con questo preambolo di merda!», sbottai. «Dimmi cos'altro è successo per essere sull'orlo di un attacco di panico».

«Adam…», iniziò a piangere.

Vedere le sue lacrime mi chiuse lo stomaco. Ti prego no, ti prego no. La sollevai di peso.

«Parla, cazzo!», dissi a un centimetro dalla sua faccia.

«È Tom», sussurrò con un filo di voce.

Lasciai andare la presa e barcollai indietro di un passo. Che scherzo era? Avevo capito bene?

«È Tom, Adam», ripeté avvicinandosi, «e mercoledì, quando sono andata al concerto con Sabrina, c'era anche lui e mi dispiace Adam…».

Ricordai forse che mi aveva accennato del concerto durante una delle nostre videochiamate serali, ma di Tom non me ne aveva parlato. Mi pareva avesse detto che sarebbe andata con Sabrina. Era un incubo. Effetto del jet lag. Non era possibile, non era possibile. Respirai cercando di venire fuori dallo sgomento.

«Cosa è successo?», chiesi spento. Il cuore improvvisamente inaridito, di nuovo martoriato.

«Ci siamo baciati», rispose in un sussurro.

"Ci siamo baciati…", pensai.

«Ma non è successo niente, lo ha fatto apposta, mi ha detto che vuole vederti soffrire, vuole vederti morire di dolore per quanto hai fatto a Elizabeth».

Per quanto ho fatto a Elizabeth? Già, alla fine era sempre questo il problema. Elizabeth. Ero un condannato. Cercai di ricomporre il quadro di quell'assurda confessione. Riflettei su Tom e su come diavolo fosse arrivato a Sophie, e piano piano intuii. Aveva ragione Seth, mi avevano fregato, in tutto. Ogni frangente della mia vita era stato annientato. Lavoro, soldi, famiglia, me stesso e non ultimo, avevano ucciso ogni speranza di amore. Tutto per vendetta?

«Vai via», dissi. Non ce la facevo ad averla lì. La sola idea di aver baciato le sue labbra avvelenate da quelle di Tom fece tornare a galla le immagini di Miami, gli occhi devastati di Elizabeth quando mi aveva confessato la sua storia di sesso con lui, la necessità di provare un determinato tipo di emozioni.

«Adam, me lo sono trovato addosso».
«Basta Sophie, va' via, ti prego».
«Non permettergli di farti soffrire per niente».

Le chiesi di andarsene, non riuscivo nemmeno a guardarla. Oh Sophie, perché sei stata tanto stupida. Poi mi venne da ridere. Non mi sarei mai liberato. Il mondo intero si ostinava a riportarmi ogni volta al nastro di partenza.

Sophie mi implorò, ma in quel momento non sopportavo quel tono, i suoi occhi, il suo ripetermi che mi amava. Doveva andarsene, perché non ne potevo più.

Ero di nuovo davanti alla stessa scena, la donna che amavo era precipitata nella voragine del tradimento, anche se con le dovute differenze. Guardavo Sophie e sapevo che era innocente, ma non ce la facevo a starle vicino. Le chiesi di andarsene, e lei nella disperazione mi aprì il suo cuore dicendomi di amarmi.

Le dissi di smettere di torturarmi così, perché era peggio. Che senso aveva l'amore se ti sfracellava l'anima ogni volta. Avevo sbagliato, avevo un karma di merda. Allora avevo fatto bene a scopare senza alcun sentimento in tutti quegli anni piuttosto che mettermi nelle mani di donne evanescenti e folli, capaci di stregarti con la dolcezza, ma delle vere serial killer dell'animo maschile.

Mai più, mai più, mai più, mai più.

Inculato, senza soldi, senza alcuna prospettiva e solo come al solito. Quindi l'unica possibilità che mi rimaneva, e tra l'altro l'unica che negli anni mi avesse permesso di attraversare questo spazio temporale tutto sommato senza grandi patemi, era il mio sistema di sopravvivenza. Fottere e fottermene.

Feci recapitare tutte le cose di Sophie dal fratello, che affrontai. Ero pronto anche a essere picchiato per quel che me ne importava. Ero abituato a essere sempre io il capro espiatorio. Invece il fratello si dispiacque, e ammise che a volte i rapporti sono difficili. Mi fece un discorso su suoi due matrimoni falliti, e mi esortò a non disperare. Per correttezza preferii disdire l'abbonamento con il suo garage, e ci lasciammo con poche ma comprensive parole di commiato.

Con Seth avviai la nuova società, lui ci mise il capitale e io la funzione. Ripresi il mio trantran quotidiano. Lavoro, sesso, arrampicate, lavoro, sesso e arrampicate. Naturalmente a beneficiare del mio ritorno alla realtà fu Alice. Ma preferivo andare a casa sua. Era già tanto che riuscissi a starci nella mia. Dormivo nello studio e il più delle volte andavo in albergo. E Sophie? Ci pensavo in continuazione. Ma era meglio così, meglio non averla che soffrire nell'averla. Poi una sera andai all'inaugurazione di una mostra con Alice e al ritorno volli guidare io la sua auto. Rientrammo al Lether Parking e mi fece un certo effetto.

Accompagnai Alice a casa senza fermarmi da lei e mentre ero già sulla strada mi arrivò un messaggio di Sophie in cui mi chiedeva se avessi rinunciato a vivere. Maledissi le telecamere di Fred. Doveva avermi visto.

Non era vero che non vivevo, avevo il mio sistema.

Le risposi. Sophie cercava una persona vera e quella non potevo essere io. Avevo tutti i miei problemi, i fantasmi che mi perseguitavano e lei aveva i suoi. E poi c'era tutta quell'imprevedibilità che era una continua e snervante spinta a cambiare.

Dopo una mezzora mi arrivò un altro messaggio. E ne seguì un dialogo per certi versi surreale. Anche se ero elettrizzato all'idea di sentirla, chattare con lei mi faceva male. Mi mancava, e mentre ero lì con la luce del display davanti agli occhi smisi semplicemente di risponderle. Che senso aveva. Era inutile, avevo capito dove voleva andare a parare. Ma non mi sentivo pronto di nuovo, avevo paura che non ce l'avrei fatta a provarci di nuovo. E mentre il mio cuore sembrava lanciato a mille chilometri all'ora su quelle montagne russe di emozioni, la piccola Nikita tirò il colpo di grazia.

Mi chiese quando fossi stato felice l'ultima volta. La risposta era semplice. Sophie aveva la capacità di farmi vedere le cose in modo limpido, per come erano nella realtà. Non sopportai più l'idea di stare lontano dall'unica persona che mi aveva fatto sentire la felicità così vicina, così raggiungibile. E, nonostante tutto il male che mi aveva fatto e quello che avrei potuto ancora dover superare, decisi che quella non era vita. Senza Sophie stavo di nuovo sopravvivendo e così mi feci coraggio e l'andai a cercare.

Non ci fu bisogno di molte parole, eravamo noi due e decidemmo di tornare insieme. Le cose andavano bene e io cercavo di dominare la paura e la possessività anche se, ogni volta che usciva, avevo l'ansia che parlasse con chiunque, e ogni mattina mi alzavo e in parte ero angustiato. Il terrore che tutto si frantumasse di nuovo da un giorno all'altro mi faceva stare sempre in guardia. Ogni sera me la baciavo tutta, le davo piacere, mi prendevo piacere, non mi sarei mai stancato. Fino alla sera in cui andammo a un party.

Seth aveva organizzato un incontro mondano, invitando anche dei vecchi clienti per fare pubbliche relazioni e riallacciare i contatti, ma nel bel mezzo di una noiosissima conversazione con alcuni di questi era arrivata Annabelle avvisandomi che alla festa c'era Tom. Il tempo di girarmi e lo vidi: stava parlando con Sophie. Un minuto dopo le stringeva le guance in modo provocante. Fu come se tutti fossero scomparsi per incantesimo. Vedevo solo Sophie e Tom e sentivo la furia che si stava impossessando di me. Arrivai accanto a Sophie, le presi la mano deciso e la portai via da lì.

Leggevo negli occhi di Tom disperazione e rabbia, e la riconoscevo. Ma non capivo, non ne aveva abbastanza? Dove voleva arrivare?

Mi si avvicinò e mi sussurrò all'orecchio: «Lo sai, con Elizabeth iniziò tutto con un bacio. Ricordi in California quando abbiamo dormito sulla spiaggia? Tu dormivi e lei si fece baciare, proprio come la tua piccola Sophie. Sai, ho capito cosa ti piace tanto di lei. Ha lo stesso sapore. Senti qui, ho una domanda per te: riesci a soddisfarla o è come con Elizabeth che ti dava solo dei contentini?».

Seth intervenne prima che la situazione degenerasse e, mentre lasciavo la mano di Sophie, la guardai appena. Aveva un'espressione colpevole, la medesima espressione che avevo visto sul viso di Elizabeth. La lasciai ad Annabelle e tornai dagli ospiti. Non ascoltai una sola parola, il mio corpo era lì ma io ero lontano mille miglia, indietro nel tempo, in piedi, davanti a una porta, davanti al mio danno. Ero un uomo rotto, inceppato. Mi tornarono alla mente le parole di Samantha: «Tu sei un uomo danneggiato e sei pericoloso, sei senza pietà». A mezzanotte lasciammo la festa, gli ospiti e tornammo a casa. Mi sentivo solo con il mio male. Sophie mi chiese come stavo. Come stavo? Ero sconvolto, arrabbiato, nervoso. Arrivati a casa, le chiesi di salire e lasciai le chiavi della macchina a Stewart, chiedendogli di andarla a parcheggiare. Salii nell'appartamento, mi versai un bicchiere di whisky e lo trangugiai in un sorso, me ne feci altri tre e poi me ne versai un quarto. Osservai dalla finestra la mia coppia preferita e notai alcuni scatoloni e lui seduto sul divano. Solo. Era tutto così evidente. Non cambia mai un cazzo. Puoi crederci quanto ti pare, puoi cercare di cambiare, di sognare, di sperare, ma tutto persegue un fine. Il mio era di soffrire come un cane, di essere tradito, umiliato. E in attimo mi trovai a cinque anni prima…

# 2008

«Cosa vuoi?», chiesi.

«Parlarti».

«Non c'è nulla di cui parlare, rivolgiti a John, gestirà lui la pratica di separazione».

Elizabeth si spinse in camera e mi trovai di nuovo a sforzarmi per non prenderla a schiaffi. Perché continuava a torturarmi?

«Io non accetterò mai», disse decisa. «Adam io ti amo, sono Elizabeth, mi conosci».

«Io non ti conosco, non so niente di cosa ti passa per la testa, non riesco a capirti, come puoi chiedermi di stare con te quando porti in grembo...», non riuscii a terminare la frase per il senso di nausea.

«Amo te, amo solo te, Tom non è niente, è solo...».

«Cosa?», urlai. «Cosa cazzo è Tom per te da sette anni a questa parte, cos'è? È solo sesso?».

«Sì», rispose.

«Non ce la faccio a sentirti», spalancai la porta. «Vattene, Beth, vattene via, non lo capisci come mi sento?»

«Ti spiego tutto, ma tu devi farmi parlare, per favore».

«Non voglio sentire alcuna giustificazione, per me è inconcepibile, tu sei malata, e non me ne sono mai accorto».

Lei scoppiò a piangere, si inginocchiò e io restai davanti alla porta.

«Ti prego, è solo sesso quello con Tom, ma ho bisogno di te, sei la mia casa, il mio amore dolce».

«Ma vaffanculo», sbraitai portandomi a un centimetro dalla sua faccia. «Vaffanculo», e mi sentii un miserabile per quella mia reazione.

Per disperazione, mi buttai sulla poltrona con le mani sul viso. E subito lei mi venne vicina e, arrivata davanti a me, in ginocchio cercò di slacciarmi i pantaloni. Le afferrai le mani e la fissai stranito.

«Che cazzo fai?»

«Scopami Adam», disse spingendosi in avanti. «Scopami».

Ero allucinato, ero io quello sbagliato? Forse vivevo in un mondo parallelo?

«Chiamo mia sorella, hai bisogno di un tranquillante». Mi alzai per prendere il cellulare e Elizabeth si aggrappò alle gambe.

«Ti prego Adam, è vero, sono malata, ma io ho sempre e solo amato te, ma…».

«Cosa ma?», dissi. «Vuoi dirmi questo benedetto ma. Dimmelo, io non capisco».

«Ho bisogno di aggressività», mormorò. «Ho bisogno di sentire dolore e tu sei troppo buono a letto».

Basito, cercai di farmi strada oltre quei deliri.

«Ho sempre fatto l'amore con te, sei stato il primo e unico e lo sei ancora, amore, credimi, con Tom è diverso, è solo che ho bisogno di più aggressività nel sesso, ho provato a resistere a questo richiamo ma non ci sono riuscita. Ti prego perdonami».

Non capivo. Aggressività?

«Cosa significa?».

Lei alzò gli occhi su di me e disse: «Ho bisogno di essere presa con forza».

Immobile osservai quella che era mia moglie, l'unica donna con cui ero stato e che mi stava dicendo che le piaceva fottere in modo cruento e mi mancò il fiato.

«Per questo ci chiamavi l'angelo e il diavolo?».

«Sì. Ma io amo te e la bambina è tua».

«Non mentire, non può essere mia, non lo è, e di questo te ne faccio la colpa più grande. Elizabeth, sono uno che può accettare tutto, ma questo è troppo, hai bisogno di cure, hai bisogno di persone come mia sorella adesso».

Mentre prendevo il cellulare Elizabeth si alzò in piedi e si levò il vestito.

«Ti ricordi la prima volta che lo abbiamo fatto, tu hai baciato tutti i miei lividi, fino a quando sono scomparsi. Tu mi fai bene, Adam».

Sì che me lo ricordavo, come mi ricordavo quanto era stato duro per lei accettare che mi prendessi cura di lei, che la facessi guarire. Ma erano altri tempi e aveva accettato di seguire le mie regole per uscirne. Credevo che l'avesse superata, invece ora guardavo il suo corpo di nuovo segnato da ombre viola sulla pelle. E mi fece così pena.

«Elizabeth che cosa hai fatto?», chiesi piegandomi su di lei.

«Non mi lasciare, per favore, cambierò, ce ne torniamo a Philadelphia e ricominciamo tutto io e te».

La ricoprii con il vestito, ma Elizabeth si agganciò a me cercando di baciarmi, affondando la sua bocca nell'incavo del collo. Le serrai i polsi e la feci indietreggiare.

«Per favore, per favore baciami e lo capirai anche tu».

Cosa feci? Ero disperato, non ce la feci più. La baciai e in un attimo eravamo sul letto e lei come al solito prese a succhiarmelo.

No, no, no, no, non ce la facevo. La ribaltai e tenendola per la gola la misi carponi, le afferrai i capelli sollevandole la testa e mi avvicinai alle sue orecchie ringhiandole: «Vuoi essere scopata come una cagna?»

«Sì», rispose. «Esatto».

«Come fa Tom?»

«Sì».

«Allora immagina che ti stia sbattendo il tuo bel culo, con il suo cazzo duro, te lo spinge dentro, ti piace? Ti fa male, ma ti piace quel dolore, perché ti sta sbattendo come una bella troia!».

«Riesci a immaginarlo?». Le infilai, con veemenza, due dita nel culo e lei gemette.

«Sì», ansimò.

«Bene, ora immagina che io sia a due metri e ti guardo».

«Adam».

«Stai zitta troia».

«Riesci a immaginarlo?».

«Sì», disse. «Puniscimi, Adam, puniscimi».

«È questo quello che vuoi?»

«Sì».

«Punirti, e come vuoi che ti punisca?», affondai tre dita.

«Fammi male, sii impetuoso».

«Lo so che ti piacerebbe che ti prendessi come Tom e ti facessi godere come una troia, ma Elizabeth io non sono come lui, la vera punizione sarà quella di aspettare mia sorella e poi tornartene a casa. Hai capito? E non devi più rompermi i coglioni lurida puttana del cazzo, ti prenderai l'azienda e tutto quello che vuoi, ma per me non esisti più».

A quel punto abbandonai la presa e lei si arrese sul materasso a piangere.

Andai in bagno e mi lavai le mani, mi sciacquai la faccia e cercai in me la forza di resistere alla rabbia e alla frustrazione. Cosa avevo fatto di sbagliato? Ero sempre stato un uomo giusto, lavoratore, tollerante, servizievole. Un uomo normale, ma a quanto pareva non andava bene.

Quando tornai in camera, Elizabeth era ancora nel letto, rannicchiata a piangere, allora le lanciai addosso il vestito.

«Vestiti», dissi imperativo.

Raccolsi il cellulare e chiamai mia sorella. Le chiesi di venire a prendere Elizabeth e di portarla a casa. Quando mi chiese perché, non ce la feci più.

«Perché se no l'ammazzo, Susan vieni a prenderla, non la posso più vedere», e riappesi.

Quando mi voltai, Elizabeth era seduta ai margini del letto con il vestito nelle mani e lo sguardo fisso davanti a sé.

«Io ti amo», sussurrò.

«E io non ti amo più, non provo più niente se non dolore e pena, non mi ecciti più, perfino il tuo odore è fastidioso, come la tua faccia».

«È solo colpa tua», sibilò.

«Ma vaffanculo», dissi e immediatamente dopo le urlai di rivestirsi.

A quel punto osservai Elizabeth muovere la mano sinistra a scatti e un attimo dopo cadere indietro sul materasso.

Non ne potevo più. Mi piegai su di lei e la strattonai.

«Non riesci a capirlo che mi hai spezzato il cuore? Mi hai mortificato, mi hai lacerato la carne!».

Vidi che le si erano sbarrati gli occhi e muoveva a scatti la bocca. Tutto si raggelò. C'era qualcosa che non andava. Cercai di sollevarla.

«Elizabeth cos'hai?», chiesi spaventato. «Cos'hai? Parlami, stai male? È la bambina?».

«Scusa», disse in un sussurro.

E vidi i suoi occhi segnati dalle lacrime improvvisamente farsi vitrei e il corpo sciogliersi tra le mie braccia. Per qualche infinito secondo la fissai senza fiato e una voragine nello stomaco.

«Elizabeth», la mossi appena. «Beth… Beth». Mi piegai sulle sue labbra, ma non avvertii alcun respiro. Tenendola tra le braccia chiamai il 911, l'operatrice cercò di farmi parlare, ma le uniche parole che riuscivo a dire era solo una mantra di: Vaffanculo, mandate un ambulanza al Hilton stanza 391, mia moglie si sente male».

«Signore, per mandarle un'ambulanza abbiamo bisogno di dettagli».

«Brutta troia manda un'ambulanza», e scagliai il telefono contro il muro.

Era fredda, terribilmente fredda e scoppiai a piangere.

Toccai la pancia con la piccola "cosa", e baciai Elizabeth nella speranza che qualcosa in lei si muovesse, un miracolo. Cercai di farle la respirazione bocca a bocca, per quel che avevo visto fare solo nei film.

Quando la porta della stanza si aprì ed entrarono i soccorritori, mi scostarono dal suo corpo con forza. La lasciai alle loro premure e mi spostai sulla poltrona e ci sprofondai di peso. L'orologio al polso girava alla velocità della luce, come tutto il mondo intorno a me, mentre io ero immobile, fermo, silenzioso, senza udire nulla. Un pianeta uscito dall'assetto gravitazionale. Mi sentivo sospeso, senza gravità.

Intercettai per un attimo mia sorella su di me che mi parlava, strattonandomi il colletto della camicia mentre un uomo cercava di calmarla. Non sentivo nulla. Arrivarono gli agenti di polizia. Osservai il corpo di Elizabeth nudo e pieno di lividi venire avvolto in un sudario di plastica nero. "Tutto qui", pensai.

Vivi, ti disperi e un giorno quello che sei stato viene avvolto in un sacco nero e tutto ciò che hai fatto, pensato, realizzato, goduto diventa niente, e a chi rimane resta il fardello delle tue azioni.

Guardai fuori dalla finestra il magnificente skyline di New York oscurarsi al tramonto. Tutto sommato la sensazione di sospensione non era male. Dopo un mese non avvertivo più nulla, rabbia, dolore, rammarico, disperazione, improvvisamente spazzate via da quella immobilità.

A un tratto mi si avvicinò un medico che mi fece inspirare da una piccola boccetta e improvvisamente tornai in me e in mezzo a loro.

Nella mente mi risuonavano le ultime parole di Elizabeth. «È solo colpa tua». Che colpa avevo? Non essere aggressivo come lei avrebbe voluto? Era solo quello il problema? Ero troppo accondiscendente? Intercettai la voce di mia sorella tra le lacrime.

«Adam cosa hai fatto?».

Alzai lo sguardo su di lei e dissi: «È solo colpa mia», e sorrisi per l'assurdità della cosa.

Senza opporre resistenza mi prelevarono dalla mia poltrona e sfilai in mezzo agli ospiti dell'albergo, sotto i loro occhi sospettosi e guardinghi. Ammanettato come un ladro e spintonato, mi infilarono nell'auto della polizia. Nel tragitto verso la centrale osservai dal finestrino la vita scorrere. A un semaforo notai una coppia camminare mano nella mano e un uomo dormire per terra con la sua bottiglia stretta sotto il braccio. Subito dopo, due ragazzi spintonarsi e una donna anziana tenersi stretta la borsa. E due ragazze eleganti ridere divertite. E pensai che la vita era davvero misteriosa. Gira, gira, gira sempre, qualsiasi cosa tu faccia, che tu sia un assassino, o l'uomo più buono delle terra, che tu sia malato, o solo triste, la vita gira, gira, gira e tu sei solo in mezzo a tanti, ognuno su un pianeta a sé nel suo universo privato. "Ma sì, chi se ne frega", pensai. Ero stato sempre diligente, onesto, per bene, rispettoso delle regole, e questa era la mia ricompensa? Tanto valeva essere l'esatto contrario, non sarebbe cambiato niente. Osservai il paladino della giustizia fissarmi con astio e gli sorrisi. Per lui ero un assassino, e sinceramente non mi interessava, nessuno si era preoccupato di chiedermi come fosse morta Elizabeth, o forse lo avevano fatto e io non avevo risposto. Solo durante l'interrogatorio raccontai loro quello che era accaduto, senza entrare nei particolari della discussione. Quando mi chiesero dei lividi di Elizabeth scrollai le spalle e risposi che soffriva di una grave forma di autolesionismo da anni, a causa di una sindrome da abbandono mai curata e che aveva fintamente compensato con me. Ecco la semplice verità. Tutto semplice. Per anni ero stato il rimedio alla sua malattia. La polizia non si convinse, decisero di tenermi agli arresti fino ai risultati dell'autopsia e tutto sommato a me stava bene. Tornare in una qualsiasi stanza d'albergo sarebbe stato peggio, sarei morto di depressione.

L'indomani, in una processione, dovetti sorbirmi tutta la mia famiglia giunta da Philadelphia. Mi bastò un solo sguardo di mio padre per leggerci il rancore e il disgusto nei miei confronti. Di cosa mi accusavano? Non lo sapevo ancora. Si era spenta così, in tre minuti. E davanti a lui mi sentii nuovamente l'inesistente, lo spettatore, colui che subiva anche se era dalla parte della ragione. Restai tre giorni in custodia, fino agli esiti dell'autopsia: ictus da angioma. Dissero che non aveva sofferto. Non so quanto fosse vero. Comunque, anche alla luce della verità, per il resto del mondo la colpa di quella disgrazia rimaneva mia e dovetti farmene una ragione.

Il giorno del funerale, la gente mi stringeva la mano a fatica. Colpevole comunque di aver abbandonato una donna al settimo mese di gravidanza, per non essere stato un uomo ai loro occhi. Se negli uomini in parte leggevo una leggera compassione, non c'era una donna che non mi additasse come un mostro. Tutto ciò mi consolava. Almeno non dovevo fare la scena del marito distrutto e millantare le innumerevoli qualità di Elizabeth, per carità tutte vere, ad eccezione dell'unica sconosciuta ai più. Ovvero quanto fosse malata e nella sua malattia mi aveva coinvolto lasciando a me il fardello della colpa.

In chiesa, Susan fece un breve discorso di commiato che non ascoltai. Ipocrita anche lei. Erano tutti distrutti dal dolore, tutti a piangere la morte di Elizabeth e nessuno che si accorgesse della mia morte. Vidi Tom confortato da conoscenti e capii improvvisamente che forse io ero l'unico ignaro. Lo sapevano, lo sapevano tutti. Tutto il mondo sapeva e io ero stato l'unico a non accorgermi di nulla. E il senso di colpa che mi aveva attanagliato fino a quel momento si dissolse in un attimo. Abbandonai il funerale e me ne andai.

# Punto di rottura

Sophie apparve in soggiorno e alzai gli occhi su di lei, su quelle labbra violate. Che cosa voleva da me? Insidiosa, con la sua faccia d'angelo. Pronta ad accoltellarmi e a farmi a brandelli, a rendermi suo schiavo solo con il battere dei suoi occhioni disincantati. Osservai la sua espressione preoccupata. Cosa la impensieriva? La paura che la lasciassi? La stessa di Elizabeth. Perché stava con me, Sophie? Non capivo questa sua perenne condiscendenza e la determinazione a restare con me, cosa ero per lei, forse la cura alla sua malattia? Così mi ritrovavo ancora una volta a prestarmi, ignaro. Era davvero in buona fede? La fissai un po'. Non era così diversa dalle altre, pensai, in fondo era bastato che me ne andassi qualche giorno per cadere nelle braccia di un altro, anzi del solito. Chissà cosa aveva provato nel baciare Tom. Si era eccitata, bagnata? Di sicuro. Da quando eravamo tornati insieme avevamo fatto l'amore in continuazione e ancora non le bastava? No, anche lei aveva bisogno di essere domata, come tutte.

«Vuoi scopare?», chiesi.

«Se lo vuoi anche tu, sì», rispose.

"Brava, risposta esatta. Sophie, quello che devi fare è solo lasciarti scopare".

Allungai la mano. E lei si portò di fronte.

La baciai, ma disgustato l'atterrai al divano le tolsi i vestiti, le toccai il sesso, umido. Bastava così poco.

«Ti sei bagnata così anche per lui?», chiesi.

«Adam», mormorò impaurita.

"Brava Sophie, devi aver paura. Mi piace vederti impaurita e tremante senza alcun potere su di me. Non sai più come tenermi a te? Non hai più alcun controllo su di me. Mi hai reso succube, di nuovo carne cruda".

Le strinsi la mano intorno al collo. «Ti ha eccitato la sua lingua?».

«No», rispose cercando di svincolarsi.

«Lo volevi, sì che lo volevi, volevi farti scopare da lui», dissi. Inutile mentirmi.

«Io non ho fatto nulla, ne abbiamo già parlato».

«Come posso crederti, come?».

«Te lo giuro».

A quel punto la lasciai libera. Mi alzai rassegnato. Doveva andarsene. Non la volevo più, era inutile. Sophie mi abbracciò disperata alle spalle.

«Ti amo Adam, te lo ricordi? Adam sono qui, sono con te».

"Sì, Sophie, mi ami, tutte mi amate, e vi piace prostrarvi quando sbagliate. E noi dobbiamo assecondarvi, essere sempre disponibili a comprendervi e perdonare. La ricompensa che ci aspetta è essere trattati come vi gira, vittime sacrificali dei vostri umori. Ma tu meriti una punizione".

La portai con me nella stanza degli attrezzi, prelevai la catena e le cinghie. E come ogni volta l'energia suscitata da paura e desiderio si impossessò del suo fragile corpo. "Brava, mi piace. È l'unico modo per domarvi, farvi provare spavento. Non potete più dire nulla, non cambierebbe le cose".

La legai alla staffa e le bloccai le gambe. Sistemai il collare e sistemai la benda con i morsetti sopra gli occhi.

"Ora vedrai Sophie, cosa significa morire di dolore, capirai cosa significa essere testimone della tua fine. Ti marchierò con la mia sofferenza e sarai punita".

La lasciai nella stanza al buio e chiamai il club chiedendo due donne per l'intera notte per un gioco privato. Nell'attesa, terminai il whisky e inghiottii una della mie pillole magiche. Poco dopo giunsero alla porta una bella mora che non avevo mai visto e Guendaline che invece conoscevo bene. Consegnai loro i soldi concordati e le ragguagliai sulle mie intenzioni. Dopodiché, insieme, tornammo da Sophie.

Davanti ai suoi occhi sbarrati, mi scopai per l'intera notte le due donne, provando gioia nel vedere la sua disperazione, nel riconoscerla palpabile sulla sua pelle, nelle lacrime che le solcavano il viso. A un certo punto, sfiancato, mi ero assopito. Improvvisamente mi risvegliai e vidi Sophie inerme sulla panca. La presi tra le braccia e la portai sul divano. Respirava, la girai di lato cercando di farla rinvenire, mugugnò appena il mio nome. Era calda. Osservai il suo corpo segnato dalle frustate e scoppiai a piangere.

Le baciai il viso. «Sophie, Sophie, scusa, scusami». Le baciai i segni arrossati, le presi la mano e cercai una sua carezza. Notai la pelle accapponata, la portai a letto e chiamai subito il mio dottore. Gli spiegai che avevo bisogno di aiuto. Gentile, mi chiese di restare calmo e di fornirgli tutti i particolari.

E a occhi chiusi e senza fiato gli dissi di averla sottoposta a diverse ore di pratiche bondage e un rapporto anale oltre ad averla tenuta legate per molte ore.

Il dottor Murdoch mi disse che ormai era in pensione e mi avrebbe mandato subito il suo sostituto, il quale aveva preso in carico i suoi clienti.

Dopo un'ora suonarono alla porta.

«Buonasera», disse un uomo distinto sulla soglia. «Sono il dottor Cameron», mentre mi squadrava.

«La prego, mi segua in camera», dissi spingendomi verso il corridoio con lui al seguito.

Entrai nella stanza e lo accompagnai al letto, poi colto da un calo di pressione, mi spostai verso la finestra per respirare.

«Come si chiama?», chiese il medico.

«Sophie», dissi a fatica, e un attimo dopo mi trovai addosso il dottore che mi scaraventò a terra.

«Che cazzo le hai fatto, lurido bastardo?», urlò.

Mi afferrò per la camicia e mi strattonò diverse volte. Mi assestò ripetuti schiaffoni in faccia e mentre mi tramortiva osservai il suo viso meglio e partì un déjà vu. «Bastardo», sbraitò strattonandomi. «Che cazzo le hai fatto, pervertito».

Dopodiché mi lasciò a terra e soccorse Sophie.

Osservai Cameron che scostava le lenzuola per scoprire il corpo di Sophie, poi toccarla nel cercare di rianimarla. Mi rialzai e volutamente non guardai più. Mi avvicinai alla cassettiera e mi misi a osservare per qualche minuto la foto della mia famiglia dove sorridevamo tutti, fatta sette anni prima, quando, ancora ignaro, vivevo una vita fatta di illusioni. Eravamo in vacanza sull'isola di Truman. Buttai un occhio al palazzo di fronte. C'era solo una finestra con la luce accesa, quella che conoscevo bene. Osservai il marito abbandonato sdraiato sul divano con il cartone della pizza sul tavolino e mi sentii vicino a lui.

«Ho bisogno di acqua calda e degli asciugamani», disse Cameron.

Sospirai e mi prodigai per procurarglieli.

L'aiutai a sollevarla, mentre lui passava sulle ferite un disinfettante e un emolliente. Le fece abbassare la febbre e si prese cura di lei in modo molto professionale.

«La devi lasciare», disse Cameron. «Io sono legato al segreto professionale, ma se non lo fai, lo dirò a Fred. Non mi importa delle conseguenze, sono pronto a denunciarti».

Annuii.

Cameron mi afferrò per il collo. «Guarda, guarda che cazzo le hai fatto», e mi piegò sul corpo di Sophie «Hai ucciso tua moglie e ora vuoi uccidere anche lei?».

Scossi la testa. No, questo mai.

«Allora lasciala. Lei non lo farà mai, la conosco. È fragile e incapace di prendersi cura di se stessa, non approfittartene».

Annuii nuovamente.

Prima di andarsene mi diede indicazioni su come alleviarle il dolore e mi salutò ricordandomi l'impegno che mi ero preso.

Tornai in camera e per un'ora osservai Sophie dormire, e la foto che c'eravamo scattati in montagna, ricordando il suo discorso. Avrei voluto che non si svegliasse più. Che restasse in quella dimensione dove non c'era sofferenza, protetta dai sogni.

Cosa avrebbe detto una volta sveglia? Conoscendola, niente. La delusione era troppo grande, non sarebbe riuscita a parlare. Sapevo che non avrei avuto il coraggio di lasciarla. Non ne ero capace. Ero un egoista. Avrebbe dovuto farlo lei.

Non riuscivo a ragionare con lucidità, era tutto troppo complicato, difficile. Da una parte lasciarla andare sarebbe stata la cosa giusta da fare, dall'altra sapevo che non sarei riuscito a prendere io stesso l'iniziativa. Mi sarebbe mancato il coraggio per dirle una cosa del genere.

Quando la vidi muoversi mi si ghiacciarono le vene. Ecco, stava uscendo dall'incoscienza.

Sophie aprì gli occhi e nessun sorriso comparve sul suo volto, per la prima volta da che stavamo insieme. Mi aveva guardato per due secondi e si era voltata subito dall'altra parte.

Si diede una spinta per uscire dal letto e l'aiutai ad andare in bagno. Scontrosamente mi chiese di lasciarla da sola e l'accontentai.

Dopo un'ora che si era rifugiata nella toilette, le chiesi di uscire. Quando aprì la porta, Sophie si presentò completamente nuda perché io vedessi quanto le avevo fatto. Non avevo bisogno di vedere, perché ogni marchio che aveva segnato la sua carne me lo sentivo addosso anch'io.

Dopo una telefonata con Fred si infilò nella cabina armadio e io la seguii con passi pesanti. L'osservai vestirsi senza sapere cosa dire. Non c'era nulla da dire.

Anche se le avessi chiesto scusa non sarebbe bastato. Chiedere scusa era pura ipocrisia, perché significava chiedere il perdono di qualcuno e io non volevo che lei mi liberasse dal senso di colpa per quello che le avevo fatto. Non lo meritavo, anzi era inammissibile. Aspettai davanti alla finestra della camera e quando la vidi con la sacca della lavanderia capii. "Brava, Sophie. È giusto", pensai.

"Amore mio, non hai idea di quanto mi mancherai. Sarò perduto senza di te dal momento in cui uscirai dalla porta il buio tornerà nella mia vita. Ma è giusto... Perché non sono in grado di renderti felice, riesco solo a farti del male, sempre, costantemente".

«Mi stai lasciando Sophie?», chiesi.

Era abbastanza evidente, ma avevo bisogno di sentirglielo dire, che si sfogasse, che riversasse su di me tutto quello che aveva dentro. Che vomitasse tutta la frustrazione e il dolore a cui l'avevo sottoposta.

Sophie, indecifrabile, mi fissò senza dire nulla.

«Parlami, dimmi cosa pensi», chiesi mettendomi di fronte a lei.

«Non penso nulla e non ho nulla da dire», rispose e i suoi occhi puntarono i miei. Abbassai lo sguardo. Era tutto difficile, purtroppo non esisteva alcuna evoluzione per noi due. Eravamo destinati a soffrire. E questo era triste, per lei. Io mi sarei potuto adeguare.

«Ho perso la testa», dissi a mezza voce, «immaginarti con un altro mi ha fatto...», tornare indietro nel tempo. Perduto nel rancore, nella rabbia, nel dolore, nel disgusto.

«Immaginarmi», sbraitò Sophie spaventandomi per l'impeto con cui si espresse. «Hai solo immaginato qualcosa che non mi era mai passato per la testa, invece io ho dovuto vedere», scoppiò a piangere.

«Sophie», dissi e cercai di abbracciarla, perché sapevo cosa significasse.

«Non mi toccare», sussultò rabbiosa. «Non mi devi toccare più».

Feci leva sulla mia forza per tenermi in piedi. Mi mancava il respiro. Eccoci, era arrivato il momento. Io non ne sarei stato capace, ero troppo codardo e quindi la incitai ad andare fino in fondo. «Mi stai lasciando Sophie?», chiesi. «Perché se è così, lo devi dire guardandomi negli occhi». Volevo la sua decisione, ferrea, determinata, non poteva più tirarsi indietro.

«Cosa volevi ottenere?», urlò. «Volevi farmi vedere cosa è stato per te trovare Elizabeth con Tom? Se è così non ci sei riuscito, io ho visto solo la rabbia, che hai sfogato su di me», disse tra le lacrime, «volutamente», aggiunse. «Potevi ragionare, fermarti un secondo a respirare e vedere le cose come stavano. Adam, non riesco a lasciarti ma così è tutto dannatamente complicato e doloroso».

Oh no, non rendere le cose difficili.

«Allora Sophie, se non sei capace, ti lascio io, non ho bisogno di una come te», dissi. «Quindi vai pure, sei libera. Farò recapitare le tue cose da tuo fratello, se me lo permetti». Lo dissi tutto in un fiato. Tramortito per averlo detto. Con il cuore spezzato.

Sophie si paralizzò, lasciò cadere a terra la sacca della fuga e si inginocchiò in preda ai singhiozzi. Mi spostai di due passi da lei.

«Perché ti chiudi così, guardami, sai chi sono, sono Sophie, mi riconosci?», mormorò.

Chiusi gli occhi e strinsi i pugni per trattenermi e non piegarmi davanti a lei, avvinto dalla sua arrendevolezza.

«Non mi respingere, non farlo, sono disposta ad accettare tutto, a passare sopra anche ieri sera, ma non aver paura di stare con me», disse. Si asciugò le lacrime con la mano e tirò su con il naso. «Ti conosco, ti capisco e hai bisogno di aiuto».

No, no, no, no. Basta. Cosa le avevo fatto? Come poteva essere così remissiva?

«Sophie per favore vai via, riesco a farti solo male», dissi trattenendomi.

«Non mi fai del male», disse tra i singhiozzi, «non è niente quello che mi hai fatto, non è niente, ma non allontanarmi».

Non ce la facevo a vederla così prostrata. Così caritatevole. Tremando, le accarezzai la testa e mi piegai sulle ginocchia, e non ce la feci a non baciarla sulla labbra per toglierle quella smorfia di sofferenza e sulle guance per asciugarle le lacrime. Poi la strinsi e lì per terra, mortificato, egoista, affranto, avaro del suo amore non ce la feci a lasciarla.

«Da brava vai, ti aspetto qui», dissi.

«Non mi lasci, vero?», sussurrò.

«No, non ti lascio», dissi. "Non riesco, mi dispiace, ma non ci riesco".

Una volta che Sophie uscì, andai in bagno e buttai la testa sotto l'acqua fredda. Volevo risvegliarmi da quell'incubo. Mi osservai per cinque minuti allo specchio provando una pietà profonda per me stesso, mi tirai un paio di schiaffoni. Era tutto un gran casino. Io ero un fottuto casino, un vespaio maledetto.

Okay, respirai. Poi analizzai tutto. Cosa dovevo fare? Cosa cazzo dovevo fare? Anzi domanda? Cosa volevo?

Risposta: Lei.

E quindi, dovevo agire, e nella miriade di pensieri contraddittori la prima azione che mi venne in mente fu quella di sbarazzarmi di tutto quello che poteva farle male. Andai nella sala attrezzi e dall'armadio rovesciai tutto il contenuto in un sacco della spazzatura. Ogni corda, catena, vibratore e altri orrendi aggeggi inutili, tutto nel sacco. Frantumai anche l'armadio e andai a buttare tutto nella discarica. Non ne volevo sapere più niente. Chiamai anche una ditta di traslochi per far sparire gli attrezzi da palestra. E quando tornai a casa, per un attimo sperai che Sophie non fosse tornata, invece Stewart mi avvisò che era rientrata da qualche minuto.

Attraversai il corridoio sospeso e speranzoso e vittima e carnefice e tutto. La trovai sdraiata a letto. Silenzioso, mi sdraiai accanto e l'abbracciai cercando di essere delicato.

«Non voglio che te ne vada e mi dispiace», sussurrai, «ma se vuoi andartene non farò nulla per ostacolarti».

«Chi erano quelle donne?», chiese.

Come risponderle. Chi erano? Niente.

«Lo sai», dissi a fatica, «che non sono niente».

Sophie cercò di voltarsi, ma non volevo vedere i suoi occhi.

«Hai tutte le ragioni per odiarmi, non pensavo nemmeno che tornassi a casa. Non ti chiedo di perdonarmi perché quanto ho fatto è ingiustificabile».

«Cosa vuoi che faccia?», disse interrompendomi.

«Devi deciderlo tu, lo sai cosa devi fare Sophie, lo sai ed è la cosa giusta».

"Allontanarti da me, cercare qualcuno che sia in grado di amarti".

«Mi ami?», chiese.

Troppo, poco e tanto.

«Tanto da farti male e questo non va bene», ammisi.

Sophie si liberò dall'abbraccio e si voltò decisa. Serrò le braccia intorno al collo stringendosi a me. Sorpreso dalla sua veemenza e dai suoi occhi abbassai lo sguardo. Sophie cercò le mie labbra accanendosi in baci appassionati. Un tale trasporto da soffocarmi, e io assaporai il suo ardore.

# Infine

I giorni a seguire, mi alzavo presto e appena Sophie si svegliava le davo un bacio anche se era ancora tramortita dal sonno, e me ne andavo in ufficio. La sera rincasavo, il tempo di mangiare con gli occhi fissi sul piatto e mi dileguavo nello studio, dove restavo fino a notte inoltrata in attesa che lei si addormentasse. Solo allora la raggiungevo. Ogni volta che la toccavo mi saliva l'angoscia e a fatica l'abbracciavo. Sophie, incantevole come al solito, una sera mi cercò con tanta insistenza che riuscii a malapena a leccargliela. Non riuscivo più a fare nulla se non baciarla. Non avevamo più parlato di quanto era accaduto la sera del party. Credo che Sophie capisse il mio stato d'animo. Io no. Ero spaventato da me stesso e in più non c'era giorno in cui Cameron non mi chiamasse intimandomi di lasciarla. Non poteva andare avanti così. Prima o poi avrei dovuto affrontare la questione. Non sarei riuscito a evitarlo ancora a lungo.

E infatti, qualche sera dopo il matrimonio di Fred, e un incontro fortuito con Mark Cameron in cui lo avevo supplicato di non dire nulla e di portare pazienza, rientrato a casa trovai Sophie completamente nuda in mezzo alla stanza. Mi fermai sulla porta, allibito.

Sollevandola da terra le chiesi cosa stesse facendo.

«Non ho preparato la cena», aveva risposto abbracciandomi.

«Poco male», le dissi carezzandole la testa.

«C'è qualcosa che non va?», chiese.

«Ho solo pensieri di lavoro, tutto qui», dissi per far scemare la sua insistenza.

«Allora toccami Adam», afferrò la mia mano se la portò sul seno «toccami di prego».

Raccolsi l'accappatoio e glielo adagiai sulle spalle.

«Sophie, fai la brava va tutto bene, sono solo pensieri».

Era tutto assurdo. Dove diavolo l'avevo spinta? Poi all'improvviso Sophie fece un passo indietro e fissandomi con determinazione disse: «Devi punirmi Adam, perché ti ho mentito, non ti ho detto di aver visto Mark ieri», e sorrise, «è passato all'autorimessa».

E a quel punto mi salì tutta l'angoscia del mondo.

«Il dottor Mark Cameron? E cosa ti ha detto?», dissi afferrandola per le braccia. «Sophie, cosa ti ha detto?», ripetei.

«Mi ha detto che si ricordava ancora di quando mi ha tolto la verginità».

Tramortito, feci fatica a capire quello che mi stava dicendo. E questa? Cos'era questa novità?

«Non te l'ho mai detto, io avevo diciassette anni e lui ventitré, mi ha scopata sul divano di mia madre, lo stesso su cui ti siedi ogni domenica».

Ma che cazzo di male avevo fatto? La lasciai in quell'ennesimo delirio e mi spostai in soggiorno. Avevo bisogno di bere. Sophie mi seguì incalzandomi con altri dettagli.

«Sai come ha fatto? Mi ha preso la mano e me l'ha messa sul suo cazzo e poi ha voluto che glielo succhiassi».

Non volevo sapere niente. Non mi interessava. Chi se ne fregava. C'erano già tanti altri problemi.

Cercai di farla smettere mettendole una mano sulla bocca. «Smettila per favore».

Sophie si liberò e corse dietro al divano e continuò imperterrita.

«Poi mi ha tolto i pantaloni e sfilato le mutandine e poi mi ha sverginata».

Cercai di raggiungerla, e girando intorno, lei proseguì nel racconto.

«Cazzo Sophie».

Oltrepassai il divano e la spinsi a terra per farla smettere.

Sophie divaricò le gambe e insistette nel racconto.

«E poi è entrato nella mia figa stretta e secca, facendomi male, ma poi ho go…»,

Nella disperazione sfilai la cinghia dei pantaloni.

«Sophie, vieni qui», urlai.

«Poi mi è venuto sulla schiena e dopo averlo raccolto con le dita me lo ha fatto leccare».

La presi per i capelli la piegai sul bancone della cucina e con la cinghia le legai le mani all'asta del porta attrezzi della cucina. La colpii alle natiche. Mi voleva portare sull'orlo del tracollo.

«Scopami Adam», disse e divaricò le gambe. «Scopami come ha fatto lui».

Le afferrai il viso e, tra l'arrabbiato e il disperato, le urlai contro.

«Perché mi fai fare questo? Perché Sophie? Mi rendi pazzo!».

Poi basta. La liberai e me ne andai in bagno. Dal nervoso frantumai con un pugno lo specchio poi mi buttai nella doccia. Speravo che l'acqua mi aiutasse a togliermi di dosso tutto il marciume, la pesantezza. Non avevo più il controllo di me, della mia vita. Ero dentro una trama complicata e nonostante ci avessi provato, tutto mi si rivoltava contro. Se non erano gli altri mi ci mettevo io stesso a complicare tutto. Quando riuscii a respirare e ad avere un briciolo di controllo, andai in camera e mi sedetti sul letto.

Era arrivato il momento. Le avrei detto tutto, la sacrosanta verità e poi l'avrei lasciata. Questo era l'obiettivo. Azzerare tutto. Fare piazza pulita e rientrare nella mia solitudine. Fredda e pratica.

Qualche minuto dopo, Sophie si presentò ancora nuda. E con i suoi modi delicati si avvicinò. Mi passò una mano tra i capelli e io l'abbracciai.

«Mi dici cosa succede Adam? Parlami».

E allora parlai. Le raccontai della morte di Elizabeth e poi dell'assurda coincidenza con Mark Cameron. Non entrai nel merito del ricatto. Era già tutto così triste.

Dal pavimento raccolsi l'accappatoio abbandonato a terra e lo sistemai sulle spalle di Sophie, poi l'abbracciai forte. Inspirai il suo profumo e con tutta la forza del mondo presi la decisione, era arrivato il momento. Dovevo lasciarla e niente mi avrebbe fatto cambiare idea. Avrei resistito. Avrei fatto e detto di tutto pur di mandarla via.

«Sophie, è meglio che la facciamo finita, non vado bene per te, ti sto facendo solo del male».

«Basta Adam, adesso devi affrontare questa cosa nel modo migliore, devi cominciare a vedere uno psicoterapeuta. E io non vado da nessuna parte», rispose. «Per me non cambia nulla, so chi sei».

«Per favore, voglio che te ne vada via», alzai la voce.

«Perché fai così? Ho scelto di starti accanto».

«Cazzo Sophie! Come fai a non capirlo? Ci sarà un giorno che perderò il controllo e ti farò del male, tanto male che mi odierai, o peggio ne morirai».

«Perché dici così?», disse con quel fare angelico capace di disintegrarmi. «Non mi sembra che stia soffrendo, sono qui perfettamente in salute e, te l'assicuro, che non sei peggio di quanto ho già avuto».

Ma come faceva a sopportare sempre le peggiori cose? Tutto lo schifo di quel rapporto malsano. Sbagliato. Pieno di dolore e morte e tanto altro. Come poteva accettarlo? Era frustrante. E allora sbottai, non mi trattenni più e le dissi delle cose terribili. Doveva capire con chi aveva a che fare. Doveva spaventarsi. Impaurirsi.

«Perché mi trattengo», sbraitai, «ecco il motivo. Quando ti scopo trattengo tutto me stesso per non strozzarti, per non soffocarti. A volte, quando ti frustavo, avrei voluto vedere il sangue ricoprire il tuo corpo, o afferrare la tua carne e strapparla, per provocare una tua reazione. Scopo il tuo corpo e non ti sento Sophie e non ce la faccio più, devi andartene, voglio che te ne vada, per favore». Ecco lo dissi così, disperato, crudele e pieno di vergogna.

«Adam!»,

«Lasciami in pace Sophie. Non contraddirmi. Mi hai chiesto di provarci, ricordi? Ma stare con te è snervante, autocontrollo e basta, mi riempi la testa di cose non mie, non voglio legarmi, mai più, non mi interessano i sentimenti, mi distruggono, perdo la ragione». E avrei continuato ancora fino a toccare i suoi nervi scoperti. Ne avevo tante da dire.

«Non ti soddisfo?», chiese di rimando.

«No», dissi deciso, «non come voglio».

«Posso fare qualcosa?»

«Andartene», dissi. «Non ti voglio al mio ritorno, Sophie non sopporto più la tua presenza, sono disgustato, per favore vai via domani mattina, lascia le chiavi al custode».

Veloce mi rivestii.

«Dove stai andando?», chiese allarmata.

«Dormo in albergo, per favore Sophie fa' come ti ho chiesto».

Sophie si parò davanti alla porta con quei suoi maledetti occhi. «Ti è più facile così?», chiese.

La scansai di peso.

«Rispondi», urlò lanciandomi dietro una scarpa.

«Sì, mi è più facile, è l'unico modo che conosco, è l'unico modo che ho per sopravvivere», dissi. «Sophie, ogni volta che ti guardo il tormento mi assale, mi sbatti in faccia continuamente i miei problemi e non provo altro che pietà per me stesso». E questo era vero. Non riuscivo più a starle accanto senza sentirmi un miserabile.

E lei, cocciuta, maledetta testarda, nonostante tutto mi incalzò ancora. Era una resistente di natura. Tenace. Non mollava mai.

«Non basta, non mi accontento di queste giustificazioni: dimmi quello che devo sentire per accettare di andarmene, ma dimmelo guardandomi negli occhi».

Deciso ritornai sui miei passi e la spinsi contro la vetrata della camera. «Io non ti amo più, non provo più niente se non dolore, non mi ecciti più, perfino il tuo odore è fastidioso». E tutto questo lo dissi tremendamente deciso.

«Se è vero quanto dici, è solo per colpa tua», rispose spingendomi arrabbiata.

"Esatto. È solo colpa mia. Sempre".

«Non sei la prima a dirmelo», dissi amaro.

A quella affermazione, Sophie cambiò espressione. «Io non sono Elizabeth», urlò, «brutto stronzo». Afferrò i vestiti dalla poltrona e lo stomaco si chiuse. «Non ti scomodare ad andare in albergo, restaci tu nella tua casa di merda, con i tuoi fantasmi di merda, è meglio che me ne vada io prima che mi venga un ictus del cazzo».

Le tirai uno schiaffone senza nemmeno accorgermene, pentendomene immediatamente.

«Ecco bravo, sentiti libero anche di picchiarmi, non sei il primo», afferrò la borsa e si avvicinò all'uscita, «non sei il primo, ma una cosa è certa, sarai l'ultimo!». Spalancò la porta e la richiuse sonoramente.

Qualche minuto dopo, dalla finestra del soggiorno la osservai andarsene con passo energico.

Con il cuore spezzato, mi trovai di nuovo avvolto dalla mia solitudine. Fredda, confortante. Adesso sarei potuto rientrare nella routine ordinaria della vita che avevo scelto. E così feci, tutto tornò esattamente come nove mesi prima, con i miei programmi di lavoro, di arrampicata e le immancabili scopate scaccia pensiero… ma con l'aggiunta di notti insonni con Sophie piantata nella mente.

Fino a una mattina di settembre, quando durante una riunione con Seth l'addetta alla reception centrale dell'edificio mi comunicò la visita di Sophie Lether. Chiedeva di incontrarmi. Ero rimasto silenzioso all'interfono, incerto.

Anche se era piuttosto strano che si fosse spinta fino a lì, decisi di non accettare la visita. Purtroppo non feci in tempo a comunicarlo che Seth autorizzò l'accesso al posto mio.

«Che cazzo fai?», chiesi.

«Adam, per favore, se Sophie è arrivata qui è giusto che tu la incontri, avrà i suoi buoni motivi, e credo sia il caso di sentire quali sono».

Scossi la testa.

«Paura?», chiese sorridendomi.

"Di più", pensai. Terrore puro. Avevo scolpito nella

mente il nostro ultimo dialogo, non mi abbandonava mai…

Decisi di raggiungerla nella hall per evitarle di essere scortata tra i dipendenti fino al mio ufficio. Dopo cinque minuti di attesa, chiesi a Jenny dell'accettazione se fosse arrivata. Mi rispose di non esserne certa, mi confermò di una giovane donna appena salita, ma purtroppo non aveva fatto in tempo a chiedere il nome poiché era corsa in bagno. Pensai fosse lei, e nell'attesa tornai nella hall e fissando fuori dalla finestra mi chiesi con quale frase, parola, sarei riuscito ad aprire un qualsiasi discorso. Ma soprattutto: sarei riuscito a guardarla negli occhi senza cadere a terra?

Poi la vidi guardarmi dal riflesso del vetro davanti agli ascensori, mi voltai e lei non c'era più.

«Non era Sophie Lether, era una ragazza che ha sbagliato piano», disse l'addetta alla reception.

«Sì che era lei», dissi, e senza pensarci mi catapultai giù per le scale per raggiungerla.

Mentre scendevo come un pazzo, mi chiesi cosa fosse venuta a fare, perché chiedermi di vedermi e poi andarsene. Forse era disperata come me.

Arrivai al pian terreno alla velocità della luce, la intravidi oltrepassare l'uscita e cercai di raggiungerla, ma più mi avvicinavo più i ricordi di tutto quello che c'era stato fra di noi mi rallentavano.

A un incrocio mi fermai a un passo da lei. C'era solo mezzo metro a separaci. Se allungavo il braccio avrei potuto toccarla, e lì chiusi gli occhi. Dovevo lasciarla andare. Per il suo bene. Quando li riaprii lei era già sulla sponda opposta. La guardai allontanarsi e feci un promessa a me stesso…

# Qualche tempo dopo

«Allora Adam, che farai adesso?», chiese mio padre.
«Tornerò a New York e riprenderò in mano le cose», risposi sedendomi al tavolo da pranzo.
«E Sophie?», chiese mia madre passando il vassoio con il polpettone.
Sorrisi per la domanda così diretta. Avrei voluto che non sapessero nulla, ma purtroppo la terapia mi aveva imposto un paio di incontri di condivisione con loro, durante i quali avevo raccontato di lei. E ora, ogni pranzo o cena era diventata una seduta di gruppo.
«Non la cercherò», risposi semplice.
«Come mai?», chiese.
Silenzio. Mi sentivo un ragazzino seduto al tavolo dei miei con tutti gli occhi puntati addosso.
«Non credi ci siano possibilità per recuperare il rapporto?», si intromise Brenda.
E diavolo, anche lei ci si metteva.
Per l'interrogatorio, risposi categorico e senza possibilità. Che era quanto pensavo.
«Credo sia meglio per noi stare lontani. Non penso ci sia possibilità di recupero. Lei avrà sicuramente preso la sua strada e io farò altrettanto. A New York mi aspetta molto lavoro, con la fusione della società non avrò tempo per pensare ad altro».

«Non credi invece che rivedervi e parlare di quanto è successo possa aiutarvi?», insistette Brenda.

Sbuffai. «Direi che non è il caso. Siamo incompatibili».

A quel punto, visto che c'era tutta la famiglia, si intromise anche Susan.

«Di cosa hai paura?».

Bella domanda, pensai. «Di niente, non ho paura di niente, e poi scusate, sono problemi miei».

«Eh no», disse perentorio mio padre. «I tuoi problemi ormai sono diventati anche i nostri».

Cazzo, non vedevo l'ora di tornarmene a New York, dove poter vivere di nuovo nell'indifferenza e nella solitudine. Ero felice di aver recuperato i rapporti con i miei, ma sinceramente non avrei sentito troppo la loro mancanza.

«Zio, chi è Sophie?», chiese Meredith infilandosi tra le gambe.

La presi in braccio e la fissai nei suoi occhietti vispi. «Una fatina come te», risposi.

«E fa le magie?»

«Tantissime magie».

«Quali?», chiese curiosa.

«Fa tornare il sorriso», risposi, «proprio come te».

«E poi?».

Oh cazzo, dove mi ero infilato. «Schiocca le labbra», e glielo feci vedere. Subito corse dalle cugine per cercare di riprodurre quel suono. E io tornai al polpettone.

«Cosa pensi che farebbe Sophie se ti rivedesse?», chiese a quel punto Donald.

«Oddio, ma questo è un pranzo o una seduta? Perché in un caso potete mettervi in cerchio e io nel mezzo, oppure possiamo mangiare o parlare di argomenti adatti all'occasione? Per esempio del menu del prossimo Natale».

«Ecco», intervenne mio padre. «A proposito del Natale, abbiamo pensato di venire a New York, così il tuo ritorno non sarà troppo triste».

Raggelai all'idea.

«Sì abbiamo già prenotato l'albergo, sei contento?», chiese Susan, decisamente sarcastica.

«Non mi è chiaro, ma venite per tenermi sotto controllo?»

«Anche», rispose mio padre.

«Come volete, ma avrò poco tempo da dedicarvi, Seth ha già predisposto un milione di incontri, e dovrò cercarmi una casa nuova».

«Bene, ti aiuteremo», disse mamma.

Tutto sommato non mi dispiaceva averli intorno. New York a Natale era un posto davvero magico.

Atterrato al Kennedy, ebbi solo il tempo di lasciare le valige in albergo prima che Seth passasse a prendermi. Avevamo un'agenda di impegni fittissima, compreso un party di Natale e l'inaugurazione di una mostra d'arte con Xavier.

Anche se ero molto preso, il pensiero di Sophie si era fatto pressante dal momento in cui avevo toccato terra. Ovunque fossi, mi aspettavo di vederla comparire e in fondo al mio cuore speravo che l'avrei incontrata per caso. L'idea di andarla a cercare mi angosciava e non ero in grado nemmeno di immaginare una frase da poterle dire. No, era troppo difficile. Anche solo un «ciao» mi avrebbe fatto venire i sudori freddi. Meglio un incontro fortuito, sarebbe stato più facile da gestire, o almeno era quello che pensavo. Ero così sottosopra emotivamente che sarei scoppiato a piangere come un bambino, ormai non facevo altro.

Il pranzo di Natale lo trascorsi a casa di Seth con la mia famiglia. Tra bambini e adulti ero frastornato, e nel tardo pomeriggio decisi di andare a farmi una passeggiata a Long Island. Avevo voglia di vedere il mare e perdermi nei ricordi. Con me vennero anche mia sorella Susan e suo marito Donald. Con sorpresa trovai il ristorante di Arthur e Mildred aperto ed entrai a salutarli.

Come al solito loro si presentarono con gran sorrisi e gentilezza, avevo l'impressione che fossero due angeli caduti dal cielo.

«Bentornato Adam, è una bella sorpresa rivederla, era da un po' che non veniva», disse Mildred appena entrai.

«Sì Mildred, parecchio. Lei è mia sorella Susan e lui è suo marito, stavamo facendo una passeggiata e ho visto aperto, ho pensato di venire a farvi un saluto».

«Sì lavoriamo anche a Natale, ci piace, volete un tavolo?».

«No, eravamo di passaggio».

«Adam non si faccia pregare, stasera c'è l'aragosta e so che le piace. Le preparo il solito tavolo?»

«No, davvero, siamo appena sopravvissuti al pranzo».

«Mi offendo», disse Arthur accompagnandoci quasi di peso verso la sala.

Con un'occhiata cercai di capire se mia sorella avrebbe avuto piacere di fermarsi e la colsi divertita dalla situazione.

«Se insiste, allora va bene, però non esageri con le porzioni».

«Adam! Non le farebbe male ingrassare un po', dall'ultima volta che ci siamo visti è dimagrito parecchio, avrà perso almeno cinque chili».

“Forse qualcosa di più”, pensai.

Attraversando la sala per raggiungere il nostro tavolo, il ricordo dell’ultima volta che c’ero stato con Sophie mi strinse lo stomaco, e soprattutto il ricordo del momento in cui le avevo raccontato del mio matrimonio. Immediatamente la malinconia mi assalì. Chissà dov’era in quel momento.

«Ci venivi con Sophie?», chiese mia sorella.

«Sì, le piaceva molto cenare qui».

Mildred arrivò con le ostriche.

«E quando pensi di cercarla?».

Mi allentai il colletto della camicia. «Tremo all’idea, lo farò quando mi sentirò pronto», risposi. «E Susan, per favore, non parliamone ancora».

Mia sorella sorrise. «Vedrai che andrà tutto bene».

Ne dubitavo.

Durante l’antipasto mi capitò più volte di incrociare lo sguardo di Arthur e Mildred. Li vedevo stranamente agitati e nervosi.

Infatti, quando Mildred venne al tavolo a riprendere il vassoio delle ostriche mi azzardai a chiederle se fosse tutto a posto.

«Mildred, tutto bene?»

«Certo, tutto bene», aveva risposto.

«Le ostriche erano ottime, come sempre d’altra parte», aggiunsi.

«Grazie Adam», poi lanciò un’occhiata ad Arthur dietro il bancone e mordendosi le labbra aggiunse: «Senta un po’, mi permetto di farle una domanda, ma la ragazza con cui veniva un po’ di tempo fa, come si chiamava?»

Osservai Susan, trafitto. «Sophie», risposi a fatica.

«Ecco!», borbottò estatica. «Sophie, non mi veniva in mente il nome, ma come sta?»

Trovai quella domanda fatta da Mildred davvero fuori luogo. In tanti anni che ci conoscevamo non si era mai permessa di farmi domande personali, nemmeno quando mi aveva raccolto con il cucchiaino ai tempi di Elizabeth.

Risposi laconico. «Spero bene».

Lei sorrise. «Mi piaceva come mangiava le ostriche», disse con un tono bizzarro.

E mi fece ridere, perché l'avevo trovata buffa anche io. Sophie aveva un modo assurdo di mangiarle. Prendeva un'ostrica, la succhiava, poi si leccava le labbra e le schioccava simulando il suono di una pallina da tennis. Non le avevo mai detto nulla, aveva dei modi tutti suoi. A volte sembrava fosse stata educata in una famiglia reale, altre che l'avessero prelevata da una favela pochi minuti prima. Se voleva riusciva a parlare facendo uso di vocaboli forbiti se non addirittura desueti, ma al momento giusto poteva uscirsene con un termine così volgare da fare sfigurare anche un secondino. Era davvero adorabile, pensai, Dio come mi mancava.

«Sì», risposi sorridendole, «un modo davvero fantasioso, no? Spero di portarla di nuovo a mangiare qui da voi un giorno di questi», dissi e vidi Mildred improvvisamente cambiare espressione.

Si era allontanata dal tavolo di gran fretta e poi l'avevo vista parlare animatamente con Arthur che addirittura aveva rovesciato una brocca di vino a terra.

«Cos'hai?», mi chiese mia sorella.

«Non lo so, i due titolari stasera sono agitati, sarà lo stress da superlavoro, non li ho mai visti così».

Mentre finivamo di mangiare le nostre seconde portate, improvvisamente vidi Mildred e Arthur correre verso l'ingresso.

«Che succede adesso?», chiese ancora Susan, vedendomi distratto.

«Arthur e Mildred sono davvero strani, forse c'è qualcosa che non va».

Mia sorella si voltò per guardare anche lei.

«Stanno parlando con una ragazza all'ingresso», disse.

Buttai un occhio, ma riuscii a scorgere solo la schiena di Arthur.

«Sarà la solita venditrice di fiori», disse Donald.

«Già», mormorai con una sensazione strana alla bocca dello stomaco. Mi voltai a guardare il mare e ripensai a tutte le volte che avevo passeggiato lì con il mio arguto scricciolo.

Poco dopo, i proprietari si avvicinarono al tavolo con fare circospetto. Iniziavo a preoccuparmi di quei sotterfugi.

«Adam ci scusi il disturbo, ma volevamo chiederle una cortesia».

«Mi dica Mildred».

«Vorremmo che andasse a questo indirizzo, è qui vicino, può andarci anche a piedi», mi porse un foglietto.

«Ehm», colto di sorpresa tentennai. «Perché?», chiesi curioso.

Subito si intromise Arthur. «È una sorpresa, non se ne pentirà».

«Ehm», tentennai nuovamente. «Va bene, ma che tipo di sorpresa?».

«Adam, la prego vada, è importante, per darle un indizio le posso dirle che è un bellissimo regalo di Natale».

Strabuzzai gli occhi sorpreso. «Addirittura?».

«Per favore Adam, vada solo a vedere, è proprio qui a duecento metri».

Guardai mia sorella Susan e Donald, avevano entrambi

la stessa espressione di curiosità sul viso, probabilmente la stessa che avevo io.

«Ma è solo per lui la sorpresa?», chiese Susan.

«No, no, è per tutti», rispose Mildred.

Arthur mi tolse il tovagliolo dalle gambe e mi prese per un braccio sollevandomi di peso. «Ecco Adam, però ci deve andare subito».

«Okay», cantilenai stranito. «Devo andarci subito!?»

«Esatto».

«Va bene Arthur, dato che sembra che lei ci tenga particolarmente, andiamo. Quanto le devo?», chiesi.

Arthur mi mise una mano sulla spalla. «Niente, quest'anno offro io, mi faccia solo la cortesia di non perdere altro tempo e poi mi ringrazierà».

«Va bene, allora buon anno Arthur», dissi stranito e divertito.

«Buon anno a te ragazzo», disse tirandomi uno schiaffone bonario in faccia.

Ci sono tante cose che non apprezzo, e più di tutto le mani altrui addosso, e soprattutto gli schiaffoni bonari come quelli con cui mio padre mi aveva allevato. Per un istante fui tentato di respingerlo, ma il suo sguardo era pieno di ardore ed eccitazione che repressi quel moto.

Usciti dal ristorante ci guardammo tutti e tre disorientati.

«Ho come l'impressione che ti aspetti una sorpresa Adam, di quelle grosse», disse Susan divertita.

«Non saprei proprio cosa».

«Andiamo a vedere, sono troppo curioso», disse Donald.

Susan ci prese sotto braccio e insieme ci incamminammo verso il civico numero 10. Dopo duecento metri ci fermammo davanti a una piccola casa. Le luci erano spente. Susan bussò e nessuno rispose.

«Non c'è nessuno», dissi.

«Proviamo dal retro, sulla spiaggia», disse Donald.

Ci spostammo sulla spiaggia e anche qui mia sorella bussò un paio di volte, ma nessuna risposta arrivò.

«Non c'è nessuno», dissi ancora. «Per me Mildred e Arthur hanno bevuto più del solito».

«Lo credo anche io», confermò Donald.

«Maddai, non erano ubriachi, anzi sembravano convintissimi, pensa che, per come ti hanno costretto a venire qui, per un attimo ho pensato che qui ci fosse Sophie».

Osservai quella casetta, piccola e confortevole e per un attimo pensai che sarebbe stata perfetta per lei. Ricordai la sua lista degli obiettivi. *Una casa di fronte al mare, invecchiare e infine morire*. Ci sarei morto anche io in una casa come quella se ci fosse stata lei al mio fianco. E tutto a un tratto la malinconia mi oppresse lo stomaco. Non potei fare a meno di chiedermi dove fosse. E in quell'esatto momento la sua voce mi arrivò da dietro.

«Hola».

Mi voltai a guardare e la vidi avvicinarsi. Oddio, il cuore partì in un'accelerata pazzesca tanto da togliermi il respiro.

Non so come ci riuscii, ma le corde vocali emisero le sei lettere del suo nome «Sophie?».

«Adam», disse sbiancando in viso. Impietrita, si era fermata a due metri di distanza da noi. Aveva un'espressione spaventata. E raggelai. Aveva paura di me, semplice. Per rassicurarla e togliermi dall'imbarazzo le presentai subito mia sorella e Donald.

E mentre si stringevano la mano, io mi ero già perduto a guardarla. Era bellissima, anche con quell'orrido cappello fatto a maglia da sua madre. A fatica le chiesi cosa ci facesse lì. Lo dissi con un tono aspro, ma davvero non riuscivo a parlare.

«Che cosa ci fai tu?», chiese di rimando nel suo solito modo seccato.

«Mildred e Arthur mi hanno detto che dovevo assolutamente venire a questo indirizzo, perché volevano farmi vedere una cosa».

«Ah, ah», rispose rigida.

Oh mio Dio, Sophie mi guardava con un tale disprezzo che abbassai lo sguardo sulla sabbia. L'avevo persa per sempre, pensai e cercai di respirare trattenendo il magone.

«Be', questa è casa loro, ma credo siano ancora al ristorante», disse.

«Sì, abbiamo cenato lì».

«Abiti qui?», chiese Susan.

«No», rispose. «Sto in un appartamento a qualche isolato da qui, ero andata a farmi una passeggiata e vi ho visti qui davanti. Ho pensato di venire a vedere se aveste bisogno di qualcosa».

E con chi? Mi chiesi. «Ti sei trasferita?»

«Già», si grattò la fronte come faceva quando era a disagio. «Comunque io devo andare», fece un passo indietro. «Mi aspettano. È stato un piacere conoscervi», disse stringendo la mano di Donald e Susan. «Ciao», disse appena, senza nemmeno guardarmi e un attimo dopo era sparita.

«Adam!», disse mia sorella afferrandomi un braccio. «È incinta».

Osservai gli occhi di mia sorella senza cogliere il senso.

«Non ho capito», dissi cercando di concentrarmi e uscire dallo sconforto.

«Adam è incinta, si vede appena, ma ti assicuro è così sarà di quattro mesi».

Per anni ero stato una macchina del sesso, corazzato ai sentimenti, e ora ero una larva. Già ero tramortito dall'averla rivista e ora saperla anche incinta. Perduta per sempre. Nessuna speranza. Una piccolissima parte di me fu felice per lei, evidentemente aveva trovato qualcuno che l'amava davvero.

«Adam, hai capito è incinta», disse sorridendo. «Non pensi che…?».

«Cosa?», chiesi stralunato.

«Da quando non vi vedete?»

«Non lo so, ora come ora mi sembra passata un'eternità».

«Adam», disse decisa. «Mildred e Arthur per quale motivo ti hanno spedito qui?»

Ci riflettei un attimo. «Oh cazzo, oh cazzo». Non riuscivo a formulare una frase migliore. «Dici che…?».

«Adam, valle dietro e chiediglielo, vai corri testone», disse Donald spingendomi a raggiungerla.

Tornai alla strada e la vidi in lontananza camminare e gesticolare.

E per l'ennesima volta mi trovai a camminarle dietro e come sempre l'avrei seguita ovunque, anche solo per guardarla, l'avrei guardata per sempre, eternamente.

Quando la raggiunsi, la sentii brontolare al telefono: «Oddio smettila, sto arrivando al…».

«Sei incinta?», chiesi.

E allora Sophie si voltò con un'espressione interdetta. Osservai il ventre, ma tra il buio e la borsa non riuscii a vedere niente.

E, come al solito, Sophie restò zitta.

«Sei incinta?», chiesi ancora. «Lo ha notato mia sorella», cercai di avvicinarmi, ma lei indietreggiò.

«Capita», disse astiosa.

Già, capita, ma mi sembrava di ricordare dell'iniezione anticoncezionale anche se, in quel momento, non riuscivo nemmeno a ricordare che giorno fosse.

«Di quanti mesi?», chiesi.

«Pochi Adam».

Che cazzo di risposta. Porca miseria, se aveva una cosa che mi faceva incazzare era quel suo modo di parlare criptico. Poteva essere definitiva nelle sue uscite o parlare senza dire nulla.

«Quanti Sophie?», chiesi più deciso. "E rispondi, cazzo".

«Pochi».

Appurato che non voleva dirmi da quanto tempo, allora con tutta la pazienza del mondo, le chiesi di chi fosse. E dentro di me nell'attesa infinita della sua risposta pregai, pregai, pregai, pregai, pregai, pregai che fosse mio.

E lei, immancabile, se ne uscì con una frase delle sue.

«Dello spirito santo», disse, «e scusa, devo andare a casa, ho bisogno di andare in bagno. Ci abito io in quella casa, ho mentito, mi avete preso alla sprovvista», e un istante dopo la guardavo mentre tornava verso la casa. Guardai verso il ristorante e ripensai allo schiaffone bonario di Arthur. E un po' sorrisi. A piccoli passi mi spinsi fino alla panchina della fermata dell'autobus e mi ci buttai con tutto il peso.

Quindi la mia piccola Sophie aspettava un bambino. Cazzo se esisteva uno spirito cosmico era davvero beffardo. Un moto di gioia mi fece piangere, cercai di trattenermi, ma non ce la facevo. Ero tornato la mammoletta di una volta. Poi un pensiero ostile si fece spazio in mezzo agli altri. Perché non aveva voluto darmi notizie sul bambino? Oddio, no, oddio no. Forse? No, non mi sarebbe importato, non mi importava nulla di chi fosse. Ma mi importava di Sophie. Vederla dopo così tanto tempo e sapere che stava affrontando tutto questo da sola mi stava facendo male.

Attanagliato dalla nausea tornai sui miei passi. Davanti all'ingresso della sua casa vidi Susan e Donald seduti in cucina e Sophie vicino al frigorifero con aria perduta, guardare fuori dalla finestra.

Feci un respiro profondo e decisi di affrontare la verità, qualunque fosse. Se avevo una sola chance, non l'avrei persa.

Trattenendo la voglia di abbracciarla, mi accomodai al tavolo della cucina. Mia sorella mi prese la mano e mi disse che era una femmina.

Dopo un respiro, alzai gli occhi su Sophie.

«È mia?», chiesi deciso per spingerla a rispondere mentre la mano di Susan stringeva la mia per aiutarmi a stare tranquillo. Non c'era un cazzo da stare tranquilli, prima mi diceva tutto, prima capivo a quale sentimento mi sarei potuto lasciare andare. Quindi di nuovo le chiesi gentilmente se fosse mia.

Impalata non rispose. Che nervi, riusciva sempre a mandarmi al manicomio.

«Sophie, ti sto chiedendo se è mia», sbraitai per smuoverla.

«Sì, è tua, ma non ti chiedo niente», rispose tra il disperato e lo scocciato.

La notizia mi riempì il cuore, ma immediatamente dopo raggelai. Cosa le era saltato in mente? Non dirmelo? Per chi mi aveva preso?

Scattai in piedi. «Cosa significa? Cosa volevi fare? Metterla al mondo senza dirmelo? Crescerla tenendomi all'oscuro? Cosa cazzo ti è passato per la testa?», urlai. Poi mi resi conto dalla sua reazione che avrei dovuto calmarmi. Ero in preda a un vortice di emozioni. Felicità, una gioia infinita che il mio scricciolo aspettasse una bimba, ma allo stesso tempo mi prese la disperazione per quanto tutto fosse dannatamente sempre difficile per noi due. Sempre nel mare dell'imprevedibilità. In quel momento mi chiesi quando mai l'evoluzione si sarebbe materializzata. Poi guardai il suo ventre nascosto dal maglione e intuii che forse l'evoluzione era davanti ai miei occhi.

"Oh Sophie, vorrei tanto abbracciarti, ma non è ancora il momento. Ci aspetta ancora la sofferenza dell'ammenda e del perdono. E ti darò tempo tutta la vita se necessario. Aspetterò. Aspetterò come hai sempre fatto tu con me".

Tornai seduto e per scongiurare l'ennesimo pianto da ragazzino mi portai le mani in faccia cercando di aiutarmi con la respirazione.

«Sophie», disse Susan rivolgendosi a lei con il suo fare dolce, «perché non l'hai detto a Adam?».

E nell'attesa snervante della sua risposta, pensai alle coincidenze del destino. Anche per mia sorella, quello era il momento per redimersi dalla sua colpa. Tutto si stava perfettamente incastrando.

«Perché», mormorò titubante, «perché non avrebbe creduto che fosse suo...», disse in un sussurro.

Abbassai le mani e risi per tutta la situazione. C'era davvero da ridere. Chi era il regista che aveva architettato quel ginepraio di avvenimenti? Avrei voluto stringergli la mano per complimentarmi con lui.

«Ti avrei creduto», mormorai, «con chi altro sei stata Sophie? Nessuno, e... ti avrei creduto». Come le avevo sempre creduto nel profondo, era solo il mio lato malato che mi aveva impedito di coltivare la fiducia fino a quel momento.

Mia sorella e Donald decisero di lasciarci soli, ma Sophie, nel panico, li implorò di restare. La fucilai con lo sguardo. "Adesso no, basta Sophie". Era arrivato il mio turno. E non sarei uscito da quella casa senza un suo sorriso, perché non sopportavo più di vederla con quell'espressione spenta.

Appena la porta si chiuse e restammo soli, allungai la mano e la toccai, dopo tanto tempo. Lei si schiacciò contro la porta per sostenersi. "Piccola, non ti ho mai visto così fragile, nemmeno nei momenti peggiori".

«Eri venuta a dirmelo in ufficio a settembre?», chiesi e lei annuì tenendosi saldamente alla porta.

«Non ti chiedo nulla, nulla, non ti chiedo di stare con me, hai bisogno di tutto tranne che di me».

"Come ti sbagli, non puoi pensarlo veramente".

«Ma tu hai bisogno di me, adesso».

«Posso farlo da sola».

«Lo so, ma è meglio con me. Girati Sophie». Cercai la sua mano, ma lei la ritrasse decisa. E mi si spezzò il cuore.

«Se non posso averti…», disse affranta. «Se non posso darti la felicità non ce la faccio a starti vicina, nemmeno nel raggio di un metro».

Amore mio, nemmeno io. Con una leggera pressione sulle spalle la convinsi a voltarsi. Teneva la testa bassa e si mordeva le labbra.

E le raccontai tutto. Che l'avevo vista andare via e come un pazzo ero sceso per trenta piani a piedi e l'avevo seguita per due isolati, combattuto, poi in prossimità di un incrocio, avevo deciso di tornare indietro e rimettere a posto i pezzi del mio passato, perché se volevo stare con lei prima sarei dovuto uscire fuori dalla mia malattia. Le raccontai di essere tornato a Philadelphia e di aver affrontato la mia famiglia rivelando quanto fosse realmente accaduto tra me e Elizabeth. Il suo tradimento, quello di Tom, la mia reazione, e sopratutto cosa successe la notte della sua morte. Le dissi anche che i miei erano rimasti talmente sconvolti da non avermi più parlato per due giorni per quanto erano affranti da tutte quelle rivelazioni. La cosa peggiore era stato dire la verità a Marion e Ben, i genitori di Elizabeth. Come era naturale che fosse, non credettero a una sola parola. Ma almeno mi ero tolto il peso. Io non avevo davvero colpa, ero stato solo una vittima.

«Sono tornato qualche giorno fa... E vado avanti...».

"Senza di te".

«Bravo», mormorò in tono dissacrante.

«Sophie, ti avrei cercata, aspettavo solo di sentirmi pronto per te, capace di amarti, e di essere sincero».

Sophie appoggiò la fronte al mio petto e finalmente la raccolsi in un abbraccio. Era più in carne.

«E quanto pensavi di metterci?», chiese pungente.

Eccola, come al solito, il mio piccolo demonio mi apriva la porta del perdono.

«Non molto, proprio stasera Mildred mi aveva chiesto notizie di te e le ho risposto che presto ti avrei riportato a mangiare le ostriche».

«Non posso mangiare le ostriche, adesso», mormorò sconsolata come una bambina.

Le alzai il mento per avere di nuovo i suoi occhi nei miei.

«E se non fossi stata più disponibile?», chiese.

"Sono l'uomo più fortunato del pianeta ad avere incontrato te. La mia luce, una piccola torcia, capace di abbagliarmi”.

«Impossibile, tu aspetti sempre, facevo affidamento su questo».

Mi abbracciò forte al collo stringendosi tanto che avvertii la pressione della sua pancia sotto il maglione.

«Con quante donne sei stato nell’attesa di redimerti?».

«Solo con una, c’eri solo tu nei miei pensieri, sempre e solo tu».

Sophie scoppiò a piangere.

«Sono gli ormoni», mormorò tirando su con il naso. «Piango per nulla».

Con le mani le sfiorai la pancia.

«Quindi è femmina?», chiesi.

«Sì».

«Dimmi altro».

«Sta bene, dimensioni giuste e un cuore pazzo, si vedono le mani, i piedi e gli occhi».

Le chiesi se avesse delle ecografie e insieme tornammo in cucina, dove mi misi a guardare le immagini dell’esserino. Mi venne da sperare che avrebbe preso tutto da Sophie e da me niente, eccetto forse l’intraprendenza.

«Sono in ordine», disse, «c’è anche la data, questa l’ho fatta due giorni fa», e indicò l’ultima immagine a destra.

«È bellissima», mormorai commuovendomi. «Posso vedere?», chiesi sollevando appena una piega del suo maglione.

Mi sedetti sulla sedia e prendendole le mani l’avvicinai a me. E per un po’ rimasi a guardare la sua pancia tesa e sporgente. “Eccomi qui, davanti al miracolo della vita”. E tutto sembrò riallinearsi. Era come se per anni avessi viaggiato su un binario all’interno di una galleria lunghissima e completamente buia. E questa era la luce, la stazione d'arrivo. Mi aspettava un nuovo viaggio, ma questa volta sarebbe stato in prima classe. Appoggiai le mani alla pancia calda e ci appoggiai la fronte.

Sophie mi accarezzò la testa e non potei resistere, la mammoletta si lasciò andare. Mi perdonava e gliene ero grato. Di una cosa ero sicuro, Sophie non portava rancore, era forte e fragile, determinata ma anche insicura. Un'altalena fantastica su cui dondolare. Come da bambini, nell'ebbrezza dell'eccitazione e della paura, ma saldamente attaccati per non cadere.

«Mi piacerebbe il nome Leila», disse dopo un po' e mi mancò il respiro. Ripresi il controllo di me e le dissi che Leila Scott era un nome bellissimo. L'unico nome che avessi mai desiderato dare a mia figlia. La principessa dei mondi, del mio e di Sophie.

Mi trovai sulle gambe Sophie e il suo sorriso e bastò quello e nessun'altra parola. La baciai e fu come la prima volta a Capodanno. Baciavo il gioiello più prezioso della terra.

# Nascita e rinascita

«Sophie muoviti, siamo in ritardo», urlai dal portico.

«Arrivo, un minuto, finisco di vestirmi», rispose.

Ci avrebbe messo almeno un'altra ora. Sicuro. Lenta, lentissima.

«Sophie, facciamo tardi», dissi entrando in camera.

«Non mi entrano le scarpe», disse mogia seduta sul letto.

Guardai i suoi piedi e le caviglie gonfie e mi si strinse il cuore.

«Amore», dissi inginocchiandomi, «è normale».

Lei scoppiò a piangere. «Sono gonfia, guarda che piedi, sembrano quelli di un maiale», brontolò.

«Dai sdraiati, te li massaggio, Miss Piggy».

Sophie si abbandonò sul letto. «Sono mostruosa», disse tirando un pugno al materasso.

«Non è vero».

«Sì che è vero, sono piena di acqua e ciccia, mi sento sull'orlo di una detonazione, scoppierò come il grassone di Monty Python».

Le massaggiai un piede mentre lei si carezzava la sua bellissima pancia. Mancava un mese al termine della gravidanza e sapevo che quello era il momento più difficile. Ma lei era bravissima, nonostante la stanchezza e le poche ore di sonno, mai un'arrabbiatura.

«E stamattina Leila sembra in guerra, continua a scal-

ciare», brontolò ancora, «di sicuro ha preso da te, è impetuosa».
«Be', anche da te, quando ti ci metti sei un piccolo carro armato».
Le infilai una scarpa e presi a massaggiarle l'altro piede.
«Mi odi?», le chiesi spiandola da dietro la pancia.
Si sollevò sui gomiti e mi guardò imbronciata. «Ogni tanto sì», disse, «ma solo quando ti vedo nudo e perfetto, senza un filo di grasso», sospirò pesante.
«Vedrai, una volta nata Leila tornerai in forma, ti rimetto in sesto io».
«Immagino come», disse e si abbandonò di nuovo sul letto.
Finalmente riuscii a infilarle la seconda scarpa.
«Ecco fatto e ora in piedi, abbiamo appuntamento per l'ecografia tra meno di un'ora».
L'aiutai a rialzarsi e l'abbracciai. Sophie mi strinse forte.
«Sei felice Adam?»
«Assolutamente sì».
«Meno male», mormorò e sciogliendosi dall'abbraccio prese la borsa.
Prima di salire in macchina, andai a prendermi un caffè al bar di fronte a casa.
«Prendo il caffè».
«Beato te», disse appoggiandosi alla macchina.
«Due minuti, faccio presto», le schioccai un bacio sulle labbra e attraversai la strada.
Mentre ero in fila alla cassa, osservai Sophie armeggiare con il cellulare. Era bellissima. Per un uomo, una donna incinta è un mistero. Ti fa sentire inferiore.
«Cosa prende?», chiese la cassiera riportandomi alla realtà.
«Un caffè amaro», risposi.

Allungai la banconota da cinquanta e attesi il resto. Buttai un occhio a Sophie e la vidi parlare con un uomo. Era di spalle e non riuscivo a vedere chi fosse.

«Ecco il resto».

Raccolsi le banconote e mi spostai verso il bancone, dove la cameriera aveva già preparato il bicchiere, lo afferrai e voltandomi tornai a guardare Sophie e vidi che c'era ancora quell'uomo.

Mentre aprivo la porta per uscire, il rumore del mondo venne soppiantato dal colpo di pistola che mi ghiacciò la carne. Senza fiato, osservai Sophie piegarsi in avanti e portarsi una mano allo stomaco. Un secondo colpo di pistola echeggiò per la via e Sophie si piegò sulle gambe. Lasciai cadere il bicchiere a terra e corsi verso l'uomo.

Quando gli arrivai alle spalle questo sparò ancora. Mi scaraventai addosso a lui spingendolo a terra e finalmente vidi chi era.

«Che cazzo hai fatto?», urlai e afferrandolo per la gola cercai di soffocarlo. Ancora lui, maledetto lui. E, accecato di odio, mi scaraventai sulla sua faccia. Presi a colpirlo ripetutamente. Volevo annientargli i connotati, sfondargli la faccia, eliminarlo per sempre dalla mia vita. Tramortito Tom perse la pistola dalla mano, la raccolsi e gliela puntai sulla fronte. Gli occhi di Tom erano fissi, spettrali, assenti, come se aspettasse la morte. Ed era quello che volevo dargli. La voce flebile di Sophie arrivò a me, mi voltai a guardarla seduta a terra appoggiata all'auto con una mano rivolta a me.

«Adam».

Lanciai la pistola il più lontano possibile e dopo aver assestato un ennesimo pugno in faccia a Tom soccorsi Sophie.

Il vestito era pieno di sangue. Mi inginocchiai accanto

a lei, ero nel panico, non sapevo come toccarla, allora afferrai la sua mano e facendo attenzione l'adagiai per terra. Non riuscivo a capire dove fosse ferita. Cercai di tamponarla all'altezza dello stomaco, da dove sembrava che venisse tutto quel sangue. L'emorragia era inarrestabile, c'era bisogno di un medico. Dalla giacca presi il cellulare, ma con le mani fradice di sangue non riuscivo ad avviare il touch. Lo allungai verso una piccola folla accorsa.

«Chiamate un'ambulanza vi prego». Una donna mi prese il telefono di mano.

«Chiamo io», disse.

Sophie aveva gli occhi aperti e respirava a fatica.

*Ti prego, ti prego, ti prego, ti prego, ti prego, ti prego.*

«Sophie, Sophie, resta con me, guardami», dissi con un filo di voce.

Dopo pochi minuti, in lontananza, avvertii la sirena dell'ambulanza farsi sempre più vicina e pregai che arrivasse all'istante.

Chiesi alla ragazza del bar di passarmi l'asciugamano che aveva tra le mani, con il quale tamponai il sangue. Oddio era troppo, troppo sangue per la mia piccola Sophie.

A quel punto vidi che cercava di sorridermi.

«Sophie, è arrivata l'ambulanza, resisti», dissi piegandomi sul suo viso. L'osservai sforzarsi, voleva parlare, mi avvicinai alle sue labbra per cogliere le parole e quando sopraggiunsero furono come un coltello nella schiena.

«*Sopravvivi Adam... Mi hai sentito? Sopravvivi Adam...*».

"No, no, no, no, no, no. Non mollare piccola. Hai fatto tanto, sei stata tanto forte, sempre, hai resistito a tutto. Puoi farlo anche ora, ora che un futuro si è presentato a noi due. E no, non voglio sopravvivere in un mondo dove non ci sei tu".

Premetti la fronte contro la sua. «Io non voglio sopravvivere, io voglio vivere con te, respira fai solo quello», le carezzai i capelli, «tu respira continua a farlo», le carezzai la guancia ghiacciata, «amore mio, non smettere mai».

E finalmente sopraggiunse l'ambulanza.

«Cosa è successo?», chiese il primo soccorritore tagliando con una forbice il vestito di Sophie. Mi spostai dietro di lei in ginocchio tenendole la testa sulle gambe.

«Per favore aiutatela è incinta…», dissi senza togliere gli occhi da quelli di Sophie, fissi nei miei.

«Di quanti mesi?»

«Otto mesi…».

«Cosa è successo?».

«Le hanno sparato».

«Quanti colpi?»

«Non lo so, credo tre, forse quattro colpi di pistola, non mi ricordo è stato tutto veloce, per favore aiutatela, per favore». E subito dopo osservai gli occhi di Sophie chiudersi. «O mio Dio Sophie…», e una stretta alla gola mi tolse il respiro.

Un soccorritore, mi fece spostare. Piantato a terra, avvolto da una pesantezza infinita, li osservai mentre la sistemavano sulla barella.

«Venga con noi», disse il giovane afferrandomi per un braccio.

Salii in ambulanza. Mi fecero sedere su un piccolo sgabello in fondo. Guardai Sophie e la pancia ricoperta di sangue. Spostai lo sguardo sulle sue scarpe. Notai le sue caviglie sgonfie. Aveva perso tanto sangue che il gonfiore del mattino era sparito. Un'auto suonò il clacson e guardai fuori dall'oblò la strada sfilare e mi ritrovai esattamente a cinque anni prima, sulla macchina della polizia. Il mondo girava, andava avanti, mentre il mio si era nuovamente fermato.

Sophie andò in arresto cardiaco. Chiusi gli occhi avvinto da tutto. Era finita così, di nuovo da un momento all'altro. Ancora. Avvertii il sibilo del defibrillatore caricarsi e subito dopo il colpo secco della scarica, poi di nuovo il defibrillatore ricaricarsi e scaricarsi.

«Ripresa», sentii il soccorritore dire al collega.

Riaprii gli occhi e preferii non guardarla. Le slacciai le scarpe. Gliele tolsi e le toccai i piedi gelati.

«Bene, aumenta l'epinefrina». Per tutto il tragitto, fissai i suoi piedi ripensando a lei teneramente indispettita solo poco prima.

Arrivati in ospedale, venne portata in rianimazione e un infermiere mi accompagnò nella sala d'attesa, dove mi chiese i suoi dati anagrafici. Ero frastornato. Tutto sembrava muoversi al rallentatore.

Avevano bisogno della firma di un parente e io non lo ero. Perché, maledetto me, avevo deciso di farle la proposta il giorno in cui sarebbe nata Leila. Mi era sembrata una bella occasione, unire un bel ricordo a un altro. E tutto era sempre sbagliato.

Tra il personale medico, sopraggiunse, Mark Cameron. Non ci vedevamo dal matrimonio di Fred. Naturalmente immaginò il peggio e mi aggredì a male parole. Non opposi resistenza di fronte al suo impeto, non mi interessava e nemmeno ne avevo la forza. L'arrivo degli agenti di polizia, riuscirono a placarlo e mi permisero di raccontare i fatti in sua presenza.

Dissi che l'aggressore era Thomas Adamson, ma non sapevo che fine avesse fatto. In quel momento poteva essere morto o su un'isola tropicale che non faceva alcuna differenza, non cambiava nulla. Poi tutto a un tratto, restai solo, in mezzo alla sala d'attesa. I poliziotti, Mark e l'infermiere erano spariti. Mi spostai alla finestra e mi sedetti su una sedia. E, immobile, fissai il parco lì sotto. Quella immobilità era confortante. Le reazioni delle persone sono strane. Messo di fronte a un forte stress io entravo in modalità risparmio energetico. Spegnevo tutto. Uno stand by generale, di pensieri, sentimenti, emozioni. Forse reprimevo, non lo so, so solo che era l'unico modo per riuscire a respirare appena quel tanto da non morire. Tutto ciò che potevo fare in quel momento era impegnarmi a inalare aria, espirarla, e continuare imperterrito. Non ci speravo, non speravo riuscisse a sopravvivere. Né lei né la piccola. Era nel mio destino. Ma questa volta non avrei cercato alcun palliativo per sopravvivere. Sarebbe stato inutile e faticoso.

«Hai avvertito Fred?», chiese Mark d'improvviso piegato sulle ginocchia davanti a me.

Scossi la testa. Se ne stava occupando l'ospedale, ma non gli risposi. Era l'ultima persona con cui volevo parlare.

«Lo chiamo io?», chiese.

Annuii.

«Vuoi cambiarti?», chiese.

Scossi la testa interdetto.

«I vestiti», disse indicandomeli.

Scossi la testa.

«Adam vieni con me ti porto in una sala privata, ti devi cambiare, non puoi farti vedere così da Fred e da sua madre».

Mi sollevò di peso, e d'istinto lo spintonai.

«Adam guarda i tuoi vestiti», disse afferrandomi la testa, «Guarda, non puoi farti vedere così».

Osservai il sangue di Sophie sulla camicia, sulla giacca sui pantaloni, avevo anche le mani impregnate.

«Dai, Adam, vieni con me», disse accomodante e senza opporre resistenza lo seguii fino a un locale spogliatoio. Da un armadietto, prelevò un paio di jeans e una maglietta che appoggiò sulla panca.

«Vieni, lavati le mani», disse spostandomi davanti a un lavabo.

Dopo essermi ripulito osai fargli la domanda.

«Come sta?», chiesi senza volerlo sapere davvero.

«L'hanno portata in sala operatoria, per prima cosa faranno nascere la bambina, poi si occuperanno delle ferite», disse freddo. «Appena ti sei cambiato salgo a seguire l'operazione e poi torno per darti notizie».

«Ma...».

«È un'ottima equipe», disse, intuita la domanda che stavo per fargli. «Sono sicuro che andrà tutto bene».

Mi cambiai gli abiti e Mark infilò i miei indumenti sporchi in un sacchetto.

«Non buttarlo», dissi. «Per favore, è tutto quello che mi rimane».

Evitai di guardarlo, era già tanto mortificante essere di nuovo davanti a lui con la donna che amavo in fin di vita e sempre e solo per colpa mia, anche questa volta.

Mi accompagnò in una sala d'attesa più piccola, affacciata su un piccolo parco giochi. Osservai un uomo anziano spingere una bambina sull'altalena.

All'improvviso la voce di Fred echeggiò come un tuono spaventandomi a morte. «Adam!».

Mi voltai e un attimo dopo ero tra le sue braccia a piangere senza lacrime. «Mi dispiace», mormorai strozzato in gola. «Mi dispiace, è solo colpa mia».

Fred mi afferrò la testa. «Che cazzo dici?», sbraitò, «Adam, riprenditi non è colpa tua, hai capito?».

«Moriranno tutte e due e io non saprò più cosa fare».

«Adam», disse deciso strattonandomi per le spalle. «Smettila, non dirlo, Mark dice che ci sono buone probabilità».

Dietro di lui, su una sedia, vidi la mamma di Sophie piangere sommessa con Miranda accanto. E in un attimo la sala si riempì di gente. Sabrina, Stephanie, Steven, David, McGayver, Ben, Ester; arrivarono anche Arthur e Mildred.

Faticavano ad avvicinarsi e non me la presi. Sapevo che mi ritenevano colpevole, ancora. E come dargli torto? Se non mi fossi innamorato di lei, niente di tutto quello sarebbe accaduto. Niente. Lei avrebbe incontrato un qualsiasi altro uomo, forse più gentile e accomodante, senza deviazioni e ossessioni. E io sarei andato avanti con la mia vita. E sarei morto scopando con una prostituta in un club. Presi una sedia e mi spostai alla finestra a guardare il panorama, avvolto dalla mia bolla di immobilità. Arthur fece altrettanto e si sistemò accanto a me.

Dopo un'ora, Mark tornò e disse che Leila era nata e che stava bene, ma prima di sciogliere la prognosi bisognava aspettare ventiquattr'ore. Sottolineò più volte che rispondeva perfettamente alle stimolazioni. Invece Sophie era ancora in sala operatoria. Aveva un polmone e lo stomaco perforati. Comunque lui era positivo, io non lo so. Non ci riuscivo a crederci. Andava sempre tutto storto se c'ero di mezzo io, sempre.

«Vuoi vedere la bambina?», chiese.

Sinceramente no, avrei voluto vederla con Sophie, essere insieme.

«Forza Adam, vai a vedere tua figlia», disse Fred.

«Non ce la faccio», dissi a fatica tenendo lo sguardo a terra.

«Posso accompagnarlo?», chiese Miranda a Mark.

«Certo».

«Dai Adam, non puoi lasciarla sola, ora».

Mi sentivo trasportato come un burattino, incapace di fare qualsiasi cosa da solo. Dopo aver indossato i camici, entrammo nella sala delle incubatrici. Sembrava di essere su un'astronave nel silenzio dell'universo.

«Eccola», disse Mark indicando la capsula spaziale protettiva. Rallentai il passo.

Miranda si piegò sull'incubatrice con lo sguardo tipico di una donna. «È bellissima», disse. «Guarda».

E con una sensazione di solitudine devastante, scarnificato nel cuore, vidi per la prima volta mia figlia.

Mi piegai sulla culla e la guardai, era un esserino candido e piccolo che dormiva, innocuo ma capace di sconvolgermi. La prima reazione fu quella di aprire l'incubatrice, staccarle tutte le cannule e portarla al sicuro, lontana dal dolore e dalla sofferenza, la seconda fu di totale smarrimento.

«Hai visto che bella?», chiese Miranda.

No, era più che bella, era sovrannaturale. Pura essenza di vita. Era la perfezione della natura. Aveva meno di un'ora, ma era come se ci fosse stata da sempre. Tutto era sempre stato in attesa di lei. Scrutai ogni angolo del suo corpicino, in cerca della mia Sophie. E la ritrovai in tutto, nelle piccole orecchie, nelle labbra, nelle mani, nel taglio degli occhi.

«Puoi toccarla», disse Mark mettendomi una mano sulla spalla.

Annebbiato dalle lacrime e dall'emozione non riuscii a

centrare l'entrata dell'incubatrice. Miranda con un fazzoletto mi asciugò gli occhi.

Senza fiato, infilai la mano e con l'indice le sfiorai la minuscola manina, calda. Poi le toccai il petto. Soffice, liscio. E con il palmo, ascoltai il battito del cuoricino battagliero attraversarmi la carne.

"Oh piccola, ti aspettavo da così tanto tempo, sembri così fragile, invece hai preso tutto dalla tua mamma. Sei tenace come lei".

E in quell'esatto momento, nel contatto con la mia creatura, improvvisamente, tutto mi apparve chiaro. Tutto era esattamente come doveva essere. La mia vita era terminata. Ora iniziavano i suoi giorni, da adesso in poi tutto ciò che ero e che avrei fatto, sarebbe stato in funzione di lei. Il passato completamente cancellato. Avrei respirato ogni giorno solo per prendermi cura di lei, per crescerla, sollevarla da terra e soffiare sulle ferite. L'avrei riempita di magie. La sua nascita segnava la mia evoluzione e quella di Sophie. Era avvenuto un passaggio di testimone. L'uragano si era spento. Il caos sedato. Ora io avrei dato e lei preso, fino a che un nuovo passaggio di testimone avrebbe scandito il tempo e la vita.

«Vado a vedere come prosegue l'operazione, appena ho notizie vengo qui da te», disse Mark.

«Grazie», risposi. «Grazie di tutto».

«Andrà tutto bene Adam, i medici sono bravissimi e Sophie è una dura».

Annuii. Sì che era dura, come la pietra.

Miranda si diede il cambio con Fred, e poi a seguire entrò anche la madre e a rotazione vennero tutti a conoscere Leila Scott. Ognuno notò un particolare di Sophie. Tutti a dire che aveva preso da lei. Solo Sabrina riconobbe anche qualche tratto mio.

«Mi sa che i piedi sono tuoi», disse sarcastica. La battuta riuscì a strapparmi un sorriso, amaro, ma divertito.

Fred mi aggiornò sul rapporto della polizia. Avevano arrestato Tom vicino a casa nostra. Lo avevano trovato seduto su una panchina, in stato confusionale. Non aveva opposto resistenza e si era dichiarato colpevole. Fred era scosso e cercava in me supporto per sfogare il suo stato d'animo, ma dopo due minuti intuì il mio totale disinteresse. L'unico pensiero che avessi, era avere notizie di Sophie, il resto sarebbe venuto dopo.

Dopo quattro ore ipnotiche con gli occhi fissi su Leila, arrivò Mark. Appena lo vidi entrare nella sala, la pressione già bassa mi incollò alla sedia. La cosa più terribile sarebbe stato sapere che fosse già morta. Magari da un'ora e io non avevo sentito nulla. Nessuna carezza dell'aria a dirmi addio. Mi alzai in piedi ad affrontare il futuro, quel passaggio effimero tra il prima e il dopo. Per fortuna Mark, mi regalò un sorriso. Dal corridoio vidi la mamma di Sophie abbracciata a Fred sorridere di gioia. E capii.

«Sta bene, niente di catastrofico, per le prossime ore rimarrà sedata e domani piano piano la sveglieremo, le lesioni non erano invasive, è stata presa di striscio e si rimetterà in una quindicina di giorni».

«Posso vederla?».

«Si, è già stata spostata in una stanza privata, Adam», disse facendosi più serio. «Preparati è molto debole».

«Certo», dissi. «Andiamo?».

Mi piegai sulla piccola Leila che dormiva pacifica e mi incantai qualche secondo ancora nell'osservarla, era meravigliosa. «Vado da mamma», dissi.

Uscito in corridoio, oltre agli abbracci mi arrivò il solito schiaffone benevolo di Arthur che ormai aveva preso l'abitudine di darmelo ogni qual volta ci vedevamo. Ma quel giorno era più che meritato, pensai, mi sarei fatto schiaffeggiare fino a sera.

Prima di entrare nella stanza, il dottore mi informò sulle condizioni di salute di Sophie. Positive, a quanto pareva. Parlò in merito al ricovero e altre cose che non colsi e non volli cogliere. C'era Mark, chi se ne fregava. Volevo solo vedere Sophie, essere di nuovo vicino a lei. Rassicurarmi che ci fosse ancora. Dopodiché, entrai nella stanza numero dieci e mi si strinse lo stomaco. Sentii uno struggimento smisurato per quanto era pallida, provata e così vicina alla morte, ma allo stesso tempo l'immensa felicità che ci fosse ancora. Le toccai la mano fredda, aspettandomi che aprisse gli occhi, invece restò inerme.

«È sedata», disse Mark dietro di me.

Annuii. «Posso stare qui?», chiesi senza togliere gli occhi dal mio scricciolo.

«Certo, adesso faccio venire gli altri, entreranno uno a uno».

«D'accordo».

Aspettai che Mark se ne andasse e, finalmente solo, mi chinai su Sophie, avvicinai le labbra alle sue, aspirai il suo respiro lieve e lo feci mio, liberandomi dal groppo in gola che mi soffocava da quando avevo visto chiudersi i suoi occhi.

«È bella come te», sussurrai. «Ti aspettiamo».

E a quel punto, una telecamera si elevò su di noi, oltre la stanza, oltre l'edificio, oltre il parco limitrofo, oltre NY a salire e salire e salire… e tutto il mondo in movimento nel ritmo di una musica…

*Om nashi me…*
*I love you*
*And I love you forever*
*And I'm loving you now*

# Dedicato a

«Allora Adam, direi che siamo arrivati alla fine più o meno. Ora hai qualche desiderio?».

«Uhm… Desiderio? Non saprei, mi basta tutto quello che ho… anzi uno forse ce l'ho».

«Quale?»

«Mi piacerebbe incontrare quella saltimbanco che si è divertita a farmi impazzire con Sophie. Senza di lei non sarei quello che sono oggi, anzi per dirla tutta, proprio non esisterei».

«Ne parli al femminile, credi sia una donna?»

«Be', è evidente, ha costruito un plot che può essere solo il frutto della mente di una donna. La crocerossina che salva il malato, ma si è mai visto?»

«E Sophie? Condividerebbe questo tuo desiderio?»

«Non credo. Una volta ne abbiamo parlato, e mi disse chiaramente che non aveva nessuna voglia di conoscerla, ma nel caso sarebbe stata propensa a tirarle un paio di frustate. Insomma, renderle pan per focaccia».

«Capisco, allora direi che forse è il caso che l'incontri solo tu. Se in questo momento fossi davanti a lei cosa le diresti?»

«Vediamo, le direi grazie, grazie e rigrazie per averci reso immortali e felici per sempre».

Dedicato a tutte/i voi. Nel mio cuore. Per sempre.

*Sara*

# Indice

*Paperbacks*
*sezione Gli Insuperabili*
*Pubblicazione settimanale, 25 febbraio 2016*
*Direttore responsabile: Raffaello Avanzini*
*Registrazione del Tribunale di Roma n. 16024 del 27 agosto 1975*
*Stampato per conto della Newton Compton editori s.r.l., Roma*
*presso Puntoweb s.r.l., Ariccia (Roma)*